又是春天

我也
是些偏僻的人生，蕭紅散文精選集

U0078315

也是一條狗，和別的狗一樣沒有心肝，我們從水泥中自己向外爬，忘記別人，忘記別人

〈　兒〉、〈小黑狗〉、〈夏夜〉、〈孤獨的生活〉、〈祖父死了的時候〉、

〈　東北流亡者〉、〈歐羅巴旅館〉……

　自己、寫人、寫社會，收錄蕭紅近八十篇代表散文作品

目 錄

目錄

目錄

煩擾的一日

他在祈禱，他好像是向天祈禱。

正是跪在欄杆那兒，冰冷的，石塊鋪成的人行道。然而他沒有鞋子，並且他用裸露的膝頭去接觸一些個冬天的石塊。我還沒有走近他，我的心已經為憤恨而燒紅，而快要脹裂了！我咬我的嘴唇，畢竟我是沒有押起眼睛來走過他。

他是那樣年老而昏聾，眼睛像是已腐爛過。街風是銳利的，他的手已經被吹得和一個死物樣。可是風，仍然是銳利的。我走近他，但不能聽清他祈禱的文句，只是喃喃著。

一個俄國老婦，她說的不是俄語，大概是猶太人，把一張發票子放到老人的手裡，同時他仍然喃喃著，好像是向天祈禱。

我帶著我重得和石頭似的心走回屋中，把積下的舊報紙取出來，放到老人的面前，為的是他可以賣幾個錢，但是當我已經把報紙放好的時候，我心起了一個劇變，我認為我是最庸俗沒有的人了！彷彿我是做了一件蠢事般的。於是我摸衣袋，我思考家中存錢的盒子，可是連半角錢的票子都不能夠尋找得到。老人是過於笨拙了！怕是他不曉得怎樣去賣舊報紙。

我走向鄰居家去，她的小孩子在床上玩著，她常常是沒有心思向我講一些話。我坐下來，把我帶去的包袱打開，預備裁一件衣服。可是今天雪琦說話了：

「于媽還不來，那麼，我的孩子會使我沒有希望。你看我是什麼事也沒有做，外國語不能讀，而且我連讀報的趣味都沒有呀！」

「我想你還是另尋一個老媽子好啦！」

煩擾的一日

「我也這樣想，不過實際是困難的。」

她從生了孩子以來，那是五個月，她沉下苦惱的陷阱去，唇部不似以前有顏色，臉兒皺縐。

為著我到她家去替她看小孩，她走了，和貓一樣躡手躡腳地下樓去了。

小孩子自己在床上玩得厭了，幾次想要哭鬧，我忙著裁旗袍，只是用聲音招呼他。看一下時鐘，知道她去了還不到一點鐘，可是看小孩子要多麼耐性呀！我煩亂著，這僅是一點鐘。

媽媽回來了，帶進來衣服的冷氣，後面跟進來一個瓷人樣的，纏著兩隻小腳，穿著毛邊鞋子，她坐在床沿，並且在她進房的時候，她還向我行了一個深深的鞠躬禮，我又看見她戴的是毛邊帽子，她坐在床沿。

過了一會，她是欣喜的，有點不像瓷人：「我是沒有做過老媽子的，我的男人在十八道街開柳條包鋪，帶開藥鋪……我實在不能再和他生氣，誰都是願意支使人，還有人願意給人家支使嗎？咱們命不好，那就講不了！」

像猜謎似的，使人想不出她是什麼命運。雪琦她歡喜，她想幸福是近著她了，她在感謝我：

「玉瑩，你看，今天你若不來，我怎能去找這個老媽子來呀！」

那個半老的婆娘仍然講著：「我的男人他打我罵我，以先對我很好，因為他開柳條包鋪，要招股東。就是那個入二十元錢頂大的股東，他替我造謠，說我娘家有錢，為什麼不幫助開柳條包鋪呢？在這一年中，就連一頓舒服飯也沒吃過，我能不傷心嗎！我十七歲過門，今年我是二十四歲。他從不和我吵鬧過。」

她不是個半老的婆娘，她才二十四歲。說到這樣傷心的地方，她沒有哭，她曉得做老媽子的身分。可是又想說下去，雪琦眉毛打鎖，把小孩子給她：

「你抱他試試。」

小孩子，不知為什麼，但是他哭，也許他不願看那種可憐的臉相？

雪琦有些不快樂了，只是一刻的工夫，她覺得幸福是遠著她了！

過了一會，她又像個瓷人，最像瓷人的部分，就是她的眼睛，眼珠定住。我們一向她看去，她忙著把眼珠活動一下，然而很慢，並且一會又要定住。

「你不要想，將來你會有好的一日……」

「我是同他打架生氣的，一生氣就和個呆人樣，什麼也不能做。」那瓷人又忙著補充一句：「若不生氣，什麼病也沒有呀！好人一樣，好人一樣。」

後來她看我縫衣裳，她來幫助我，我不願她來幫助，但是她要來幫助。

小孩子吃著奶，在媽媽的懷中睡了。孩子怕一切音響，我們的呼吸，為著孩子的睡覺都能聽得清。

雪琦更不歡喜了。大概她在害怕著，她在計量著，計量她的計劃怎樣失敗。我窺視出來這個瓷人的老媽，怕一會就要被辭退。

然而她是有希望的，滿有希望，她殷勤地在盆中給小孩在洗尿布。

「我是不知當老媽子的規矩的，太太要指教我。」她說完坐在木凳上，又開始變成不動的瓷人。

我煩擾著，街頭的老人又回到我的心中；雪琦鉛板樣的心沉沉地掛在臉上。

「你把髒水倒進水池子去。」她向擺在木凳間的那瓷人說。捧著水盆子，那個婦人紫色毛邊鞋子還沒有響出門去，雪琦的眼睛和偷人樣轉過來了：

「她是不是不行？那麼快讓她走吧！」

孩子被丟在床上，他哭叫，她到隔壁借三角錢給老媽子的工錢。

煩擾的一日

那紫色的毛邊鞋慢慢移著，她打了盆淨水放在盆架間，過來招呼孩子。孩子懼怕這瓷人，他更哭。我縫著衣服，不知怎麼一種不安傳染了我的心。

忽然老媽子停下來，那是雪琦把三角錢的票子示到面前的時候，她拿到三角錢走了。她回到婦女們最傷心的家庭去，仍去尋她惡毒的生活。

毛邊帽子，毛邊鞋子，來了又走了。

雪琦仍然自己抱著孩子。

「你若不來，我怎能去找她來呢！」她埋怨我。

我們深深呼吸了一下，好像剛從暗室走出。屋子漸漸沒有陽光了，我回家了，帶著我的包袱，包袱中好像裹著一群麻煩的想頭 —— 婦女們有可厭的丈夫，可厭的孩子。冬天追趕著叫化子使他絕望。

在家門口，仍是那條欄杆，仍是那塊石道，老人向天跪著，黃昏了，給他的絕望甚於死。

我經過他，我總不能聽清他祈禱的文句，但我知道他祈禱的，不是我給他的那些報紙，也不是半角錢的票子，是要從死的邊沿上把他拔回來。

然而讓我怎樣做呢？他向天跪著，他向天祈禱。……

一九三三年十二月八日

此篇創作於 1933 年 12 月 8 日，首次發表於 1933 年 12 月 17 日、24 日長春《大同報·夜哨》第 19、20 兩期。

破落之街

天明了，白白的陽光空空地染了全室。

我們快穿衣服，折好被子，平結他自己的鞋帶，我結我的鞋帶。他到外面去打臉水，等他回來的時候，我氣憤地坐在床沿。他手中的水盆被他忘記了，有水潑到地板。他問我，我氣憤著不語，把鞋子給他看。

鞋帶是斷成三段了，現在又斷了一段。他重新解開他的鞋子，我不知他在做什麼，我看他向桌間尋了尋，他是找剪刀，可是沒買剪刀，他失望地用手把鞋帶做成兩段。

一條鞋帶也要分成兩段，兩個人束著一條鞋帶。

他拾起桌上的銅板說：

「就是這些嗎？」

「不，我的衣袋還有哩！」

那僅是半角錢，他皺眉，他不願意拿這票子。終於下樓了，他說：「我們吃什麼呢？」

用我的耳朵聽他的話，用我的眼睛看我的鞋，一隻是白鞋帶，另一隻是黃鞋帶。

秋風是緊了，秋風的淒涼特別在破落之街道上。

蒼蠅滿集在飯館的牆壁，一切人忙著吃喝，不聞蒼蠅。

「夥計，我來一分錢的辣椒白菜。」

「我來二分錢的豆芽菜。」

別人又喊了，夥計滿頭是汗。

「我再來一斤餅。」

破落之街

　　蒼蠅在那裡好像是啞靜了，我們同別的一些人一樣，不講衛生和體面，我覺得女人必須不應該和一些下流人同桌吃飯，然而我是吃了。

　　走出飯館門時，我很痛苦，好像快要哭出來，可是我什麼人都不能抱怨。平日他每次吃完飯都要問我：

　　「吃飽沒有？」

　　我說：「飽了！」其實仍有些不飽。

　　今天他讓我自己上樓：「你進屋去吧！我到外面有點事情。」

　　好像他不是我的愛人似的，轉身下樓離我而去了。

　　在房間裡，陽光不落在牆壁上，那是灰色的四面牆，好像匣子，好像籠子，牆壁在逼著我，使我的思想沒有用，使我的力量不能與人接觸，不能用於世。

　　我不願意我的腦漿翻絞，又睡下，拉我的被子，在床上輾轉，彷彿是個病人一樣，我的肚子叫響，太陽西沉下去，平沒有回來。我只吃過一碗玉米粥，那還是清早。

　　他回來，只是自己回來，不帶饅頭或別的充飢的東西回來。

　　肚子越響了，怕給他聽著這肚子的呼喚，我把肚子翻向床，壓住這呼喚。

　　「你肚疼嗎？」我說不是，他又問我：

　　「你有病嗎？」

　　我仍說不是。

　　「天快黑了，那麼我們去吃飯吧！」

　　他是借到錢了嗎？

　　「五角錢哩！」

　　泥濘的街道，沿路的屋頂和蜂巢樣密擠著，平房屋頂，又生出一層平屋來。那是用板釘成的，看起來像是樓房，也閉著窗子，歇著門。可是生

在樓房裡的不像人，是些豬玀，是汙濁的群。我們往來都看見這樣的景緻。現在街道是泥濘了，肚子是叫喚了！一心要奔到蒼蠅堆裡，要吃饅頭。桌子的對邊那個老頭，他嘮叨起來了，大概他是個油匠，鬍子染著白色，不管衣襟或袖口，都有斑點花色的顏料，他用有顏料的手吃東西。並沒能發現他是不講衛生，因為我們是一道生活。

他嚷了起來，他看一看沒有人理他，他升上木凳好像老旗杆樣，人們舉目看他。終歸他不是造反的領袖，那是私事，他的粥碗裡面睡著個蒼蠅。

大家都笑了，笑他一定在發神經病。

「我是老頭子了，你們拿蒼蠅餵我！」他一面說，有點傷心。

一直到掌櫃的呼喚夥計再給他換一碗粥來，他才從木凳降落下來。但他寂寞著，他的頭搖曳著。

這破落之街我們一年沒有到過了，我們的生活技術比他們高，和他們不同，我們是從水泥中向外爬。可是他們永遠留在那裡，那裡淹沒著他們的一生，也淹沒著他們的子子孫孫，但是這要淹沒到什麼時候呢？

我們也是一條狗，和別的狗一樣沒有心肝。我們從水泥中自己向外爬，忘記別人，忘記別人。

一九三三年十二月二十七日

此篇創作於 1933 年 12 月 27 日，首次發表日期不詳。收錄在 1936 年 11 月文化生活出版社出版的《橋》中。

棄兒

一

　　水就像遠天一樣，沒有邊際地漂漾著，一片片的日光在水面上浮動著。大人、小孩和包裹青綠顏色，安靜的不慌忙的小船朝向同一的方向走去，一個接著一個……

　　一個肚子凸得饅頭般的女人，獨自地在窗口望著。她的眼睛就如塊黑炭，不能發光，又黯淡，又無光，嘴張著，手臂橫在窗沿上，沒有目的地望著。

　　有人打門，什麼人將走進來呢？那臉色蒼蒼，好像盛滿麵粉的布袋一樣，被人挪了進來的一個面影。這個人開始談話了：「你到是怎麼樣呢？才幾個鐘頭水就漲得這樣高，你不看見？一定得有條辦法，太不成事了，七個月了，共欠了四百塊錢。王先生是不能回來的。男人不在，當然要向女人算帳……現在一定不能再沒有辦法了。」正一正帽頭，抖一抖衣袖，他的衣裳又像一條被倒空了的布袋，平板的，沒有皺紋，只是眼眉往高處抬了抬。

　　女人帶著她的肚子，同樣地臉上沒有表情，嘴唇動了動：「明天就有辦法。」她望著店主腳在衣襟下邁著八字形的步子，鴨子樣地走出屋門去。

　　她的肚子不像饅頭，簡直是小盆被扣在她肚皮上，雖是長衫怎樣寬大，小盆還是分明地顯露著。

　　倒在床上，她的肚子也被帶到床上，望著棚頂，由馬路間小河流水反

照在水面，不定形地亂搖，又夾著從窗口不時衝進來嘈雜的聲音。什麼包袱落水啦，孩子掉下陰溝啦，接續的，連綿的，這種聲音不斷起來，這種聲音對她似兩堵南北不同方向立著的牆壁一樣，中間沒有連鎖。

「我怎麼辦呢？沒有家，沒有朋友，我走向哪裡去呢？只有一個新認識的人，他也是沒有家呵！外面的水又這樣大，那個狗東西又來要房費，我沒有……」她似乎非想下去不可，像外邊的大水一樣，不可抑止地想：「初來這裡還是飛著雪的時候，現在是落雨的時候了。剛來這裡肚子是平平的，現在卻變得這樣了……」她用手摸著肚子，仰望天棚的水影，被縟間汗油的氣味在發散著。

天黑了，旅館的主人和客人都紛攪地提著箱子，拉著小孩走了。就是昨天早晨樓下為了避水而搬到樓上的人們，也都走了。騷亂的聲音也跟隨地走了。這裡只是空空的樓房，一間挨著一間關著門，門裡的簾子默默地靜靜地長長地垂著，從嵌著玻璃的地方透出來。只有樓下的一家小販、一個旅館的雜役和一個病了的婦人男人伴著她留在這裡。滿樓的窗子散亂亂地開張和關閉，地板上的塵土地毯似的攤著。這裡荒涼得就如兵已開走的營壘，什麼全是散散亂亂得可憐。

水的稀薄的氣味在空中流蕩，沉靜的黃昏在空中流蕩，不知誰家的小豬被丟在這裡，在水中哭喊著，絕望的來往的尖叫。水在它的身邊一個連環跟著一個連環地轉，豬被圍在水的連環裡，就如一頭蒼蠅或是一頭蚊蟲被繞入蜘蛛的網絲似的，越掙扎，越感覺網絲是無邊際的大。小豬橫臥在板排上，它只當遇了救，安靜的眼睛在放希望的光。豬眼睛流出希望的光和人們想吃豬肉的希望絞結在一起，形成了一條不可知的繩。

豬被運到那邊的一家屋子裡去。

黃昏慢慢的耗，耗向黑沉沉的像山谷、像墊溝一樣的夜裡去。兩側樓房高大空間就是峭壁，這裡的水就是山澗。

棄兒

　　依著窗口的女人，每日她煩得像數著髮絲一般的心，現在都躲開她了，被這裡的深山給嚇跑了。方才眼望著小豬被運走的事，現在也不占著她的心了，只覺得背上有些陰冷。當她踏著地板的塵土走進單身房的時候，她的腿便是用兩條木做的假腿，不然就是別人的腿強接在自己的身上，沒有感覺，不方便。

　　整夜她都是聽到街上的水流唱著勝利的歌。

　　每天在馬路上乘著車的人們現在是改乘船了。馬路變成小河，空氣變成藍色，而脆弱的洋車伕們往日他是拖著車，現在是拖船。他們流下的汗水不是同往日一樣嗎？帶有鹹脊和酸笨重的氣味。

　　松花江決堤三天了，滿街行走大船和小船，用箱子當船的也有，用板子當船的也有，許多救濟船在嚷，手中搖擺黃色旗子。

　　住在二屋樓上那個女人，被只船載著經過幾條狹窄的用樓房砌成河岸的小河，開始向無際限閃著金色光波的大海奔去。她呼吸著這無際限的空氣，她第一次與室窗以外的太陽接觸。江堤沉落到水底去了，沿路的小房將睡在水底，人們在房頂蹲著。小汽船江鷹般地飛來了，又飛過去了，留下排成蛇陣的彎彎曲曲的波浪在翻捲。那個女人的小船行近波浪，船沿和波浪相接觸著摩擦著。船在浪中打轉，全船的人臉上沒有顏色的驚恐，她尖叫了一聲，跳起來，想要離開這個漂蕩的船，走上陸地去。但是陸地在哪裡？

　　滿船都坐著人，都坐著生疏的人。什麼不生疏呢？她用兩個驚恐、憂鬱的眼睛，手指四張的手摸撫著突出來的自己的肚子。天空生疏，太陽生疏，水面吹來的風夾帶水的氣味，這種氣味也生疏。只有自己的肚子接近，不遼遠，但對自己又有什麼用處呢？

　　那個波浪是過去了，她的手指還是四處張著，不能合攏 —— 今夜將住在非家嗎？為什麼蓓力不來接我，走岔路了嗎？假設方才翻倒過去不是

什麼全完了嗎？也不用想這些了。

六七個月不到街面，她的眼睛繚亂，耳中的受音器也不服支配了，什麼都不清楚。在她心裡只感覺熱鬧。同時她也分明地考察對面駛來的每個船隻，有沒有來接她的蓓力，雖然她的眼睛是怎樣繚亂。

她嘴張著，眼睛瞪著，遠天和太陽遼闊的照耀。

一家樓梯間站著一個女人，屋裡抱小孩的老婆婆猜問著：你是芹嗎？

芹開始同主婦談著話，坐在圈椅間，她冬天的棉鞋，顯然被那個主婦看得清楚呢。主婦開始說：「蓓力去伴你來不看見嗎？那一定是走了岔路。」一條視線直迫著芹的全身而瀉流過來，芹的全身每個細胞都在發汗，緊張、急躁，她暗恨自己為什麼不遲來些，那就免得蓓力到那裡連個影兒都不見，空虛地轉了來。

芹到窗口吸些涼爽的空氣，她破舊襤衫的襟角在纏著她的膝蓋跳舞。當蓓力同芹登上細碎的月影在水池邊繞著的時候，那已是當日的夜，公園裡只有蚊蟲嗡嗡地飛。他們相依著，前路似乎給蚊蟲遮斷了，衝穿蚊蟲的陣，衝穿大樹的林，經過兩道橋梁，他們在亭子裡坐下，影子相依在欄杆上。

高高的大樹，樹梢相結，像一個用紗製成的大傘，在遮著月亮。風吹來大傘搖擺，下面灑著細碎的月光，春天出遊少女一般地瘋狂呵！蓓力的心裡和芹的心裡都有一個同樣的激動，並且這個激動又是同樣的祕密。

芹住在旅館孤獨的心境，不知都被什麼趕到什麼地方了。就是蓓力昨夜整夜不睡的痛苦，也不知被什麼趕到什麼地方了？

他為了新識的愛人芹，痛苦了一夜，本想在決堤第二天就去接芹到非家來，他像一個破了的搖籃一樣，什麼也盛不住，衣袋裡連一毛錢也沒有。去當掉自己流著棉花的破被嗎？哪裡肯要呢？他開始把他最好的一件制服從床板底下拿出來，拍打著塵土。他想這回一定能當一元錢的，五

棄兒

角錢給她買吃的送去，剩下的五角伴她乘船出來用作船費，自己盡可不必坐船去，不是在太陽島也學了幾招游泳嗎？現在真的有用了。他腋挾著這件友人送給的舊制服，就如挾著珍珠似的，臉色興奮。一家當鋪的金字招牌，混雜著商店的招牌，飯館的招牌。在這招牌的林裡，他是認清哪一家是當鋪了，他歡笑著，他的臉歡笑著。當鋪門關了，人們嚷著正陽河開口了。回來倒在床上，床板硬得和一張石片。他恨自己了，昨天到芹那裡去為什麼把褲帶子丟了。就是游泳著去，也不必把褲帶子解下拋在路旁，為什麼那樣興奮呢？蓓力心如此想，手就在腰間摸著新買的這條皮帶。他把皮帶抽下來，鞭打著自己。為什麼要用去五角錢呢，只要有五角錢，用手提著褲子不也是可以把自己的愛人伴出來嗎？整夜他都是在這塊石片的床板上懊悔著。

一家飯館的後房，他看著棚頂在飛的蠅群，壁間爬走的潮蟲，他聽著燒菜鐵勺的聲音，前房食堂間酒盅聲，舞女們伴著舞衣摩擦聲，門外叫化子乞討聲，像箭一般地，像天空繁星一般地，穿過嵌著玻璃的窗子一棵棵地刺進蓓力的心去。他眼睛放射紅光，半點不躲避。安靜的蓓力不聲響地接受著。他懦弱嗎？他不知痛苦嗎？天空在閃爍的繁星，都曉得蓓力是怎麼存心的。

就像兩個從前線退回來的兵士，一離開前線，前線的炮火也跟著離開了，蓓力和芹只顧坐在大傘下聽風聲和樹葉的嘆息。

蓓力的眼睛實在不能睜開了。為了躲避芹的覺察還幾次地給自己作著掩護，說起得早一點，眼睛有些發花。芹像明白蓓力的用意一樣，芹又給蓓力作著掩護的掩護：「那麼我們回去睡覺吧。」

公園門前橫著小水溝，跳過水溝來斜對的那條街，就是非家了。他們向非家走去。

二

　　地面上旅行的兩條長長的影子，在浸漸的消泯。就像兩條剛被主人收留下的野狗一樣，只是吃飯和睡覺才回到主人家裡，其餘盡是在街頭跑著蹲著。

　　蓓力同他新識的愛人芹，在友人家中已是一個星期過了。這一個星期無聲無味地飛過去。街口放著一隻小船，他們整天坐在船板上。公園也被水淹沒了，實在無處可去，左右的街巷也被水淹沒了，他們兩顆相愛的心也像有水在追趕著似的。一天比一天接近感到擁擠了。兩顆心膨脹著，也正和松花江一樣，想尋個決堤的出口衝出去。這不是想只是需要。

　　一天跟著一天尋找，可是左右布的密陣地一天天的高，一天天的厚，兩顆不得散步的心，只得在他們兩個相合的手掌中狂跳著。

　　蓓力也不住在飯館的後房了，同樣是住在非家，他和芹也同樣地離著。每天早起，不是蓓力到內房去推醒芹，就是芹早些起來，偷偷地用手指接觸著蓓力的腳趾。他的腳每天都是抬到籐椅的扶手上面，彎彎的伸著。蓓力是專為芹來接觸而預備著這個姿勢嗎？還是籐椅短放不開他的腿呢？他的腳被捏得作痛醒轉來，身子就是一條彎著腰的長蝦，從籐椅間鑽了出來，籐椅就像一隻蝦籠似的被蓓力丟在那裡了。他用手揉擦著眼睛，什麼什麼都不清楚，兩隻鴨子形的小腳，伏在地板上，也像被驚醒的鴨子般的不知方向。魚白的天色，從玻璃窗透進來，朦朧地在窗簾上惺忪著睡眼。

　　芹的肚子越脹越大了！由一個小盆變成一個大盆，由一個不活動的物件，變成一個活動的物件，他在床上睡不著，蚊蟲在他的腿上走著玩，肚子裡的物件在肚皮裡走著玩，她簡直變成個大馬戲場了，什麼全在這個場面上耍起來。

　　下床去拖著那雙瘦貓般的棉鞋，她到外房去，蓓力又照樣地變作一條

彎著腰的長蝦，鑽進蝦籠去了。芹喚醒他，把腿給他看，芹腿上的小包都連成排了。若不是蚊蟲咬的，一定會錯認石階上的苔蘚，生在她的腿上了。蓓力用手撫摸著，眉頭皺著，他又向她笑了笑，他的心是怎樣的刺痛呵！芹全然不曉得這一個，以為蓓力是帶著某種笑意向她煽動一樣。她手指投過去，生在自己肚皮裡的小物件也給忘掉了，只是示意一般的捏緊蓓力的腳趾，她心盡力的跳著。

內房裡的英夫人拉著小榮到廚房去，小榮先看著這兩個蝦來了，大嚷著推給她媽媽看。英夫人的眼睛不知放出什麼樣的光，故意地問：「你們兩個用手捏住腳，這是東洋式的握手禮還是西洋式的握手禮？」

四歲的小榮姑娘也學起她媽媽的腔調，就像嘲笑而不似嘲笑的唱著：「這是東洋式的還是西洋式的呢？」

芹和蓓力的眼睛，都像老虎的眼睛在照耀著。

蓓力的眼睛不知為了什麼變成金鋼石的了！又發光，又堅硬。芹近幾天盡看到這樣的眼睛，他們整天地跑著，一直跑了十多天了！有時他們打了個招呼走過去，一個短小的影子消失了。

晚間當芹和英夫人坐在屋裡的時候，英夫人搖著頭，臉上表演著不統一的笑，盡量的把聲音委婉，向芹不知說了些什麼。大概是白天被非看到芹和蓓力在中央大街走的事情。

芹和蓓力照樣在街上繞了一週，蓓力還是和每天一樣要挽著她跑。芹不知為了什麼兩條腿不願意活動，心又不耐煩！兩星期前住在旅館的心情又將萌動起來，她心上的煙霧剛退去不久又像給罩上了。她手玩弄著蓓力的衣扣，眼睛垂著，頭低下去：「我真不知這是什麼意思，我們衣裳襤褸，就連在街上走的資格也沒有了！」

蓓力不明白這話是對誰發的，他遲鈍而又靈巧地問：「怎麼？」

芹在學話說：「英說 —— 你們不要在街上走去，在家裡可以隨便，街

上的人太多，很不好看呢！人家講究著很不好呢。你們不知道嗎？在這街上我們認識許多朋友，誰都知道你們是住在我家的，假設你們若是不住在我家，好看與不好看，我都不管的。」芹在玩弄著衣扣。

蓓力的眼睛又在放射金鋼石般的光，他的心就像被玩弄著的衣扣一樣，在焦煩著。他把拳頭捏得緊緊的，向著自己的頭部打去。芹給他揉。蓓力的臉紅了，他的心懺悔。

「富人窮人，窮人不許戀愛？」

方才他們心中的焦煩退去了，坐在街頭的木凳上。她若感到涼，只有一個方法，她把頭埋在蓓力上衣的前襟裡。

公園被水淹沒以後，只有一個紅電燈在那個無人的地方自己燃燒。秋天的夜裡，紅燈在密結的樹梢下面，樹梢沉沉的，好像在靜止的海上面發現了螢火蟲似的，他們笑著，跳著，拍著手，每夜都是來向著這螢火蟲在叫跳一回……

她現在不拍手了，只是按著肚子，蓓力把她扶回去。當上樓梯的時候，她的眼淚被拋在黑暗裡。

非對芹和蓓力有點兩樣，上次英夫人的講話，可以證明是非說的。

非搬走了，這裡的房子留給他岳母住，被褥全拿走了。芹在土炕上，枕著包袱睡。在土炕上睡了僅僅兩夜，她肚子疼得厲害。她臥在土炕上，蓓力也不上街了，他蹲在地板上，下頦枕炕沿，守著他。這是兩個雛鴿，兩個被折了巢窠的雛鴿。只有這兩個鴿子才會互相了解，真的幫助，因為飢寒迫在他們身上是同樣的份量。

芹肚子疼得更厲害了，在土炕上滾成個泥人了。蓓力沒有戴帽子，跑下樓去，外邊是落著陰冷的秋雨。兩點鐘過了蓓力不見回來，芹在土炕上繼續自己滾的工作。外邊的雨落得大了。三點鐘也過了，蓓力還是不回來，芹只想撕破自己的肚子，外面的雨聲她聽不到了。

棄兒

蓓力在小樹下跑，雨在天空跑，鋪著石頭的路，雨的線在上面翻飛，雨就像要把石頭壓碎似的，石頭又非反抗到底不可。

穿過一條街，又一條街，穿過一片雨，又一片雨，他衣袋裡仍然是空著，被雨淋得他就和水雞同樣。

走進大門了，他的心飛上樓去，在撫慰著芹，這是誰也看不見的事。芹野獸瘋狂般的尖叫聲，從窗口射下來，經過成排的雨線，壓倒雨的響聲，卻實實在在，牢牢固固，箭般地插在蓓力的心上了。

蓓力帶著這只箭追上樓去，他以為芹是完了，是在發著最後的嘶叫。芹肚子疼得半昏了，她無知覺地拉住蓓力的手，她在土炕抓的泥土，和蓓力帶的雨水相合。

蓓力的臉色慘白，他又把剛才向非借的一元車錢送芹入醫院的影子想了一遍：「慢慢有辦法，過幾天，不忙。」他又想：「這是朋友應該說的話嗎？我明白了，我和非經濟不平等，不能算是朋友。」

任是芹怎樣嚎叫，他最終離開她下樓去，雨是淘天地落下來。

芹肚子痛得不知人事，在土炕上滾得不成人樣了，臉和白紙一個樣，痛得稍輕些，她爬下地來，想喝一杯水。茶杯剛拿在手裡，又痛得不能耐了，杯子摔在地板上。杯子碎了，那個黃臉大眼睛非的岳母跟著聲響走進來，嘴裡囉嗦著：「也太不成樣子了，我們這裡倒不是開的旅館，隨便誰都住在這裡。」

芹聽不清誰在說話，把肚子壓在炕上，要把小物件從肚皮擠出來，這種痛法簡直是絞著腸子，她的腸子像被抽斷一樣。她流著汗，也流著淚。

芹像鬼一個樣，在馬車上囚著，經過公園，經過公園的馬戲場，走黑暗的途徑。蓓力緊抱住她。現在她對蓓力只有厭煩，對於街上的每個行人都只有厭煩，她扯著頭髮，在蓓力的懷中掙扎。她恨不能一步飛到醫院，但是，馬卻不願意前進，在水中一勁打旋轉。蓓力開始驚惶，他說話的聲

音和平時兩樣：「這裡的水特別深呵，走下陰溝去會危險。」他跳下水去，拉住馬勒，在水裡前進著。

芹十分無能地臥在車裡，好像一個齟齬的包袱或是一個垃圾箱。

一幅沉痛的悲壯的受壓迫的人物映畫在明月下，在秋光裡，渲染得更加悲壯，更加沉痛了。

鐵欄柵的門關著，門口沒有電燈，黑森森的，大概醫院是關了門了，蓓力前去打門，芹的心希望和失望在絞跳著。

三

馬車又把她載回來了，又經過公園，又經過馬戲場，芹肚子痛得像輕了一點。他看到馬戲場的大象，笨重地在玩著自己的鼻子，分明清晰的她又有心思向蓓力尋話說：「你看見大象笨得多乖。」

蓓力一天沒得吃飯，現在他看芹像小孩子似的開著心，他心裡又是笑又是氣。

車回到原處了，蓓力盡他所有借到的五角錢給了車伕。蓓力就像疾風暴雨裡的白菜一樣，風雨過了，他又扶著芹踏上樓梯，他心裡想著得一月後才到日子嗎？那時候一定能想法借到十五元住院費。蓓力才想起來給芹把破被子鋪在炕上。她倒在被上，手指在整著蓬亂的頭髮。蓓力要脫下溼透的鞋子，吻了她一下，到外房去了。

又有一陣呻吟聲蓓力聽到了，趕到內房去，蓓力第一條視線射到芹的身上，芹的臉已是慘白得和鉛鍋一樣。他明白她的肚子不痛是心理作用，盡力相信方才醫生談的，再過一個月那也說不準。

他不借，也不打算，他明白現代的一切事情唯有蠻橫，用不到講道理，所以第二次他把芹送到醫院的時候，雖然他是沒有住院費，芹結果是

強住到醫院裡。

在三等產婦室，芹迷沉地睡了兩天了，總是夢著馬車在水裡打轉的事情。半夜醒來的時候，急得汗水染透了衾枕。她身體過於疲乏。精神也隨之疲乏，對於什麼事情都不大關心。對於蓓力，對於全世界的一切，全是一樣，蓓力來時，坐在小凳上談幾句不關緊要的話。他一走，芹又合攏起眼睛來。

三天了，芹夜間不能睡著，奶子脹得硬，裡面像盛滿了什麼似的，只聽她嚷著奶子痛，但沒聽她詢問過關於孩子的話。

產婦室裡擺著五張大床，睡著三個產婦，那邊空著五張小床。看護婦給推過一個來，靠近挨著窗口的那個產婦，又一個挨近別一個產婦。她們聽到推小床的聲音，把頭露出被子外面，臉上都帶著同樣的不可抑止、新奇的笑容，就好像看到自己的小娃娃在床裡睡著的小臉一樣。她們並不向看護婦問一句話，怕羞似的臉紅著，只是默默地在預備熱情，期待她們親手造成的小動物與自己第一次見面。

第三個床看護婦推向芹的方向走來，芹的心開始跳動，就像個意外的消息傳了來。手在搖動：「不要！不……不要……我不要呀！」她的聲音裡母子之情就像一條不能折斷的鋼絲被她折斷了，她滿身在抖顫。

滿牆瀉著秋夜的月光，夜深，人靜，只是隔壁小孩子在哭著。

孩子生下來哭了五天了，躺在冰涼的板床上，漲水後的蚊蟲成群片地從氣窗擠進來，在小孩的臉上身上爬行。她全身冰冰，她整天整夜的哭。冷嗎？餓嗎？生下來就沒有媽媽的孩子誰去管她呢？

月光照了滿牆，牆上閃著一個影子，影子抖顫著，芹挨下床去，臉伏在有月光的牆上 —— 小寶寶，不要哭了，媽媽不是來抱你嗎？凍得這樣冰呵，我可憐的孩子！

孩子咳嗽的聲音，把芹伏在壁上的臉移動了，她跳上床去，她扯著自

己的頭髮，用拳頭痛打自己的頭蓋。真個自私的東西，成千成萬的小孩在哭，怎麼就聽不見呢？成千成萬的小孩餓死了，怎麼看不見呢？比小孩更有用的大人也都餓死了，自己也快餓死了，這都看不見，真是個自私的東西！

睡熟的芹在夢裡又活動著，芹夢著蓓力到床邊抱起她，就跑了，跳過牆壁，院費也沒交，孩子也不要了。聽說後來小孩給院長當了丫鬟，被院長打死了。孩子在隔壁還是哭著，哭得時間太長了，那孩子作嘔，芹被驚醒，慌張地迷惑地趕下床去。她以為院長在殺害她的孩子，只見影子在壁上一閃，她昏倒了。秋天的夜在寂寞地流，每個房間瀉著雪白的月光，牆壁這邊地板上倒著媽媽的身體。那邊的孩子在哭著媽媽，只隔一道牆壁，母子之情就永久相隔了。

身穿白長衫三十多歲的女人，她黃臉上塗著白粉，粉下隱現黃黑的斑點，坐在芹的床沿。女人煩絮地向芹問些瑣碎的話，別的產婦淒然地在靜聽。

芹一看見她們這種臉，就像針一樣在突刺著自己的心。「請抱去吧，不要再說別的話了。」她把頭用被蒙起，她再不能抑止，這是什麼眼淚呢？在被裡橫流。

兩個產婦受了感動似的也用手揉著眼睛，坐在床沿的女人說：「誰的孩子，誰也捨不得，我不能做這母子兩離的事。」女人的身子扭了一扭。

芹像被什麼人要挾似的，把頭上的被掀開，面上笑著，眼淚和笑容凝結的笑著：「我捨得，小孩子沒有用處，你把她抱去吧。」

小孩子在隔壁睡，一點都不知道，親生她的媽媽把她給別人了。

那個女人站起來到隔壁去了，看護婦向那個女人在講，一面流淚：「小孩子生下來六天了，連媽媽的面都沒得見、整天整夜地哭，餵她牛奶他不吃，她媽媽的奶脹得痛都擠扔了。唉，不知為什麼，聽說孩子的爸爸

還很有錢呢！這個女人真怪，連有錢的丈夫都不願嫁。」

　　那個女人同情著。看護婦說：「這小臉多麼冷清，真是個生下來就招人可憐的孩子。」小孩子被她們摸索醒了，她的面貼到別人的手掌，以為是媽媽的手掌，她撒怨地哭了起來。

　　過了半個鐘頭，小孩子將來的媽媽，挾著紅包袱滿臉歡喜地踏上醫院的石階。

　　包袱裡的小被縟給孩子包好，經過穿道，經過產婦室的門前，經過產婦室的媽媽，小孩跟著生人走了，走下石階了。

　　產婦室裡的媽媽什麼也沒看見，只聽見一陣噪雜的聲音啊！

　　當芹告訴蓓力孩子給人家抱去了的時候，她剛強的沉毅的眼睛把蓓力給怔住了，他只是安定地聽著：「這回我們沒有罣礙了，丟掉一個小孩是有多數小孩要獲救的目的達到了，現在當前的問題就是住院費。」

　　蓓力握緊芹的手，他想 ── 芹是個時代的女人，真想得開，一定是我將來忠實的夥伴！他的血在沸騰。

　　每天當蓓力走出醫院時，庶務都是向他索院費，蓓力早就放下沒有院費的決心了，所以他第二次又挾著那件制服到當鋪去，預備芹出院的車錢。

　　他的制服早就被老鼠在床下給咬破了，現在就連這件可希望的制服，也沒有希望了。

　　蓓力為了五角錢，開始奔波。

　　芹住在醫院快是三個星期了！同室的產婦，來一個住了個星期抱著小孩走了，現在僅留她一個人在產婦室裡，院長不向她要院費了，只希望她出院好了。但是她出院沒有車錢沒有袂衣，最要緊的她沒有錢租房子。

　　芹一個人住在產婦室裡，整夜的幽靜，只有她一個人享受窗上大樹招搖細碎的月影，滿牆走著，滿地走著。她想起來母親死去的時候，自己還

是小孩子，睡在祖父的身旁，不也是看著夜裡窗口的樹影麼？現在祖父走進墳墓去了，自己離家鄉已三年了，時間一過什麼事情都消滅了。

　　窗外的樹風唱著幽靜的曲子，芹聽到隔院的雞鳴聲了。

　　產婦們都是抱著小孩坐著汽車或是馬車一個個出院了，現在芹也是出院了。她沒有小孩也沒有汽車，只有眼前的一條大街要她走，就像一片荒田要她開拔一樣。

　　蓓力好像個助手似的在眼前引導著。

　　他們這一雙影子，一雙剛強的影子，又開始向人林裡去邁進。

一九三三年四月十八日，哈爾濱

此篇創作於 1933 年 4 月 18 日，首次發表於 1933 年 5 月 6-17 日長春《大同報‧大同俱樂部》。

廣告副手

一

地板上細碎的木屑、油罐、顏料罐子，不流通的空氣的氣味，刺人鼻孔，散散亂亂地混雜著。

木匠穿著短袖的襯衫，搖著耳朵，手臂上年老的筋肉，忙碌地突起，又忙碌地落下；頭上流下的汗水直浸入他白色的鬍子根端去。

另一個在大廣告牌上塗抹著紅顏料的青年，確定的不希望回答，拉起讀小說的聲音說：

「這就是大工廠啊！」

屋子的右半部不知是架什麼機器噠噠的響。什麼聲音都給機器切斷了。芹的嘆息聲聽不見，老木匠咳嗽聲也聽不見，只是抖著他那年老快不中用的手臂。

芹在大牌上塗了一塊白色，現在她該用紅色了。走到顏料罐子的堆裡去尋，肩上披著兩條髮辮。

「這就是大工廠啊！」

「這就是大工廠啊！」

芹追緊這個反覆的聲音，望著那個青年正在塗抹的一片紅色，她的骨肉被割得切痛，這片紅色捉人心魂地在閃著震撼的光。

「努力抹著自己的血吧！」

她說的話別人沒有聽見，這卻不是被機器切斷的，只是她沒說出口來。

站在牆壁一般寬大的廣告牌前，消遣似的她細數著老木匠喘著呼吸的次數。但別一方面她卻非消遣，實際的需要的想下去：

「我絕不能塗抹自己的血！……每月二十元。」

「我絕不能塗抹自己的血，我不忍心呀！……二十元。」

「米袋子空了！蓓力每月的五元稿金，現在是提前取出來用掉了！」

「可是怎麼辦？二十元……二十元……二十元……」

她爽快地拉條短凳在坐著。腦殼裡的二十元，就像一架壓榨機一樣，一發動起來，不管自己的血，人家的血，就一起地從她的筆尖滴落到大牌子上面。

那個青年蹲著在大牌子上畫。老木匠面向窗口，運著他的老而快不中用的手臂。三個昏黃的影子在牆上、在牌子上慌忙地搖晃。

外面廣茫的夜在展開著。前樓提琴響著，鋼琴也響著。女人的笑聲，經過老木匠面向的窗口，聲音就終止在這黯淡的燈光裡了。木匠帶著鬍子，流著他快不中用的汗水。那個披著髮辮的女人登上木凳在塗著血色。那個青年蹲在地板上也在塗著血色。琴聲就像破鑼似的，在他們聽來，不尊貴，沒有用。

「這就是大工廠啊！他媽媽的！」

這反覆的話，隔一段時間又要反覆一遍。好像一盤打字機似的，從那個青年的嘴裡一字一字地跳出。

芹搖晃著影子，蓓力在她的心裡走……

「他這回不會生氣的吧？我是為著職業。」

「他一定會曉得我的。」

門扇打開，走進一個鼻子上架著眼鏡，手裡牽著文明杖，並且上唇生著黑鼻涕似的小鬍。他進來了。另一個用手帕掩著嘴的女人，也走來了。旗袍的花邊閃動了一下，站在門限。

「唔，我可受不了這種氣味，快走吧！」

男人正在鑑賞著大牌子上的顏色。他看著大牌子方才被芹弄髒了的紅

條痕。他的眼眉在眼鏡上面皺著，他說：

「這種紅色不太明顯，不太好看。」

穿旗袍的女人早已挽起他的手臂，不許再停留一刻。

「醫生不是說過嗎？你頭痛都是常到廣告室看廣告被油氣熏的。以後用不著來看，總之，畫不好憑錢不是什麼都可以做到嗎？畫廣告的不是和街上的乞丐一樣多嗎？」

門扇沒給關上，開著，他們走了。他們漸去漸遠的話聲，渺茫的可以聽到：「……女人為什麼要做這種行道？真是過於拙笨了，過於想不開了……」

那個青年搖著肩頭把門關好，又搖動著肩頭在說：「叫你鑑賞著我們的血吧！就快要渲染到你們的身上了……」

他說著，並且用手拍打自己的膝蓋。

芹氣得喘不上氣來，在木凳上痴呆茫然地立著，手裡紅顏色的筆溜到地板上，顏料罐子倒傾著；在將畫就的大牌子上，在她的棉袍上，爬著長條的紅痕。

青年搖起昏黃的影子向著芹的方面：

「這可怎樣辦？四張大牌子明天就一起要。現在這張又弄上紅色，方才進來的人就是這家影院的經理，那個女人就是他的姨太太。」

芹的影子就像釘在大牌子上似的，一動不動。她在失神地想啊：這就是工廠啊！方才走進來的那個長小鬍的男人不也和工廠主一樣吧？別人，在黑暗裡塗抹的血，他們卻拿到光明的地方去鑑賞，玩味！

外面廣茫的夜在流。前樓又是笑聲拍掌聲，帶著刺般傳來，突刺著芹的心。

廣告室裡機器響著，老木匠流著汗。

老木匠的汗為誰流呢？

二

房門大開著，碗和筷子散散亂亂地攤在爐臺上，屋子充滿黃昏的顏色。

蓓力到報館送稿子口來，一看著門扇，他臉就帶上了驚疑的色彩，心不平靜地在跳：

「臘月天還這樣放空氣嗎？」

他進屋摸索著火柴和蠟燭。他的手驚疑地在顫動，他心假裝平靜無事地跳。他嘴努力平靜著在喊：

「你快出來，我知道你又是藏在門後了！」

「快出來！還等我去門後拉你嗎？」

臉上笑著，心裡跳著，蠟油滴落了滿手。他找過外屋門後沒有，又到裡屋門後：

「小東西，你快給我爬出來！」

他手按住門後衣掛上的衣服，不是芹。他臉上為了不可遏止的驚疑而憤怒，而變白。

他又帶著希望尋過了床底，小廚房，最後他坐在床沿，無意識地掀著手上的蠟油，心裡是這樣地想：

「怎麼她會帶著病去畫廣告呢？」

蠟油一片一片地落到膝蓋上，在他心上翻騰起無數悲哀的波。

他拿起帽子，一種悲哀而又勇敢的力量推著他走出房外，他的影子投向黑暗的夜裡。

門在開著，牆上搖顫著空虛寂寞的憧影，蠟燭自己站在桌子上燃燒。

三

帽子在手裡拿著，耳朵凍得和紅辣椒一般，跑到電影院了。太太和小姐們穿著鑲邊的袍子從他的眼前走過，像一塊骯髒的肉，或是一個裡面裹著什麼齷齪東西的花包袱，無手無足地在一串串地滾。

但，這是往日的情形，現在不然了。他恨得咬得牙齒作響，他想把這一串串的包袱肚子給踢裂。

電影院裡，拍手聲和笑聲，從門限射出來，蓓力手裡擺著帽子，努力抑止臉上急憤的表情，用著似平和的聲音說：

「廣告室在什麼地方？」

「有什麼事？」

「今天來畫廣告的那個女人，我找她。廣告室在什麼地方？」

「畫廣告的人都走了，門關鎖了！」

「不能夠，你去看看！」

「不信把鑰匙給你去看。」

站在門旁那個人到裡面，真的把鑰匙拿給蓓力看了。鑰匙是真的，蓓力到現在，把剛才憤怒的方向轉變了。方才的憤怒是因芹帶著病畫廣告，怕累得病重；現在他的憤怒是轉向什麼方向去了呢？不用說，他心內衝著愛和忌妒兩種不能混合的波浪。

他走出影院的門來，帽子還是在手裡拿著；有不可釋的無端的線索向他拋著：

「為什麼呢？她不在家，也不在這裡？」

滿天都是星，各個在閃耀，但沒有一個和蓓力接近的，他的耳朵凍得硬了，他不感覺，又轉向影院去，坐在大長椅上。電影院裡擾嚷著噪雜的煩聲，來來去去高跟鞋子的腳，板直的男人褲腿，手杖，女人牽著的長毛狗。這一切，蓓力今天沒有罵他們，只是專心地在等候。他想：

「芹或者到裡面看電影去了？工作完了在這裡看電影是很方便的。」

裡門開放了，走出來麻雀似的人群，吱吱的鬧著騷音。蓓力站起來，眼睛花了一陣在尋找芹。

芹在後院廣告室裡，遙遠縹渺地聽著這騷音了。蓓力卻在前房裡尋芹。

門是開著，屋子裡的蠟燃燒得不能再燃燒了，盡了。蓓力從影院回來的時候，才發覺自己是忘掉把蠟吹滅就走出去。

屋子給風吹得冰冷，就和一個冰窖似的。門雖是關好，門限那兒被風帶進來的雪霜凜凜的仍在閃光。僅有的一支蠟燭燒盡了，蓓力只得在黑暗裡摸索著想：

「一看著職業什麼全忘了，開著門就跑了！」

冷氣充滿他的全身，充滿全室，他耳朵凍得不知道痛，躬著腰，他倒在床間。屋子裡黑黝黝的，月光從窗子透進來，但，只是一小條，沒有多大幫助。蓓力用他僵硬的手擄著頭髮在想。

門口間被風帶進來的雪的沙群，凜凜地閃著淚水般的光芒：「看到職業，什麼全忘了！開著門就跑了！」「可是現在為什麼她不在影院呢，到什麼地方去了？除開職業之外，還有別的力量躲在背後嗎？」

他想到這裡，猛然咒罵起自己來了：

「芹是帶看病給人家畫廣告去，不都是為了我們沒有飯吃嗎？現在我倒是被別的力量擾亂了！男人為什麼要生著這樣出乎意外的懷疑心呢？」

四

蓓力的心軟了，經過這場憤恨，他才知道芹的可愛，芹的偉大處。他又想到影院去尋芹，接她回來，伴隨著她，倚著肩頭，吻過她，從影院把她接回來。

　　這不過是一刻的想像，事實上他沒那麼做。

　　他又接著煩惱下去，他不知道是愛芹還是恨芹。他手在捶著床，腳也在捶床。亂捶亂打，他心要給煩惱漲碎了，煩惱把一切壓倒。

　　落在門口間地板上的雪，像刀刃一樣在閃著凜凜的光。

　　蓓力蓬著頭髮，眉梢直豎到伏在額前的髮際，慌怔的影子從鐵欄柵的大門投射出來，向著路南那個賣食物的小鋪走去。

五

　　影院門又是鬧著騷音，芹同別的人，同看電影的小姐少爺們，從同一個門口擠出來。她臉色也是紅紅的，別人香粉的氣味也傳染到她的身上。

　　她同別人走著一樣暢快的步子，她在搖動肩頭，誰也不知道她是給看電影的人畫廣告的女工。街旁沒有衣食的老人，他知道凡是看電影的大概都是小姐或太太；所以他開始向著這個女工張著向小姐們索錢的手，擺著向小姐們索錢的姿勢。手在顫動，板起臉上可憐的笑容，眼睛含著眼淚，嗓子瘖啞，聲音在抖顫。

　　可憐的老人，只好再用他同樣的聲音，走向別一群太太、小姐，或紳士般裝束的人們面前。

　　在老頭子只看芹的臉紅著，衣服發散著香氣，他卻不知道衣服的香味是別人傳染過來的，臉紅是在廣告室裡被油氣和不流通的空氣熏的。

　　芹心跳，她一看高懸在街上共用的大鐘快八點了。她怕蓓力在家又要生氣，她慌忙地搖著身子走，她肚子不痛了，什麼病也從她身上跑開了。

　　她又想蓓力不會生氣的，她知道蓓力平時是十分愛她。她興奮得有些多事起來。往日躲在樓頂的星星，現在都被她發現了：紅色的，黃色的，白色的，但在星星的背後似乎埋著這樣的意義：

「這回總算不至於沒有柈子燒了。米袋子會漲起，我們的肚子也不用憂慮了。屋子可以燒得暖一點，腳也不至於再凍破下去。到月底取錢的時候，可以給蓓力買一件較厚的毛衣。臘月天只穿一件夾外套是不行呢！」

她腳雖是凍短了，走路有些歪斜，但，這是往日的情形，現在她理由充足地在搖著肩頭走。

在鐵柵欄的大門前，蓓力和芹相遇了。蓓力的臉，沒有表情，就像沒看著芹似的，蓬著頭髮走向路南小鋪去。

芹方才的理由到現在變成了不中用。她臉上也沒有表情，跟住蓓力走進小鋪去；蓓力從袖口取出玻璃杯來，放在櫃檯上，並且指著擺在格子上的大玻璃瓶。

芹搶著他的手指說：

「你不要喝酒！」

純理智的這話沒有一點感情。沒有感情的話誰肯聽呢？

蓓力買了兩毛錢酒，兩支蠟燭。

一進門，摸著黑，他把酒喝了一半；趁著蓓力點蠟的機會，芹把杯子舉起，剩餘的一半便吞下她的肚裡去。

蓓力坐下，把酒杯高舉，喝一口是空杯，他望著芹的臉笑了笑。因為酒，他臉變得通紅：又因為出去，手拿著帽子，耳朵更紅了。

蓓力和芹隔著桌子坐著，蠟燭在桌上站立，一個影子落在東牆，一個影子落在西牆，兩個影子相隔兩處在搖動著。

蓓力沒有感情地笑著說：

「你看的是什麼影片呀？」

芹恐惶地睜大了眼睛，她的嗓子浸進眼淚去，瘖啞著說：

「我什麼都不能講給你，你這話是根據什麼來路呢？」

蓓力還用著他同樣的笑臉說：

「當我七點鐘到影院去尋你，廣告室的門都鎖了！」

芹的眼淚似乎充滿了嗓子，又充滿了眼眶，用她瘖啞的聲音解辯：

「我什麼時候看的電影？你想我能把你留家，自己坐在那裡看電影嗎？我是一直畫到現在呀！」

蓓力平時愛芹的心現在沒有了。他不管芹的聲音瘖啞，仍在追根，並且確定的用手作著絕對的手式說：

「你還有什麼可說？鎖門的鑰匙都拿給我看了！」

芹的理由沒有用了，急得像個小孩子似的搖著頭，瞪著眼，臉色急得發青，酒力衝上來，臉色發著紅。

蓓力還像有話要說似的，但是他肚子裡的酒，像要起火似的燒著，酒的力量叫他把衣服脫得一件不留，光著腳在地板上走來走去。一會，他又把衣裳、褲子、襪子一件一件地攤在地板上，最後他坐在衣服上，用被風帶進來的霜雪擦著他中了酒通紅的腳，嘴在唱著說：

「真涼快呀，我愛的芹呀，你不來洗個澡嗎？」

他躺在地板上了，手捉抓著前胸，嘴裡在唱，同時作嘔。

他又歪斜地站起，把屋門打開，立時又關上了。他嚷著中國人送灶王爺的聲調：

「灶王爺開著門上西天！」

他看看芹也躺在地板上了，在下意識裡他愛著芹，把他攤在地板上的衣服，都掀起來給芹蓋好。他用手把芹的眼睛張開說：

「小妹妹，你睜開眼睛看看，把我的衣服脫得一件不留給你蓋上，怕你著涼，你還去畫廣告嗎？」

芹舌頭短了，不能說話了。

蓓力反覆地問她，她不能說話，蓓力持著酒氣，孩子般地惱了。把衣裳又一件件地從芹身上取下來，重鋪到地板上，和方才一樣，用霜雪洗著

腳，蠟燭昏黃的影子，和醉了酒的人一致地搖盪。夜深寂靜的聲音在飄漾著。蓓力被酒醉得用下意識在唱：

「看著職業，開著門就跑了！」

「連我也不要了！」

「連我也不要了！開著門就跑了……」

六

第二天蓓力病了，凍病了，芹耐著肚子痛從床上起來，蓓力問她：

「你為什麼還起得這樣早？」

芹回答：

「我去買柈子！」

在這話後面，卻是躲著別的意思：

「四個大牌子怕是畫不出來，要早去一點。」

芹肚子痛得不能直腰，走出大門口去，一會柈子送來了，她在找錢，蓓力的幾個衣袋找遍了。她驚恐地問蓓力：

「昨天的五角錢呢？」

蓓力想起來了：

「昨晚買酒和蠟燭的五角錢給了小鋪了！」

送柈子的人在門外等著，芹出去，低著頭說：

「一時找不到錢，下午或是明天來拿好嗎？」

那個人帶著不願意的臉色，捆起柈子來走了。芹是眼看著柈子被人捆走了。

七

正是九點一刻，蓓力的朋友（畫廣告的那個青年）來了。他說：「昨夜大牌子上弄的那條紅痕被經理看見了。他說芹當廣告副手不行，另找來一個別的人。」

此篇創作日期、首刊何處均不詳，收錄在 1933 年 10 月五畫出版社出版的《跋涉》中。

孤獨的生活

　　藍色的電燈，好像通夜也沒有關，所以我醒來一次看看牆壁是發藍的，再醒來一次，也是發藍的。天明之前，我聽到蚊蟲在帳子外面嗡嗡嗡地叫著，我想，我該起來了，蚊蟲都吵得這樣熱鬧了。

　　收拾了房間之後，想要做點什麼事情，這點日本與我們中國不同，街上雖然已經響著木屐的聲音，但家屋仍和睡著一般的安靜。我拿起筆來，想要寫點什麼，在未寫之前必得要先想，可是這一想，就把所想的忘了！

　　為什麼這樣靜呢？我反倒對著這安靜不安起來。於是出去卜在街上走走，這街也不和我們中國的一樣，也是太靜了，也好像正在睡覺似的。

　　於是又回到了房間，我仍要想我所想的：在蓆子上面走著，吃一根香菸，喝一杯冷水，覺得已經差不多了，坐下來吧！寫吧！

　　剛剛坐下來，太陽又照滿了我的桌子。又把桌子換了位置，放在牆角去，牆角又沒有風，所以滿頭流汗了。

　　再站起來走走，覺得所要寫的，越想越不應該寫，好，再另計劃別的。

　　好像疲乏了似的，就在蓆子上面躺下來，偏偏簾子上有一個蜂子飛來，怕它刺著我，起來把它打跑了。剛一躺下，樹上又有一個蟬開頭叫起。蟬叫倒也不算奇怪，但只一個，聽來那聲音就特別大，我把頭從窗子伸出去，想看看，到底是在哪一棵樹上？可是鄰人拍手的聲音，比蟬聲更大，他們在笑了。我是在看蟬，他們一定以為我是在看他們。

　　於是穿起衣裳來，去吃中飯。經過華的門前，她們不在家，兩雙拖鞋擺在木箱上面。她們的女房東，向我說了一些什麼，我一個字也不懂，大

概也就是說她們不在家的意思。日本食堂之類，自己不敢去，怕被人看成個阿墨林。所以去的是中國飯館，一進門那個戴白帽子的就說：

「伊拉瞎伊麻絲……」

這我倒懂得，就是「來啦」的意思。既然坐下之後，他仍說的是日本話，於是我跑到廚房去，對廚子說了：要吃什麼，要吃什麼。

回來又到華的門前看看，還沒有回來，兩雙拖鞋仍擺在木箱上。她們的房東又不知向我說了些什麼！

晚飯時候，我沒有去尋她們，出去買了東西回到家裡來吃，照例買的麵包和火腿。

吃了這些東西之後，著實是寂寞了。外面打著雷，天陰得混混沉沉的了。想要出去走走，又怕下雨，不然，又是比日裡還要長的夜，又把我留在房間了。終於拿了雨衣，走出去了，想要逛逛夜市，也怕下雨，還是去看華吧！一邊帶著失望一邊向前走著，結果，她們仍是沒有回來，仍是看到了兩雙鞋，仍是聽到了那房東說了些我所不懂的話語。

假若，再有別的朋友或熟人，就是冒著雨，我也要去找他們，但實際是沒有的。只好照著原路又走回來了。

現在是下著雨，桌子上面的書，除掉《水滸》之外，還有一本胡風譯的《山靈》。《水滸》我連翻也不想翻，至於《山靈》，就是抱著我這一種心情來讀，有意義的書也讀壞了。

雨一停下來，穿著街燈的樹葉好像螢火蟲似的發光，過了一些時候，我再看樹葉時那就完全漆黑了。

雨又開始了，但我的周圍仍是靜的，關起了窗子，只聽到屋瓦滴滴的響著。

我放下了帳子，打開藍色的電燈，並不是準備睡覺，是準備看書了。

讀完了《山靈》上《聲》的那篇，雨不知道已經停了多久了？那已經

啞了的權龍八，他對他自己的不幸，並不正面去惋惜，他正為著剷除這種不幸才來幹這樣的事情的。

已經啞了的丈夫，他的妻來接見他的時候，他只把手放在嘴唇前面擺來擺去，接著他的臉就紅了。當他紅臉的時候，我不曉得那是什麼心情激動了他？還有，他在監房裡讀著速成國語讀本的時候，他的夥伴都想要說：「你話都不會說，還學日文幹什麼！」

在他讀的時候，他只是聽到像是蒸氣從喉嚨漏出來的一樣。恐怖立刻浸著了他，他慌忙地按了監房裡的報知機，等他把人喊了來，他又不說什麼，只是在嘴的前面搖著手。所以看守罵他：「為什麼什麼也不說呢？混蛋！」醫生說他是「聲帶破裂」，他才曉得自己一生也不會說話了。

我感到了藍色燈光的不足，於是開了那顆白燈泡，準備再把《山靈》讀下去。我的四面雖然更靜了，等到我把自己也忘掉了時，好像我的周圍也動盪了起來。

天還未明，我又讀了三篇。

一九三六年八月九日，東京

此篇創作於 1936 年 8 月 9 日，首次發表於 1936 年 8 月 20 日上海《中流》第 1 卷第 1 期。

中秋節

記得青野送來一大瓶酒，董醉倒在地下，剩我自己也沒得吃月餅。小屋寂寞的，我讀著詩篇，自己過個中秋節。

我想到這裡，我不願再想，望著四面清冷的壁，望著窗外的天。我側倒在床上，看一本書，一頁，兩頁，許多頁，不願看。那麼我聽著桌子上的錶，看著瓶裡不知名的野花，我睡了。

那不是青野嗎？帶著楓葉進城來，在床沿大家默坐著。楓葉插在瓶裡，放在桌上，後來楓葉乾了坐在院心。常常有東西落在頭上，啊，小圓棗滾在牆根外。棗樹的命運漸漸完結著。晨間學校打鐘了，正是上學的時候，梗媽穿起棉襖打著嚏噴在掃偎在牆根哭泣的落葉，我也打著嚏噴。梗媽捏了我的衣裳說：「九月時節穿單衣服，怕是害涼。」

董從他房裡跑出，叫我多穿件衣服。

我不肯，經過陰涼的街道走進校門。在課室裡可望到窗外黃葉的芭蕉。同學們一個跟著一個的向我問：

「你真耐冷，還穿單衣。」

「你的臉為什麼紫色呢？」

「倒是關外人……」

她們說著，拿女人專有的眼神閃視。

到晚間，嚏噴打得越多，頭痛，兩天不到校。上了幾天課，又是兩天不到校。

森森的天氣緊逼著我，好像秋風逼著黃葉樣，新曆一月一日降雪了，我打起寒顫。開了門望一望雪天，呀！我的衣裳薄得透明了，結了冰般

地。跑回床上，床也結了冰般地。我在床上等著董哥，等得太陽偏西，董哥偏不回來。向梗媽借十個大銅板，於是吃燒餅和油條。

青野踏著白雪進城來，坐在椅間，他問：「綠葉怎麼不起呢？」

梗媽說：「一天沒起，沒上學，可是董先生也出去一天了。」

青野穿的學生服，他搖搖頭，又看了自己有洞的鞋底，走過來他站在床邊又問：「頭痛不？」把手放在我頭上試熱。

說完話他去了，可是太陽快落時，他又回轉來。董和我都在猜想。他把兩元錢放在梗媽手裡，一會就是門外送煤的小車子嘩鈴的響，又一會小煤爐在地心紅著。同時，青野的被子進了當鋪，從那夜起，他的被子沒有了，蓋著褥子睡。

這已往的事，在夢裡關不住了。

門響，我知道是三郎回來了，我望了望他，我又回到夢中。可是他在叫我：「起來吧，悄悄，我們到朋友家去吃月餅。」

他的聲音使我心酸，我知道今晚連買米的錢都沒有，所以起來了，去到朋友家吃月餅。人囂著，經過菜市，也經過睡在路側的殭屍，酒醉得暈暈的，走回家來，兩人就睡在清涼的夜裡。

三年過去了，現在我認識的是新人，可是他也和我一樣窮困，使我記起三年前的中秋節來。

此篇具體創作日期不詳，首次發表於 1933 年 10 月 29 日長春《大同報‧夜哨》第 12 期。

白面孔

恐怖壓到劇團的頭上，陳成的白面孔在月光下更白了。這種白色使人感到事件的嚴重。落過秋雨的街道，腳在街石上發著「巴巴」的聲音，李，郎華，我們四個人走過很長的一條街。李說：「徐志，我們那天去試演，他不是沒有到嗎？被捕一個禮拜了！我們還不知道……」

「不要說。在街上不要說。」我撞動她的肩頭。

鬼祟的樣子，郎華和陳成一隊，我和李一隊。假如有人走在後面，還不等那人注意我，我就先注意他，好像人人都知道我們這回事。街燈也變了顏色，其實我們沒有注意到街燈，只是緊張地走著。

李和陳成是來給我們報信，聽說劇團人老柏已經三天不敢回家，有密探等在他的門口，他在準備逃跑。

我們去找胖朋友，胖朋友又有什麼辦法？他說：「×××科裡面的事情非常祕密，我不知道這事，我還沒有聽說。」他在屋裡轉著彎子。

回到家鎖了門，又在收拾書箱，明知道沒有什麼可收拾的，但本能的要收拾。後來，也把那一些冊子從過道拿到後面样子房去。看到冊子並不喜歡，反而感到累贅了！

老秦的面孔也白起來，那是在街上第二天遇見他。我們沒說什麼，因為郎華早已通知他這事件。

沒有什麼辦法，逃，沒有路費，逃又逃到什麼地方去？不安定的生活又重新開始。從前是鬧餓，剛能弄得飯吃，又鬧著恐怖。好像從來未遇過的惡的傳聞和事實，都在這時來到：日本憲兵隊前夜捉去了誰，昨夜捉去了誰……聽說昨天被捉去的人與劇團又有關係……

耳孔裡塞滿了這一些，走在街上也是非常不安。在中央大街的中段，竟有這樣突然的事情 —— 郎華被一個很瘦的高個子在肩上拍了一下，就帶著他走了！轉彎走向橫街去，郎華也一聲不響地就跟他走，也好像莫名其妙地脫開我就跟他去……起先我的視線被電影院門前的人們遮斷，但我並不怎樣心跳，那人和郎華很密切的樣子，肩貼著肩，踱過來，但一點感情也沒有，又踱過去……這次走了許多工夫就沒再轉回來。我想這是用的什麼計策吧？把他弄上圈套。

　　結果不是要捉他，那是他的一個熟人，多麼可笑的熟人呀！太突然了！神經衰弱的人會嚇出神經病來。「唉呀危險，你們劇團裡人捕去了兩個了……」在街上他竟弄出這樣一個奇特的樣子來，他不斷地說：「你們應該預備預備。」

　　「我預備什麼？怕也不成，遇上算。」郎華的肩連搖也不搖地說。

　　這幾天發生的事情極多，做編輯的朋友陵也跑掉了。汪林喝過酒的白面孔也出現在院心。她說她醉了一夜，她說陵前夜怎樣送她到家門，怎樣要去了她一把削瓜皮的小刀……她一面說著，一面幻想，臉也是白的。好像不好的事情都一起發生，朋友們變了樣。汪林在院子裡走來走去，也變了樣。

　　只失掉了劇員徐志，劇團的事就在恐怖中不再提起了。

此篇創作於 1935 年，具體日期不詳，作為「隨筆三篇」之三首次發表於 1936 年 6 月《中學生》第 66 期；後收錄在 1936 年 8 月文化生活出版社出版的《商市街》中。

又是冬天

　　窗前的大雪白絨一般，沒有停地在落，整天沒有停。我去年受凍的腳完全好起來，可是今年沒有凍，壁爐著得呼呼發響，時時起著木枒的小炸音；玻璃窗簡直就沒被冰霜蔽住；枒子不像去年擺在窗前，而是裝滿了枒子房的。

　　我們決定非回國不可。每次到書店去，一本雜誌也沒有，至於別的書，那還是三年前擺在玻璃窗裡退了色的舊書。非去不可，非走不可。

　　遇到朋友，我們就問：

　　「海上幾月裡浪小？小海船是怎樣暈法？……」因為我們都沒航過海，海船那樣大，在圖畫上看見也是害怕，所以一經過「萬國車票公司」的窗前，必須要停住許多時候，要看窗子裡立著的大圖畫，我們計算著這海船有多麼高啊！都說海上無風三尺浪，我在玻璃上就用手去量，看海船有海浪的幾倍高？結果那太差遠了！海船的高度等於海浪的二十倍。我說海船六丈高。

　　「哪有六丈？」郎華反對我，他又量量：「哼！可不是嗎！」

　　「差不多……海浪三尺，船高是二十三尺。」

　　也有時因為我反覆著說：「有那麼高嗎？沒有吧！也許有！」

　　郎華聽了就生起氣了，因為海船的事差不多在街上就吵架……

　　可是朋友們不知道我們要走。有一天，我們在胖朋友家裡舉起酒杯的時候，嘴裡吃著燒雞的時候，郎華要說，我不叫他說，可是到底說了。

　　「走了好！我看你早就該走！」以前胖朋友常這樣說，「郎華，你走吧！我給你們對付點路費。我天天在 ×× 科裡邊聽著問案子。皮鞭子打

得那個響！哎，走吧！我想要是我的朋友也弄去……那聲音可怎麼聽？我一看那行人，我就想到你……」

老秦來了，他是穿著一件嶄新的外套，看起來帽子也是新的，不過沒有問他，他自己先說：

「你們看我穿新外套了吧？非去上海不可，忙著做了兩件衣裳，好去進當鋪，賣破爛，新的也值幾個錢……」

聽了這話，我們很高興，想不說也不可能：「我們也走，非走不可，在這個地方等著活剝皮嗎？」郎華說完了就笑了：

「你什麼時候走？」

「那麼你們呢？」

「我們沒有一定。」

「走就五六月走，海上浪小……」

「那麼我們一同走吧！」

老秦並不認為我們是真話，大家隨便說了不少關於走的事情，怎樣走法呢？怕路上檢查，怕路上盤問，到上海什麼朋友也沒有，又沒有錢。說得高興起來，逼真了！帶著幻想了！老秦是到過上海的，他說四馬路怎樣怎樣！他說上海的窮是怎樣的窮法……

他走了以後，雪還沒有停。我把火爐又放進一塊木柈去。

又到燒晚飯的時間了！我想一想去年，想一想今年，看一看自己的手骨節脹大了一點，個子還是這麼高，還是這麼瘦……這房子我看得太熟了，至於牆上或是棚頂有幾個多餘的釘子，我都知道。郎華呢？沒有瘦胖，他是照舊，從我認識他那時候起，他就是那樣，顴骨很高，眼睛小，嘴大，鼻子是一條柱。

「我們吃什麼飯呢？吃麵或是飯？」

居然我們有米有麵了，這和去年不同，忽然那些回想牽住了我……借

又是冬天

到兩角錢或一角錢……空手他跑回來……抱著新棉袍去進當鋪。

我想到我凍傷的腳，下意識地看了一下腳。於是又想到柈子，那樣多的柈子，燒吧！我就又去搬了木柈進來。

「關上門啊！冷啊！」郎華嚷著。

他仍把兩手插在褲袋，在地上打轉；一說到關於走，他不住地打轉，轉起半點鐘來也是常常的事。

秋天，我們已經裝起電燈了。我在燈下抄自己的稿子。郎華又跑出去，他是跑出去玩，這可和去年不同，今年他不到外面當家庭教師了。

此篇創作於 1935 年，具體日期不詳，收錄在 1936 年 8 月文化生活出版社出版的《商市街》中。

天空的點綴

　　用了我有點蒼白的手，捲起紗窗來，在那灰色的雲的後面，我看不到我所要看的東西（這東西是常常見的，但它們真的載著砲彈飛起來的時候，這在我還是生疏的事情，也還是理想著的事情）。正在我躊躇的時候，我看見了，那飛機的翅子好像不是和平常的飛機的翅子一樣（它們有大的也有小的），好像還帶著輪子，飛得很慢，只在雲彩的縫際出現了一下，雲彩又趕上來把它遮沒了。不，那不是一隻，那是兩隻，以後又來了幾隻。它們都是銀白色的，並且又都叫著嗚嗚的聲音，它們每個都在叫著嗎？這個，我分不清楚。或者它們每個在叫著的，節拍像唱歌的，是有一定的調子，也或者那在雲幕當中撒下來的聲音就是一片。好像在夜裡聽著海濤的聲音似的，那就是一片了。

　　過去了！過去了！心也有點平靜下來。午飯時用過的家具，我要去洗一洗。剛一經過走廊，又被我看見了，又是兩隻。這次是在南邊，前面一個，後面一個，銀白色的，遠看有點發黑，於是我聽到了我的鄰家在說：

　　「這是去轟炸虹橋飛機場。」

　　我只知道這是下午兩點鐘，從昨夜就開始的這戰爭。至於飛機我就不能夠分別了，日本的呢？還是中國的呢？大概是日本的吧！因為是從北邊來的，到南邊去的，戰地是在北邊中國虹橋飛機場是真的，於是我又起了很多想頭：是日本打勝了吧！所以安閒地去炸中國的後方，是……一定是，那麼這是很壞的事情，他們沒止境的屠殺，一定要像大風裡的火焰似的那麼沒有止境……

　　很快我批駁了我自己的這念頭，很快我就被我這沒有把握的不正確的熱望壓倒了，中國，一定是中國占著一點勝利，日本遭了些挫傷。假若是

天空的點綴

日本占著優勢，他一定要衝過了中國的陣地而追上去，哪裡有工夫用飛機來這邊擴大戰線呢？

風很大，在遊廊上，我拿在手裡的家具，感到了點沉重而動搖，一個小白鋁鍋的蓋子，啪啦啪啦地掉下來了，並且在遊廊上啪啦啪啦地跑著，我追住了它，就帶著它到廚房去。

至於飛機上的炸彈，落了還是沒落呢？我看不見，而且我也聽不見，因為東北方面和西北方面砲彈都在開裂著。甚至於那砲彈真正從哪方面出發，因著回音的關係，我也說不定了。

但那飛機的奇怪的翅子，我是看見了的，我是含著眼淚而看著它們，不，我若真的含著眼淚而看著它們，那就相同遇到了魔鬼而想教導魔鬼那般沒有道理。

但在我的窗外，飛著，飛著，飛去又飛來了的，飛得那麼高，好像有一分鐘那飛機也沒離開我的窗口。因為灰色的雲層的掠過，真切了，朦朧了，消失了，又出現了，一個來了，一個又來了。看著這些東西，實在的我的胸口有些疼痛。

一個鐘頭看著這樣我從來沒有看過的天空，看得疲乏了，於是，我看著桌上的檯燈，檯燈的綠色的傘罩上還畫著菊花，又看到了箱子上散亂的衣裳，平日彈著的六條弦的大琴，依舊是站在牆角上。一樣，什麼都是和平常一樣，只有窗外的雲，和平日有點不一樣，還有桌上的短刀和平日有點不一樣，紫檀色的刀柄上鑲著兩塊黃銅，而且不裝在紅牛皮色的套子裡。對於它我看了又看，我相信我自己絕不是拿著這短刀而赴前線。

一九三七年八月十四日

此篇創作於 1937 年 8 月 14 日，首次發表於 1937 年 10 月 16 日武漢《七月》第 1 卷第 1 期。

索非亞的愁苦

僑居在哈爾濱的俄國人那樣多。從前他們罵著：「窮黨，窮黨。」

連中國人開著的小酒店或是小食品店，都怕「窮黨」進去。誰都知道「窮黨」喝了酒，常常會討不出錢來。

可是現在那罵著窮黨的，他們做了「窮黨」了：馬車伕，街上的浮浪人，叫化子，至於那大鬍子的老磨刀匠，至於那去過歐戰的獨腿人，那拉手風琴在乞討銅板的，人們叫他街頭音樂家的獨眼人。

索非亞的父親就是馬車伕。

索非亞是我的俄文教師。

她走路走得很漂亮，像跳舞一樣。可是，她跳舞跳得怎樣呢？那我不知道，因為我還不懂得跳舞。但是我看她轉著那樣圓的圈子，我喜歡她。

沒多久，熟識了之後，我們是常常跳舞的。「再教我一個新步法！這個，你看我會了。」

桌上的錶一過十二點，我們就停止讀書。我站起來，走了一點姿式給她看。

「這樣可以嗎？左邊轉，右邊轉，都可以！」

「怎麼不可以！」她的中國話講得比我們初識的時候更好了。

為著一種感情，我從不以為她是一個「窮黨」，幾乎連那種觀念也沒有存在。她唱歌唱得也很好，她又教我唱歌。有一天，她的手指甲染得很紅的來了。還沒開始讀書，我就對她的手很感到趣味，因為沒有看到她裝飾過。她從不塗粉，嘴唇也是本來的顏色。

「嗯哼，好看的指甲啊！」我笑著可是她沒笑，她一半說著俄國話「涅克拉西為」。

「呵！壞的，不好的，『涅克拉西為』是不美的、難看的意思。」

我問她：「為什麼難看呢？」

「讀書，讀書，十一點鐘了。」她沒有回答我。

後來，我們再熟識的時候，不僅跳舞，唱歌，我們談著服裝，談著女人：西洋女人，東洋女人，俄國女人，中國女人。有一天，我們正在講解著文法，窗子上有紅光閃了一下，我招呼著：

「快看！漂亮哩！」房東的女兒穿著紅緞袍子走過去。

我想，她一定要稱讚一句。可是她沒有：

「白吃白喝的人們！」

這樣合乎文法完整的名詞，我不知道為什麼她能說出來？當時，我只是為著這名詞的構造而驚奇。至於這名詞的意義，好像以後才發現出來。

後來，過了很久，我們談著思想，我們成了好友了。

「白吃白喝的人們，是什麼意思呢？」我已經問過她幾次了，但仍常常問她。她的解說有意思：「豬一樣的，吃得很好，睡得很好。什麼也不做，什麼也不想……」

「那麼，白吃白喝的人們將來要做『窮黨』了吧？」

「是的，要做『窮黨』的。不，可是……」她的一絲笑紋也從臉上退走了。

不知多久，沒再提到「白吃白喝」這句話。我們又回轉到原來友情上的寸度：跳舞、唱歌，連女人也不再說到。我的跳舞步法也和友情一樣沒有增加，這樣一直繼續到「巴斯哈」節[01]。

節前的幾天，索非亞的臉色比平日更慘白些，嘴唇白得幾乎和臉色一個樣，我也再不要求她跳舞。

就是節前的一日，她說：「明天過節，我不來，後天來。」

01　即西方的復活節。

後天，她來的時候，她向我們說著她愁苦，這很意外。友情因為這個好像又增加起來。

「昨天是什麼節呢？」

「『巴斯哈』節，為死人過的節。染紅的雞子帶到墳上去，花圈帶到墳上去……」

「什麼人都過嗎？猶太人也過『巴斯哈』節嗎？」

「猶太人也過，『窮黨』也過，不是『窮黨』也過。」

到現在我想知道索非亞為什麼她也是「窮黨」，然而我不能問她。

「愁苦，我愁苦……媽媽又生病，要進醫院，可是又請不到免費證。」

「要進哪個醫院。」

「專為俄國人設的醫院。」

「請免費證，還要很困難的手續嗎？」

「沒有什麼困難的，只要不是『窮黨』。」

有一天，我只吃著乾麵包。那天她來得很早，差不多九點半鐘她就來了。

「營養不好，人是瘦的、黑的，工作得少，工作得不好。慢慢健康就沒有了。」

我說：「不是，只喜歡空吃麵包，而不喜歡吃什麼菜。」

她笑了：「不是喜歡，我知道為什麼。昨天我也是去做客，妹妹也是去做客。爸爸的馬車沒有賺到錢，爸爸的馬也是去做客。」

我笑她：「馬怎麼也會去做客呢？」

「會的，馬到它的朋友家裡去，就和它的朋友站在一道吃草。」

俄文讀得一年了，索非亞家的牛生了小牛，也是她向我說的。並且當我到她家裡去做客，若當老羊生了小羊的時候，我總是要吃羊奶的。並且

在她家我還看到那還不很會走路的小羊。

「吉卜賽人是『窮黨』嗎？怎麼中國人也叫他們『窮黨』呢？」這樣的話，好像在友情最高的時候更不能問她。

「吉卜賽人也會講俄國話的，我在街上聽到過。」

「會的，猶太人也多半會俄國話！」索非亞的眉毛動彈了一下。

「在街上拉手風琴的一個眼睛的人，他也是俄國人嗎？」

「是俄國人。」

「他為什麼不回國呢？」

「回國！那你說我們為什麼不回國？」她的眉毛好像在黎明時候靜止著的樹葉，一點也沒有搖動。

「我不知道。」我實在是慌亂了一刻。

「那麼猶太人回什麼國呢？」

我說：「我不知道。」

春天柳條抽著芽子的時候，常常是陰雨的天氣，就在雨絲裡一種沉悶的鼓聲來在窗外了：

「咚咚！咚咚！」

「猶太人，他就是父親的朋友，去年『巴斯哈』節他是在我們家裡過的。他世界大戰的時候去打過仗。」

「咚咚，咚咚，瓦夏！瓦夏！」

我一面聽著鼓聲，一面聽到喊著瓦夏，索非亞的解說在我感不到力量和微弱。

「為什麼他喊著瓦夏？」我問。

「瓦夏是他的夥伴，你也會認識他……是的，就是你說的中央大街上拉風琴的人。」

那猶太人的鼓聲並不響了，但仍喊著瓦夏，那一雙肩頭一起聳起又一

起落下，他的腿是一隻長腿一隻短腿。那隻短腿使人看了會並不相信是存在的，那是從腹部以下就完全失去了，和丟掉一隻腿的蛤蟆一樣奇形。

他經過我們的窗口，他笑笑。

「瓦夏走得快哪！追不上他了。」這是索非亞給我翻譯的。

等我們再開始講話，索非亞她走到屋角長青樹的旁邊：

「屋子太沒趣了，找不到靈魂，一點生命也感不到的活著啊！冬天屋子冷，這樹也黃了。」

我們的談話，一直繼續到天黑。

索非亞述說著在落雪的一天，她跌了跤，從前安得來夫將軍的兒子在路上罵她「窮黨」。

「……你說，那豬一樣的東西，我該罵他什麼呢？──罵誰『窮黨』！你爸爸的骨頭都被『窮黨』的煤油燒掉了！──他立刻躲開我，他什麼話也沒有再回答。『窮黨』，吉卜賽人也是『窮黨』，猶太人也是『窮黨』。現在真正的『窮黨』還不是這些人，那些沙皇的子孫們，那些流氓們才是真正的『窮黨』。」

索非亞的情感約束著我，我忘記了已經是應該告別的時候。

「去年的『巴斯哈』節，爸爸喝多了酒，他傷心……他給我們跳舞，唱高加索歌……我想他唱的一定不是什麼歌曲，那是他想他家鄉的心情的嚎叫，他的聲音大得厲害哩！我的妹妹米娜問他：『爸爸唱的是哪裡的歌？』他接著就唱起『家鄉』『家鄉』來了，他唱著許多家鄉。我們生在中國地方，高加索，我們對它一點什麼也不知道。媽媽也許是傷心的，她哭了！猶太人哭了──拉手風琴的人，他哭的時候，把吉卜賽女孩抱了起來。也許他們都想著『家鄉』。可是，吉卜賽女孩不哭，我也不哭。米娜還笑著，她舉起酒瓶來跟著父親跳高加索舞，她一再說：『這就是火把！』爸爸說：『對的。』他還是說高加索舞是有火把的。米娜一定是從

電影上看到過火把。……爸爸舉著三絃琴。」

索非亞忽然變了一種聲音：

「不知道吧！為什麼我們做『窮黨』？因為是高加索人。哈爾濱的高加索人還不多，可是沒有生活好的。從前是『窮黨』，現在還是『窮黨』。爸爸在高加索的時候種田，來到中國也是種田。現在他趕馬車，他是一九一二年和媽媽跑到中國來。爸爸總是說：『哪裡也是一樣，幹活計就吃飯。』這話到現在他是不說的了……」

她父親的馬車回來了，院裡嘟嘟地響著鈴子。

我再去看她，那是半年以後的事，臨告別的時候，索非亞才從床上走下地板來。

「病好了我回國的。工作，我不怕，人是要工作的。傳說，那邊工作很厲害。母親說，還不要回去吧！可人們沒有想想，人們以為這邊比那邊待他還好！」走到門外她還說：

「『回國證』怕難一點，不要緊，沒有『回國證』，我也是要回去的。」她走路的樣子再不像跳舞，遲緩與艱難。

過了一個星期，我又去看她，我是帶著糖果。

「索非亞進了醫院的。」她的母親說。

「病院在什麼地方？」

她的母親說的完全是俄語，那些俄文的街名，無論怎樣是我所不懂的。

「可以嗎？我去看看她？」

「可以，星期日可以，平常不可以。」

「醫生說她是什麼病？」

「肺病，很輕的肺病，沒有什麼要緊。『回國證』她是得不到的，『窮黨』回國是難的。」

我把糖果放下就走了。這次送我出來的不是索非亞，而是她的母親。

此篇具體創作日期不詳，首次發表於 1936 年 4 月 10 日上海《大公報‧文藝》第 125 期。後收錄在 1940 年 6 月大時代書局出版的《蕭紅散文》中。

同命運的小魚

我們的小魚死了。它從盆中跳出來死的。

我後悔，為什麼要出去那麼久！為什麼只貪圖自己的快樂而把小魚乾死了！

那天魚放到盆中去洗的時候，有兩條又活了，在水中立起身來。那麼只用那三條死的來燒菜。魚鱗一片一片地掀掉，沉到水盆底去；肚子剝開，腸子流出來。我只管掀掉魚鱗，我還沒有洗過魚，這是試著幹，所以有點害怕，並且冰涼的魚的身子，我總會聯想到蛇；剝魚肚子我更不敢了。郎華剝著，我就在旁邊看，然而看也有點躲躲閃閃，好像鄉下沒有教養的孩子怕著已死的貓會還魂一般。

「你看你這個無用的，連魚都怕。」說著，他把已經收拾乾淨的魚放下，又剝第二個魚肚子。這回魚有點動，我連忙扯了他的肩膀一下：「魚活啦，魚活啦！」

「什麼活啦！神經質的人，你就看著好啦！」他逞強一般的在魚肚子上劃了一刀，魚立刻跳動起來，從手上跳下盆去。「怎麼辦哪？」這回他向我說了。我也不知道怎麼辦。他從水中摸出來看看，好像魚會咬了他的手，馬上又丟下水去。魚的腸子流在外面一半，魚是死了。

「反正也是死了，那就吃了它。」

魚再被拿到手上，一些也不動彈。他又安然地把它收拾乾淨。直到第三條魚收拾完，我都是守候在旁邊，怕看，又想看。第三條魚是全死的，沒有動。盆中更小的一條很活潑了，在盆中轉圈。另一條怕是要死，立起不多時又橫在水面。火爐的鐵板熱起來，我的臉感覺烤痛時，鍋中的油翻

著花。

　　魚就在大爐臺的菜板上，就要放到油鍋裡去。我跑到二層門去拿油瓶，聽得廚房裡有什麼東西跳起來，噼噼啪啪的。他也來看。盆中的魚仍在游著，那麼菜板上的魚活了，沒有肚子的魚活了，尾巴仍打得菜板很響。

　　這時我不知該怎樣做，我怕看那悲慘的東西。躲到門口，我想：不吃這魚吧。然而它已經沒有肚子了，可怎樣再活？我的眼淚都跑上眼睛來，再不能看了。我轉過身去，面向著窗子。窗外的小狗正在追逐那紅毛雞，房東的使女小菊挨過打以後到牆根處去哭……

　　這是兇殘的世界，失去了人性的世界，用暴力毀滅了它吧！毀滅了這些失去了人性的東西！

　　晚飯的魚是吃的，可是很腥，我們吃得很少，全部丟到垃圾箱去。

　　剩下來兩條活的就在盆裡游泳。夜間睡醒時，聽見廚房裡有乒乓的水聲。點起洋燭去看一下。可是我不敢去，叫郎華去看。

　　「盆裡的魚死了一條，另一條魚在游水響……」

　　到早晨，用報紙把它包起來，丟到垃圾箱去。只剩一條在水中上下游著，又為它換了一盆水，早飯時又丟了一些飯粒給它。

　　小魚兩天都是快活的，到第三天憂鬱起來，看了幾次，它都是沉到盆底。

　　「小魚都不吃食啦，大概要死吧？」我告訴郎華。

　　他敲一下盆沿，小魚走動兩步；再敲一下，再走動兩步……不敲，它就不走，它就沉下去。

　　又過一天，小魚的尾巴也不搖了，就是敲盆沿，它也不動一動尾巴。

　　「把它送到江裡一定能好，不會死。它一定是感到不自由才憂愁起來！」

　　「怎麼送呢？大江還沒有開凍，就是能找到一個冰洞把它塞下去，我

同命運的小魚

看也要凍死，再不然也要餓死。」我說。

郎華笑了。他說我像玩鳥的人一樣，把鳥放在籠子裡，給它米子吃，就說它沒有悲哀了，就說比在山裡好得多，不會凍死，不會餓死。

「有誰不愛自由呢？海洋愛自由，野獸愛自由，昆蟲也愛自由。」郎華又敲了一下水盆。

小魚只悲哀了兩天，又暢快起來，尾巴打著水響。我每天在火邊燒飯，一邊看著它，好像生過病又好起來的自己的孩子似的，更珍貴一點，更愛惜一點。天真太冷，打算過了冷天就把它放到江裡去。

我們每夜到朋友那裡去玩，小魚就自己在廚房裡過個整夜。它什麼也不知道，它也不怕貓會把它攫了去，它也不怕耗子會使它驚跳。我們半夜回來也要看看，它總是安安然然地游著。家裡沒有貓，知道它沒有危險。

又一天就在朋友那裡過的夜，終夜是跳舞，唱戲。第二天晚上才回來。時間太長了，我們的小魚死了！

第一步踏進門的是郎華，差一點沒踏碎那小魚。點起洋燭去看，還有一點呼吸，腮還輕輕地抽著。我去摸它身上的鱗，都乾了。小魚是什麼時候跳出水的？是半夜？是黃昏？耗子驚了你，還是你聽到了貓叫？

蠟油滴了滿地，我舉著蠟燭的手，不知歪斜到什麼程度。屏著呼吸，我把魚從地板上拾起來，再慢慢把它放到水裡，好像親手讓我完成一件喪儀。沉重的悲哀壓住了我的頭，我的手也顫抖了。

短命的小魚死了！是誰把你摧殘死的？你還那樣幼小，來到世界 —— 說你來到魚群吧，在魚群中你還是幼芽一般正應該生長的，可是你死了！

郎華出去了，把空漠的屋子留給我。他回來時正在開門，我就趕上去說：「小魚沒死，小魚又活啦！」我一面拍著手，眼淚就要流出來。我到桌子了去取蠟燭。他敲著盆沿，沒有動，魚又不動了。

「怎麼又不會動了？」手到水裡去把魚立起來，可是它又橫過去。

「站起來吧。你看蠟油啊！……」他拉我離開盆邊。

小魚這回是真死了！可是過一會又活了。這回我們相信小魚絕對不會死，離水的時間太長，復一復原就會好的。

半夜郎華起來看，說它一點也不動了，但是不怕，那一定是又在休息。我招呼郎華不要動它，小魚在養病，不要攪擾它。

亮天看它還在休息，吃過早飯看它還在休息。又把飯粒丟到盆中。我的腳踏起地板來也放輕些，只怕把它驚醒，我說小魚是在睡覺。

這睡覺就再沒有醒。我用報紙包它起來，魚鱗沁著血，一隻眼睛一定是在地板上掙跳時弄破的。

就這樣吧，我送它到垃圾箱去。

此篇創作於 1935 年，具體日期不詳，首次發表於 1936 年 4 月上海《中學生》第 64 期。後收錄在 1936 年 8 月文化生活出版社出版的《商市街》中。

一個南方的姑娘

郎華告訴我一件新的事情，他去學開汽車回來的第一句話說：

「新認識一個朋友，她從上海來，是中學生。過兩天還要到家裡來。」

第三天，外面打著門了！我先看到的是她頭上紮著漂亮的紅帶，她說她來訪我。老王在前面引著她。大家談起來，差不多我沒有說話，我聽著別人說。

「我到此地四十天了！我的北方話還說不好，大概聽得懂吧！老王是我到此地才認識的。那天巧得很，我看報上為著戲劇在開著筆戰，署名郎華的，我同情他……我同朋友們說：這位郎華先生是誰？論文作得很好。因為老王的介紹，上次，見到郎華……」

我點著頭，遇到生人，我一向是不會說什麼話，她又去拿桌上的報紙，她尋找筆戰繼續的論文。我慢慢地看著她，大概她也慢慢地看著我吧！她很漂亮，很素淨，臉上不塗粉，頭髮沒有捲起來，只是紮了一條紅綢帶，這更顯得特別風味，又美又乾淨，葡萄灰色的袍子上面，有黃色的花，只是這件袍子我看不很美，但也無損於美。到晚上，這美人似的人就在我們家裡吃晚飯。在吃飯以前，汪林也來了！汪林是來約郎華去滑冰，她從小孔窗看了一下：

「郎華不在家嗎？」她接著「唔」了一聲。

「你怎麼到這裡來？」汪林進來了。

「我怎麼就不許到這裡來？」

我看得她們這樣很熟的樣子，更奇怪。我說：

「你們怎麼也認識呢？」

「我們在舞場裡認識的。」汪林走了以後她告訴我。

從這句話當然也知道程女士也是常常進舞場的人了！汪林是漂亮的小姐，當然程女士也是，所以我就不再留意程女士了。

環境和我不同的人來和我做朋友，我感不到興味。

郎華肩著冰鞋回來，汪林大概在院中也看到了他，所以也跟進來。這屋子就熱鬧了！汪林的胡琴口琴都跑去拿過來。

郎華唱：「楊延輝坐宮院。」

「哈呀呀，怎麼唱這個？這是『奴心未死』！」汪林嘲笑他。

在報紙上就是因為舊劇才開筆戰。郎華自己明明寫著，唱舊戲是奴心未死。

並且汪林聳起肩來笑得背脊靠住暖牆，她帶著西洋少婦的風情。程女士很黑，是個黑姑娘。

又過幾天，郎華為我借一雙滑冰鞋來，我也到冰場上去。程女士常到我們這裡來，她是來借冰鞋，有時我們就一起去，同時新人當然一天比一天熟起來。她漸漸對郎華比對我更熟，她給郎華寫信了，雖然常見，但是要寫信的。

又過些日子，程女士要在我們這裡吃麵條，我到廚房去調麵條。

「……喳……喳……」等我走進屋，他們又在談別的了！程女士只吃一小碗麵就說：「飽了。」

我看她近些日子更黑一點，好像她的「愁」更多了！她不僅僅是「愁」，因為愁並不興奮，可是程女士有點興奮。我忙著收拾家具，她走時我沒有送她，郎華送她出門。

我聽得清楚楚的是在門口：「有信嗎？」

或者不是這麼說，總之跟著一聲「喳喳」之後，郎華很響的：「沒

有。」

又過了些日子，程女士就不常來了，大概是她怕見我。

程女士要回南方，她到我們這裡來辭行，有我做障礙，她沒有把要訴說出來的「愁」盡量訴說給郎華。她終於帶著「愁」回南方去了。

此篇創作於 1935 年，具體日期不詳，收錄在 1936 年 8 月文化生活出版社出版的《商市街》中。

三個無聊人

一個大胖子，戴著圓眼鏡。另一個很高，肩頭很狹。第三個彈著小四絃琴，同時讀著李後主的詞：

「四十年來家國，三千里地山河⋯⋯」讀到一句的末尾，琴弦沒有節調的，重複地響了一下，這樣就算他把詞句配上了音樂。

「噓！」胖子把被角撅了一下，接著唱道：「楊延輝，坐宮院⋯⋯」他的嗓子像破了似的。

第三個也在作聲：

「《小品文和漫畫》哪裡去了？」總是這人比其他兩個好，他願意讀雜誌和其他刊物。

「唉！無聊！」每次當他讀完一本的時候，他就用力向桌面摔去。

晚間，狹肩頭的人去讀「世界語」了。臨出門時，他的眼光很足，向著他的兩個同伴說：

「你們這是幹什麼！沒有紀律，一天哭哭叫叫的。」

「唉！無聊！」當他回來的時候，眼睛也無光了。

照例是這樣，臨出門時是興奮的，回來時他就無聊了，和他的兩個同伴同樣沒有紀律。從學「世界語」起，這狹肩頭的差不多每天念起「愛絲迫亂多」，後來他漸漸罵起「愛絲迫亂多」來，這可不知因為什麼？

他們住得很好，鐵絲顫條床，淡藍色的牆壁塗著金花，兩只四十燭光燈泡，窗外有法國梧桐，樓下是外國菜館，並且鐵盒子裡不斷地放著餅乾，還有罐頭魚。

「唉！真無聊！」高個狹肩頭的說。

於是胖同伴提議去到法國公園，園中有流汗的園丁；園門口有流汗的

洋車伕；巧得很，一個沒有手腳的乞丐，滾叫在公園的道旁被他們遇見。

「老黑，你還沒有起來嗎？真夠享福了。」狹肩頭的人從公園回來，要把他的第三個同伴拖下來；「真夠受的，你還在夢中……」

「不要鬧，不要鬧，我還困呢！」

「起來吧！去看看那滾號在公園門前的人，你就不困啦！」

那睡在床上的，沒有相信他的話，並沒起來。

狹肩頭的，憤憤懣懣地，整整一個早晨，他沒說無聊，這是他看了一個無手無足的乞丐的結果。也許他看到這無手無足的東西就有聊了！

十二點鐘要去午餐，這憤懣的人沒有去。

「太浪費了，吃些麵包不能過嗎？」他去買麵包，自己坐在房中吃。

「買一盒沙丁魚來伴著吃吧！」他又出去買沙丁魚。

等晚上有朋友來，他就告訴他無錢的朋友：

「你們真是不會儉省，買麵包吃多麼好！」

他的朋友吃了兩天麵包，把胃口吃得很酸。

狹肩頭人又無聊了，因為他好幾天沒有看到無手無足的人，或是什麼特別慘狀的人。

他常常街上去走，只要看到賣桃的小孩在街上被巡捕打翻了筐子，他也夠有聊幾個鐘頭。慢慢他這個無聊的病非到街頭去治不可，後來這賣桃的小孩一類的事竟治不了他。那麼就必須看報了，報紙上說：煙臺煤礦又燒死多少人，或是壓死多少人。

「啊呀！真不得了，這真是慘事。」這樣大事能使他三兩天反覆著說，他的無聊，像一種病症似的，又被這大事治住個三兩天。他不無聊很有聊的樣子讀小說，讀雜誌。

「四十年來家國，三千里地山河……」老黑無聊的時候就唱這調子，他不願意看什麼慘事，他也不願意聽什麼偉大的話，他每天不用理智，就

用感情來生活著，好像個真詩人似的。四絃琴在他的手下，不成調的嗒啦啦嗒啦啦……

「嗒啦，嗒啦，啦嗒嗒……」胖同伴的木鞋在地板上打拍，手臂在飛著……

「你們這是幹什麼？」讀雜誌的人說。

「我們這是在無聊！」三個無聊人聽到這話都笑了。

胖同伴，有書也讀書，有理論也讀理論，有琴也彈琴，有人彈琴他就唱。但這在他都是無聊的事情，對於他實實在在有趣的，是「先施公司」：

「那些女人真可憐，有的連血色都沒有了，可是還站在那里拉客……」他常常帶著錢去可憐那些女人。

「最非人生活的就是這些女人，可是沒有人知道更詳細些。」他這態度是個學者的態度。說著他就搭電車，帶著錢，熱誠地去到那些女人身上去研究「社會科學」去了。

剩下兩個無聊的，一個在看報，一個去到公園，拿著琴。去到公園的不知怎樣，最大限度也不過「四十年來家國，三千里地山河……」

但是在看報的卻發起火來，無論怎樣看，報上也不過載著煤礦啦，或者是什麼大河大川暴漲淹死多少人，電車軋死小孩，受經濟壓迫投黃浦自殺一類。

無聊！無聊！

人間慢慢治不了他這個病了。

可惜沒有比煤礦更慘的事。

一九三五年六月十二日

此篇創作於 1935 年 6 月 12 日，首次發表於 1935 年 8 月 5 日上海《太白》第 2 卷第 10 期。

訪問

這是寒帶的,俄羅斯式的家屋:房身的一半是埋在地下,從外面看去,窗子幾乎與地平線接近著。門廳是突出來的,和一個方形的亭子似的與房子接連著。門廳的外部,用毛草和麻布給他穿起了衣裳,就這樣,門扇的邊沿仍是掛著白色的霜雪。

只要你一踏進這家屋去,你立刻就會相信這是夏季,或者在你的感覺裡面會出現一個比夏季更舒適的另外的一個季節。人在這家屋裡邊,只穿著單的衣裳,也還打開著領口。陽光在沙發上跳躍著。大火爐上,水壺的蓋子為了水的滾煮的緣故,克答克答地在響。窗臺的花盆裡生著綠色的毛絨草。總之,使人立刻就會放棄了對於冬季的怨恨和怕懼。

我來過這房屋三次。第一次我是來訪我的朋友,可以說每次我都是來訪我的朋友。在最末這一次我的來訪是黃昏時候。在冬季的黃昏裡,所有的房屋都呈現著灰白色,好像是出了林子的白兔,為了疲倦到處躺臥下來。

我察看了一下房號,在被遺留下來的太陽的微光裡面那完全是模糊的,藍色的牌子上面,並分辨不出寫著什麼字數。我察看著那突出來的門廳,然而每家的門廳都是一律。我雖來過這房子兩次,但那都是日裡。我開始留心著窗口,我的朋友的窗口是擺著一盆淺綠色的毛絨草,於是我穿著這灰色天空下模糊的家屋而徘徊……

「唔!」門廳旁邊嵌著的那塊小玻璃,在我的記憶上恍了一下。我記得別的門廳是沒有這塊玻璃的。

我既認出了這個門廳,然而窗子裡並沒有燈光,我已經感到超過半數以上的失望!

「也許是睡覺了吧？可是這麼早？」我打過門以後，並沒有立刻走出人來，連回聲也沒有，只是狗在門裡邊叫著。

「可多？可多？」我聽出來這是女房東的聲音。「誰？誰？」自然她說的是俄語。

「請！請進來等一等……你的朋友，五點鐘就回來的。」

方塊糖、咖啡，還有她親手製作的點心。她都拿出來陪著我吃。方塊糖是從一個紙盒裡面取出來的，她把手伸到紙盒的底邊，一塊一塊攪了出來。

「唔，這是不很多，但是，吃……吃！」

起初她還時時去看那掛在牆上的手錶。

「姑娘，請等一刻，五點鐘，你的朋友是回來的，最多也不過六點鐘……」漸漸她把我看成完全是來訪她的。她開始讀一段書給我聽，讀得很長，並且使我完全不懂。

「明白了嗎？姑娘……」

「不，不十分明白。」

「呵哈！」她搖一下那翠藍色的大耳環，留戀和羨慕使她灰色的嘴唇不能夠平順地播送著每個字的尾音。

「明白嗎？姑娘，多麼出色的故事！多麼……我見過真的這樣的戀愛，真的，我也有過這樣的戀愛。明白一點嗎？還是全明白了？」

「不，我一點也不明白。」

但是她並不停下來給我解釋。那攤在她膝頭上的快要攤散的舊書，她用十個手指在把持著。

「唔！喫茶吧！」大概她已經讀到了段落。把書放在桌子上，用一塊糖在分著書頁的界限。

「咖啡，我是只預備這一點點，我來到中國，就從來沒多預備過……

可我會繡花邊了。從前我是連知道也不知道，現在我繡得很好了。你願意看一看嗎？我有各種各樣的花邊……俄羅斯的花邊和俄羅斯的跳舞一樣漂亮……有名的，是，全世界是知道的……」

我始終看成她是猶太人，她的頭髮雖然捲曲而是黑色，只有猶太人是這樣的頭髮；同時她的大耳環也和猶太人的耳環一樣，大而且沉重。

「不，姑娘，要看不要看呢？我想還是看一看的好……」她緊一緊那掛著穗子的披肩，想要站起來，但是椅背上像有什麼東西牽著她的披肩。

「這是什麼……這是……」那張椅子的靠背有許多彎彎曲曲的鐵絲爬行著，並且在她摘取著掛在鐵絲上的披肩時，那椅子吱吱的響起，好像要碎下來。

「姑娘，這花邊嗎！花邊，花邊……高貴的家庭需要花邊的地方很多，比方……被套、女睡衣、窗簾，考究一點的主婦連飯巾也是釘起花邊來的。多多的，用的地方多多的，趕快學一學吧！」

於是看到她的花邊，但是一點也不出色。那上面已經染著灰塵，有的像是用水洗過，但是也沒有洗淨的樣子，彷彿是些生著斑點的樹葉連結了起來的。

「姑娘，學起來很快，你看我這盤機器，你會用機器吧！只要一個月，只要一個月……學費是三塊錢……」

狗在床上跳來跳去，床已經顯著顛動和發響。這狗時時會打斷我們的談話。它從床上跳到桌子上，又從桌子跳到窗臺上去。這房間一切家具隔著過小的距離，床和窗子的距離中間擺著一張方桌 —— 就是我們坐著喝茶的方桌 —— 再就是大爐臺，再就是腳下的痰盂。

「喝茶吧！這茶是不很好，我是到中國從來沒預備過好茶。那麼，吃餅乾……」她把那盛餅乾破了邊沿的盤子向我這邊推了推，於是她把眼睛幾乎合起來問著我：「你不喜歡？你不喜歡吃這東西？」

我一邊看著她那善於表情的樣子，一邊伸手去取茶杯。於是發現桌子上面只擺著一個杯子，我用眼滿屋裡尋找，但也沒有第二只杯子。我已經感到了疲倦，我想另一天再來訪我的朋友。我站起來時，小狗扯住了我衣裳的襟角。

「看吧！姑娘，這狗最歡迎客人……再坐一坐，等一等，你的朋友大概就要回來的……我把火爐加一點木片……你看，我和狗一道生活著，也實在悶了。它只是跳著使我愛它，有時也使我厭煩它。但是它不會說話……雖然我發怒的時候它怕我，但它不知道我靈魂的顏色……」她打開了爐門，爐火在她的耳環上面擁抱，火光顫動著的熱力好像增強了她黑色的頭髮的捲曲。她的胳臂在動作的時候，那披肩的一個角都要從肩上流了下來，小狗在縈卷她那金黃色披肩的穗頭。

她說那是「非洲狗」，看起來簡直和袋鼠一樣，毛皮稀疏得和一條脫了鱗的魚相似。但在火光裡面，它已像增強了美麗，它活潑。它豎起來的和耗子一般的耳朵也透著明。

爐門閉起來了，燈光增添了它的強度。當她坐下來，把披肩整理好，又要談下去的時候，小狗在窗臺上撕扯著窗簾的角落……

她說到「宮廷」，說到「尼古拉」，她說到一些華貴的事物上去的時節，她的兩臂都完全分張開，好像要在空中去環抱她所講的一切。並且椅子也唧唧吱吱的響了起來。

「我嗎！我此刻不算什麼生活了，俄羅斯，我敢相信，俄羅斯的奴僕也沒有像我這樣過活的……貴人完全破壞得一點也不存在了……貴人完全被他們趕到中國和別的國去了……好生活，哪裡還有好生活？俄羅斯的偉大消滅了……」這時候她拾了一塊餅乾伏在手掌上，她眼睛黑色的睫毛很快地閃合了一下，嘴唇好像波浪似的開始蕩動：「你見過嗎？這叫餅乾，這是什麼餅乾呢？狗也怕不想吃這東西……」

訪問

　　於是她把她手掌上的小硬塊向著那袋鼠一樣的狗擲了過去。果然在玻璃窗上發出一聲相撞的響聲，狗的牙齒開始和餅乾接觸著，好像開始和什麼骨類接觸著似的。

　　「姑娘，你知道，這不是俄羅斯的狗，俄羅斯沒有這樣下賤的狗，從前我是養過的，只吃肉和湯，其餘什麼也不吃，麵包也不吃……」

　　後來又談到咖啡，又談到跳舞……

　　她做著姿式，在顫抖的地板上她還打了幾個旋風……

　　「俄羅斯的跳舞和俄羅斯的花邊一樣有名，是全世界頂有名的……」她坐了下來，好像她剛剛恢復了的青春又從她滑了下去：「可是關於花邊，我要找幾個學生，為的是生活，一點點的補助……你看，兩個房子，我住在廚房裡面，實在是小得可以……前幾年我就教人做花邊，可是慢慢少了下來……到現在簡直沒有人注意我……我來到中國十八年……不，十九年了，那年，我是二十二歲。剛結過婚……可是現在教花邊了……是的……教花邊了……」

　　窗子的上角，一顆星從簾子的縫際透了進來，她去把簾子舒展了一次。她說：「這不是俄羅斯的星光，請不要照我……」她搖著頭，她的大耳環在她很細的頸部蕩了幾下，於是她伸出去那青白的手把那顆星光遮掩了起來。

　　我走出這俄羅斯式的家屋的時候，那黑色的非洲狗向我叫了幾聲。

　　「姑娘！花邊……有什麼人要學花邊，請介紹一下……」

　　我想起了，我的朋友說過，她的房東是舊俄時代一個將軍的女兒。

　　於是我們說著再見。我向街道走去，她卻關了門。隔著門，我聽她大聲喚著；

　　「格賓克！格賓克！」這大概是那非洲狗的名字。

　　　　　　　　　　　　　　　　　　　　　　　一九三六年元月七日

此篇創作於 1936 年 1 月 7 日，首次發表於 1936 年 1 月 20 日上海《海燕》第 1 期。
後收錄在 1940 年 6 月大時代書局出版的《蕭紅散文》中。

夏夜（一）

　　密密的濃黑的一帶長林，遠在天邊靜止著。夏夜藍色的天，藍色的夜。夏夜坐在茅檐邊，望著茅檐借宿麻雀的窠巢，隔著牆可以望見北山森靜的密林，林的那端，望不見彎月勾垂著。

　　於是蟲聲，各樣的穿著夜衣的幽靈般的生命的響叫。牆外小溪暢引著，水聲脆脆瑯瑯。菱姑在北窗下語著多時了！眼淚凝和著夜露已經多時了！她依著一株花枝，花枝的影子抹上牆去，那樣她儼若睡在荷葉上，立刻我取笑她：「荷葉姑娘，怎麼啦？」

　　她過來似用手打我，嘴裡似乎咒我，她依過的那花枝，立刻搖閃不定了，我想：我們兩個是同一不幸的人。

　　「為什麼還不睡呢？有什麼說的盡在那兒咕咕叨叨，天不早啦，進來睡。」

　　祖母的頭探出竹簾外，又縮回去。在模糊的天之下，我看見她白色的睡衣，我疑她是一隻夜貓，在黑夜她也是到處巡行著。

　　菱姑27歲了，菱姑的青春尚關閉在懷中，近來她有些關閉不住了，她怎麼能不憂傷呢？怎能對於一切生興致呢？漸漸臉孔慘黃。

　　她一天天遠著我的祖母，有時間只和我談話，和我在園中散步。

　　「小萍，你看那老太太，她總怕我們在一起說什麼，她總留心我們。」

　　「小萍，你在學校一定比我住在家得到的知識多些，怎麼你沒有膽子嗎？我若是你，我早跑啦！我早不在家受他們的氣，就是到工廠去做工也可以吃飯。」

「前村李正的兩個兒子，聽說去當『鬍子』，可不是為錢，是去……」

祖母宛如一隻貓頭鷹樣，突然出現在我們背後，並且響著她的喉嚨，好像響著貓頭鷹的翅膀似的：「好啊！這東西在這議論呢！我說：菱子你還有一點廉恥沒有？」她吐口涎在地面上，「小萍那丫頭入了什麼黨啦，你也跟她學，沒有老幼！沒有一點姑娘樣！盡和男學生在一塊。你知道她爸爸為什麼不讓她上學，怕是再上學更要學壞，更沒法管教啦！」

我常常是這樣，我依靠牆根哭，這樣使她更會動氣，她的眼睛像要從眼眶跑出來馬上落到地面似的，把頭轉向我，銀簪子閃著光：「你真給咱家出了名了，怕是祖先上也找不出這丫頭。」

我聽見她從窗口爬進去的時候，她仍是說著我把臉丟盡了。就是那夜，菱姑在枕上小聲說：「今天不要說什麼了，怕是你奶奶聽著。」

菱姑是個鄉下姑娘，她有熱的情懷，聰明的素質，而沒有好的環境。

「同什麼人結婚好呢？」她常常問我。

「我什麼時候結婚呢？結婚以後怎樣生活？我希望我有職業，我一定到工廠去。」她說。

那夜我怎樣努力也不能睡著，我反覆想過菱姑的話，可憐的菱姑她只知道在家庭裡受壓迫，因為家中有腐敗的老太婆。然而她不能知道工廠裡更有齒輪，齒輪更會壓榨。

在一條長炕上，祖母睡在第一位，菱姑第二位，我在最末的一位。通宵翻轉著，我彷彿是睡在蒸籠裡，每夜要聽後窗外的蟲聲，和著這在山上的密林的嘯聲透進竹簾來，也聽更多的在夜裡的一切聲息。今夜我被蒸籠蒸昏了！忘記著一切！

是天快亮的時候，馬在前院響起鼻子來，狗睡醒了，在院中抖擻著毛，這時候正是炮手們和一切守夜更的人睡覺的時候。在夜裡就連叔叔們也戒備著，戒備著這鄉村多事的六八月，現在他們都去睡覺了！院中只剩

夏夜（一）

下些狗、馬、雞和鴨子們。

　　就是這天早晨，來了胡匪了，有人說是什麼軍，有人說是前村李正的兒子。

　　祖母到佛龕邊去叩頭，並且禱告：「佛爺保佑……」

　　「我來保佑吧！」站在佛龕邊我說。

　　菱姑作難的把笑沉下去。

　　大門打開的時候，只知是官兵，不是胡匪，不是什麼什麼軍。

一九三六年二月二十一日

此篇創作於哈爾濱，具體日期不詳，篇後標註的時間有誤。首次發表於 1934 年 3 月 6、7 日哈爾濱《國際協報·國際公園》。

牽牛房

還不到三天，劇團就完結了！很高的一堆劇本剩在桌子上面。感到這屋子廣大了一些，冷了一些。

「他們也來過，我對他們說這個地方常常有一大群人出來進去是不行啊！日本子這幾天在道外捕去很多工人。像我們這劇團……不管我們是劇團還是什麼，日本子知道那就不好辦……」

結果是什麼意思呢？就說劇團是完了！我們站起來要走，覺得劇團都完了，再沒有什麼停留的必要，很傷心似的。後來郎華的胖友人出去買瓜子，我們才坐下來吃著瓜子。

廚房有家具響，大概這是吃夜飯的時候。我們站起來快快地走了。他們說：

「也來吃飯吧！不要走，不要客氣。」

我們說：「不客氣，不客氣。」其實，才是客氣呢！胖朋友的女人，就是那個我所說的小「蒙古」，她幾乎來拉我。「吃過了，吃過了！」欺騙著自己的肚子跑出來，感到非常空虛，劇團也沒有了，走路也無力了。

「真沒意思，跑了這些次，我頭疼了咧！」

「你快點走，走得這樣慢！」郎華說。

使我不耐煩的倒不十分是劇團的事情，因為是餓了！我一定知道家裡一點什麼吃的東西也沒有。

因為沒有去處，以後常到那地方閒坐，第四次到他家去閒坐，正是新年的前夜，主人約我們到他家過年。其餘新識的那一群也都歡迎我們在一起玩玩。有的說：

牽牛房

「『牽牛房』又牽來兩條牛！」

有人無理由地大笑起來，「牽牛房」是什麼意思，我不能解釋。

「夏天窗前滿種著牽牛花，種得太多啦！爬滿了窗門，因為這個叫『牽牛房』！」主人大聲笑著給我們講了一遍。「那麼把人為什麼稱作牛呢？」還太生疏，我沒有說這話。不管怎樣玩，怎樣鬧，總是各人有各人的立場。女僕出去買松子，拿著三角錢，這錢好像是我的一樣，非常覺得可惜，我急得要顫慄了！就像那女僕把錢去丟掉一樣。

「多餘呀！多餘呀！吃松子做什麼！不要吃吧！不要吃那樣沒用的東西吧！」這話我都沒有說，我知道說這話還不是地方。等一會雖然我也吃著，但我一定不同別人那樣感到趣味；別人是吃著玩，我是吃著充飢！所以一個跟著一個嚥下它，毫沒有留在舌頭上嘗一嘗滋味的時間。

回到家來才把這可笑的話告訴郎華。他也說他不覺得吃了很多松子，他也說他像吃飯一樣吃松子。

起先我很奇怪，兩人的感覺怎麼這樣相同呢？其實一點也不奇怪，因為餓才把兩個人的感覺弄得一致的。

此篇創作於 1935 年，具體日期不詳，收錄在 1936 年 8 月文化生活出版社出版的《商市街》中。

十元鈔票

在綠色的燈下，人們跳著舞狂歡著，有的抱著椅子跳，胖朋友他也丟開風琴，從角落扭轉出來，他扭到混雜的一堆人去，但並不消失在人中。因為他胖，同時也因為他跳舞做著怪樣，他十分不協調的在跳，兩腿扭顫得發著瘋。他故意妨礙別人，最終他把別人都弄散開去，地板中央只留下一個流汗的胖子。人們怎樣大笑，他不管。

「老牛跳得好！」人們向他招呼。

他不聽這些，他不是跳舞，他是亂跳瞎跳，他完全胡鬧，他蠢得和豬、和蟹子那般。

紅燈開起來，扭扭轉轉的那一些綠色的人變紅起來。紅燈帶來另一種趣味，紅燈帶給人們更熱心的胡鬧。瘦高的老桐扮了一個女相，和胖朋友跳舞。女人們笑流淚了！直不起腰了！但是胖朋友仍是一拐一拐。他的「女舞伴」在他的手臂中也是諧和地把頭一扭一拐，扭得太醜，太愚蠢，幾乎要把頭扭掉，要把腰扭斷，但是他還扭，好像很不要臉似的，一點也不知羞似的，那滿臉的紅胭脂呵！那滿臉醜惡得到妙處的笑容。

第二次老桐又跑去化裝，出來時，頭上包一張紅布，脖子後拖著很硬的但有點顫動的棍狀的東西。那是用紅布紮起來的、掃帚把柄的樣子，生在他的腦後。又是跳舞，每跳一下，腦後的小尾巴就隨著顫動一下。

跳舞結束了，人們開始吃蘋果，吃糖，喫茶。就是吃也沒有個吃的樣子！有人說：

「我能整吞一個蘋果。」

「你不能，你若能整吞個蘋果，我就能整吞一個活豬！」另一個說。

自然，蘋果也沒有吞，豬也沒有吞。

十元鈔票

外面對門那家鎖著的大狗，鎖鏈子在響動。臘月開始嚴寒起來，狗凍得小聲吼叫著。

帶顏色的燈閉起來，因為沒有顏色的刺激，人們暫時安定了一刻。因為過於興奮的緣故，我感到疲乏，也許人人感到疲乏大家都安定下來，都像恢復了人的本性。

小「電驢子」從馬路篤篤跑過，又是日本憲兵在巡邏吧！可是沒有人害怕，人們對於日本憲兵的印象還淺。「玩呀！樂呀！」第一個站起的人說。

「不樂白不樂，今朝有酒今朝醉……」大個子老桐也說。胖朋友的女人拿一封信，送到我的手裡：

「這信你到家去看好啦！」

郎華來到我的身邊。也不知道這是什麼意思，我就把信放到衣袋中。

只要一走出屋門，寒風立刻刮到人們的臉，外衣的領子豎起來，顯然郎華的夾外套是感到冷，但是他說：「不冷。」一同出來的人，都講著過舊年時比這更有趣味，那一些趣味早從我們跳開去。我想我有點餓，回家可吃什麼？於是別的人再講什麼，我聽不到了？！郎華也冷了吧，他拉著我走向前面，越走越快了，使我們和那些人遠遠地分開。

在蠟燭旁忍著腳痛看那封信，信裡邊十元鈔票露出來。

夜是如此靜了，小狗在房後吼叫。

第二天，一些朋友來約我們到「牽牛房」去吃夜飯。果然吃很好，這樣的飽餐，非常覺得不多得，有魚，有肉，有很好滋味的湯。又是玩到半夜才回來。這次我走路時很起勁，餓了也不怕，在家有十元票子在等我。我特別充實地邁著大步，寒風不能打擊我。「新城大街」，「中央大街，」行人很稀少了！人走在行人道，好像沒有掛掌的馬走在冰面，很小心的，然而時時要跌倒。店鋪的鐵門關得緊緊，裡面無光了，街燈和警察還存

在，警察和垃圾箱似的失去了威權，他背上的槍提醒著他的職務，若不然他會依著電線柱睡著的。再走就快到「商市街」了！然而今夜我還沒有走夠，「馬迭爾」旅館門前的大時鐘孤獨掛著。向北望去，松花江就是這條街的盡頭。

我的勇氣一直到「商市街」口還沒消滅，腦中，心中，脊背上，腿上，似乎各處有一張十元票子，我被十元票子鼓勵得膚淺得可笑了。

是叫化子吧！起著哼聲，在街的那面在移動。我想他沒有十元票子吧！

鐵門用鑰匙打開，我們走進院去，但，我仍聽得到叫化子的哼聲……

此篇創作於 1935 年，具體日期不詳，收錄在 1936 年 8 月文化生活出版社出版的《商市街》中。

兩 個 朋 友

金珠才十三歲，穿一雙水紅色的襪子，在院心和華子拍皮球。華子是個沒有親母親的孩子。

生疏的金珠被母親帶著來到華子家裡才是第二天。

「你念幾年書了？」

「四年，你呢？」

「我沒上過學 ——」金珠把皮球在地上丟了一下又抓住。

「你怎麼不念書呢？十三歲了，還不上學？我十歲就上學的……」

金珠說：「我不是沒有爹嗎！媽說：等她積下錢讓我念書。」

於是又拍著皮球，金珠和華子差不多一般高，可是華子叫她金珠姐。

華子一放學回來，把書包丟在箱子上或是炕上，就跑出去和金珠姐拍皮球。夜裡就挨著睡，白天就一道玩。

金珠把被縟搬到裡屋去睡了！從那天起她不和華子交談一句話。叫她：「金珠姐，金珠姐。」她把嘴唇突起來不應聲。華子傷心的，她不知道新來的小朋友怎麼會這樣對她。

再過幾天華子挨罵起來，「孩崽子，什麼玩意兒呢」！ —— 金珠走在地板上，華子丟了一下皮球撞了她，她也是這樣罵。連華子的弟弟，金珠也罵他。

那孩子叫她：「金珠子，小金珠子！」

「小，我比你小多少？孩崽子！」

小弟弟說完了，跑到爺爺身邊去，他怕金珠要打他。

夏天晚上，太陽剛落下去，在太陽下蒸熱的地面還沒有消滅了熱。全家就坐在開著窗子的窗臺，或坐在門前的木凳上。

「不要弄跌了啊！慢慢推……慢慢推！」祖父招呼小珂。

金珠跑來，小母雞一般地，把小車奪過去，小珂被奪著，哭著。祖父叫他：「來吧！別哭，小珂聽說，不要那個。」

為這事，華子和金珠吵起來了：

「這也不是你家的，你管得著？不要臉！」

「什麼東西，硬裝不錯。」

「我看你也是硬裝不錯，『幫虎吃食』。」

「我怎麼『幫虎吃食』？我怎麼『幫虎吃食』？」

華子的後母和金珠是一道戰線，她氣得只是重複著一句話：

「小華子，我也沒見你這樣孩子，你爹你媽是虎？是野獸？我可沒見過你這樣孩子。」

「是『幫虎吃食』，是『幫虎吃食』。」華子不住說。

後母親和金珠完全是一道戰線，她叫著她：「金珠，進來關上窗子睡覺吧！別理那小瘋狗。」

「小瘋狗，看也不知誰是小瘋狗，不講理者小瘋狗。」

媽媽的權威吵滿了院子：

「你爸爸回來，我要不告訴你爸爸才怪呢？還了得啦！罵她媽是『小瘋狗』。我管不了你，我也不是你親娘，你還有親爹哩！叫你親爹來管你。你早沒把我看到眼裡。罵吧！也不怕傷天理！」

小珂和祖父都進屋去睡了！祖父叫華子也進來睡吧！可是華子始終依著門呆想。夜在她的眼前，蚊子在她的耳邊。

第二天金珠更大膽，故意藉著事由來屈服華子，她覺得她必定勝利，她做著鬼臉：

「小華子，看誰丟人，看誰挨罵？你爸爸要打呢！我先告訴你一聲，你好預備著點！」

兩個朋友

「別不要臉！」

「罵誰不要臉？我怎麼不要臉？把你美的？你個小老婆，我告訴你爹爹去，走，你敢跟我去……」

金珠的母親，那個胖老太太說金珠：「都是一般大，好好玩，別打架。幹什麼金珠？不好那樣！」華子被扯住肩膀：「走就走，我不怕你，還怕你個小窮鬼！都窮不起了，才跑到別人家來，混飯吃還不夠，還瞎厲害。」

金珠感到羞辱了，軟弱了，眼淚流了滿臉：「娘，我們走吧！不住她家，再不住……」

金珠的母親也和金珠一樣哭。

「金珠，把孩子抱去玩玩。」她應著這呼聲，每日肩上抱著孩子。

華子每日上學，放學就拍皮球。

金珠的母親，是個寡婦母親，來到親戚家裡，是來做幫工，華子和金珠吵架，並沒有人傷心，就連華子的母親也不把這事放在心上，華子的祖父和小珂也不把這事記在心上，一到傍晚又都到院子去乘涼，吸著菸，用扇子撲著蚊蟲……看一看多星的天幕。

華子一經過金珠面前，金珠的母親的心就跳了。她心跳誰也不曉得，孩子們吵架是平常事，如像雞和雞鬥架一般。

正午時候，人影落在地面那樣短，狗睡到牆根去了！炎夏的午間，只聽到蜂子飛，只聽到狗在牆根喘。

金珠和華子從正門衝出來，兩匹狗似的，兩匹小狼似的，太陽晒在頭上不覺得熱；一個跑著，一個追著。華子停下來鬥一陣再跑，一直跑到柴欄裡去，拾起高粱稈打著。金珠狂笑，但那是變樣的狂笑，臉嘴已經不是平日的臉嘴了。嘴鬥著，臉是青色地，但仍在狂笑。

誰也沒有流血，只是頭髮上貼住一些高粱葉子。已經累了！雙方面都

不願意再打，都沒有力量再打。

「進屋去吧，怎麼樣？」華子問。

「進屋！不打死你這小鬼頭對不住你。」金珠又分開兩腿，兩臂抱住肩頭。

「好，讓你打死我。」一條木板落到金珠的腿上去。

金珠的母親完全顫慄，她全身顫慄，當金珠去奪她正在手中切菜的菜刀時，眼看打得要動起刀來。

做幫工也怕做不長的。

金珠的母親，洗尿布、切菜、洗碗、洗衣裳，因為是小腳，一天到晚，到晚間，腳就疼了。

「娘，你腳疼嗎？」金珠就去打一盆水為她洗腳。

娘起先是恨金珠的，為什麼這樣不聽說？為什麼這樣不知好歹？和華子一天打到晚。可是她一看到女兒打一盆水給她，她就不恨金珠而自己傷心。若是金珠的爹爹活著哪能這樣？自己不是也有家嗎？

金珠的母親失眠了一夜，蚊子成群的在她的耳邊飛；飛著，叫著，她坐起來搔一搔又倒下去，終夜她沒有睡著，玻璃窗子發著白了！這時候她才一粒一粒的流著眼淚。十年前就是這個天剛亮的時候，金珠的爹爹從炕上抬到床上，那白色的臉，連一句話也沒說而死去的人……十年前了！在外一晚幫工，住親戚也是十年了！

她把枕頭和眼角相接近，使眼淚流到枕頭上去，而不去擦它一下，天色更白了！這是金珠爹爹抬進木棺的時候。那打開的木棺，可怕的，一點感情也沒有的早晨又要來似的……她帶淚的眼睛合起來，緊緊地壓在枕頭上。起床時，金珠問：「娘，你的眼睛怎麼腫了呢！」

「不怎麼。」

「告訴我！娘！」

兩個朋友

「告訴你什麼！都是你不聽說，和華子打仗氣得我⋯⋯」

金珠兩天沒和華子打仗，到第三天她也並不想立刻打仗，因為華子的母親翻著箱子，一面找些舊衣裳給金珠，一面告訴金珠：

「你和那丫頭打仗，就狠點打，我給你作主，不會出亂子的，那丫頭最能氣人沒有的啦！我有衣裳也不能給她穿，這都給你。跟你娘到別處去受氣，到我家我可不能讓你受氣，多可憐哪！從小就沒有了爹⋯⋯」

金珠把一些衣裳送給娘去，以後金珠在一家中比誰都可靠，把鎖櫃箱的鑰匙也交給了她。她常常就在華子和小珂面前隨便吃梨子，可是華子和小珂不能吃。小珂去找祖父。祖父說：

「你是沒有娘的孩子，少吃一口吧！」

小珂哭起來了！

這一家中，華子和母親起著衝突，爺爺也和母親起著衝突。

被華子的母親追使著，金珠又和華子吵了幾回架。居然，有這麼一天，金耳環掛上了金珠的耳朵了。

金珠受人這樣同情，比爹爹活轉來或者更幸運，飽飽滿滿的過著日子。

「你多可憐哪！從小就沒有了爹！⋯⋯」金珠常常被同情著。

華子每天上學，放學就拍皮球。金珠每天背著孩子，幾乎連一點玩的工夫也沒有了。

秋天，附近小學裡開了一個平民教育班。

「我也上『平民學校』去吧，一天兩點鐘，四個月讀四本書。」

華子的母親沒有答應金珠，說認字不認字都沒有用，認字也吃飯，不認字也吃飯。

鄰居的小姑娘和婦人們都去進「平民學校」，只有金珠沒能去，只有金珠剩在家中抱著孩子。

金珠就很憂愁了，她想和華子交談幾句，她想借華子的書來看一下，她想讓華子替她抱一下小孩，她拍幾下皮球，但這都沒有做，她多少有一點自尊心存在。

　　有天家中只剩華子、金珠、金珠的母親，孩子睡覺了。

　　「華子，把你的鉛筆借給我寫兩個字，我會寫我的姓。」金珠說完話，很不好意思，嘴唇沒有立刻就合起來。

　　華子把皮球向地面丟了一下，掉過頭來，把眼睛斜著從金珠的腳下一直打量到她的頭頂。

　　為著這事金珠把眼睛哭腫。

　　「娘，我們走吧，不再住她家。」

　　金珠想要進「平民學校」進不得，想要和華子玩玩，又玩不得，雖然是耳朵上掛著金圈，金圈也並不帶來同情給她。

　　她患著眼病了！最厲害的時候，飯都吃不下。

　　「金珠啊！抱抱孩子，我吃飯。」華子的後母親叫她。

　　眼睛疼得厲害的時候，可怎樣抱孩子？華子就去抱。

　　「金珠啊！打盆臉水。」

　　華子就去打。

　　金珠的眼睛還沒好，她和華子的感情可好起來。她們兩個從朋友變成仇人，又從仇人變成朋友了！又搬到一個房間去睡，被子接著被子。在睡覺時金珠說：「我把耳環還給她吧！我不要這東西！」她不愛那樣閃光的耳環。

　　沒等金珠把耳環摘掉，那邊已經向她要了：

　　「小金珠，把耳環摘下來吧！我告訴你說吧，一個人若沒有良心，那可真不算個人！我說，小金珠子，我對得起你，我給你多少衣裳？我給你金耳環，你不和我一個心眼，我告訴你吧！你後悔的日子在後頭呢！眼看

兩個朋友

你就要帶上手鐲了！可是我不能給你買了……」

　　金珠的母親聽到這些話，比看到金珠和華子打架更難過，幫工是幫不成的啦！

　　華子放學回來，她就抱著孩子等在大門外，笑瞇瞇的，永久是那個樣子，後來連晚飯也不吃，等華子一起吃。若買一件東西，華子同意她就同意。比方買一個扣髮的針啦，或是一塊小手帕啦！若金珠同意，華子也同意。夜裡華子為著學校忙著編織物，她也伴著她不睡，華子也教她識字。

　　金珠不像從前可以任意吃著水果，現在她和小珂、華子同樣，依在門外嗅一些水果香。華子的母親和父親罵華子，罵小珂，也同樣罵著金珠。

　　終究又有這樣的一天，金珠和母親被驅著走了。

　　兩個朋友，哭著分開。

此篇創作日期不詳，首次發表於 1937 年 5 月 10 日上海《新少年》第 3 卷第 9 期。

鍍金的學說

　　我的伯伯，他是我童年唯一崇拜的人物，他說起話有宏亮的聲音，並且他什麼時候講話總關於正理，至少那時候我覺得他的話是嚴肅的，有條理的，千真萬對的。

　　那年我十五歲，是秋天，無數張葉子落了，迴旋在牆根了，我經過北門旁在寒風裡號叫著的老榆樹，那榆樹的葉子也向我打來。可是我抖擻著跑進屋去，我是參加一個鄰居姐姐出嫁的筵席回來。一邊脫換我的新衣裳，一邊同母親說，那好像同母親吵嚷一般：「媽，真的沒有見過，婆家說新娘笨，也有人當面來羞辱新娘，說她站著的姿式不對，生（坐）著的姿式不好看，林姐姐一聲也不作，假若是我呀！哼！……」

　　母親說了幾句同情的話，就在這樣的當兒，我聽清伯父在呼喚我的名字。他的聲音是那樣低沉，平素我是愛伯父的，可是也怕他，於是我心在小胸膛裡邊驚跳著走出外房去。我的兩手下垂，就連視線也不敢放過去。

　　「你在那裡講究些什麼話？很有趣哩！講給我聽聽。」伯父說話的時候，他的眼睛流動，笑著，我知道他沒有生氣，並且我想他很願意聽我講話。我就高聲把那事又說了一遍，我且說且做出種種姿式來。等我說完的時候，我仍歡喜，說完了我把說話時跳打著的手足停下，靜等著伯伯誇獎我呢！可是過了很多工夫，伯伯在桌子旁仍寫他的文字。

　　對我好像沒有反應，再等一會他對於我的講話也絕對沒有迴響。至於我呢，我的小心房立刻感到壓迫，我想我的錯在什麼地方？話講的是很流利呀！講話的速度也算是活潑呀！伯伯好像一塊朽木塞住我的咽喉，我願意快躲開他到別的房中去長嘆一口氣。

　　伯伯把筆放下了，聲音也跟著來了：「你不說假若是你嗎？是你又怎

麼樣？你比別人更糟糕，下回少說這一類話！小孩子學著誇大話，淺薄透了！假如是你，你比別人更糟糕，你想你總要比別人高一倍嗎？再不要誇口，誇口是最可恥，最沒出息。」

我走進母親的房裡時，坐在炕沿我弄著髮辮，默不作聲，臉部感到很燒很燒。以後我再不誇口了！

伯父又常常講一些關於女人的服裝的意見，他說穿衣服素色最好，不要塗粉，抹胭脂，要保持本來的面目。我常常是保持本來的面目，不塗粉不抹胭脂，也從沒穿過花色的衣裳。

後來我漸漸對於古文有趣味，伯父給我講古文，記得講到《弔古戰場文》那篇，伯父被感動得有些聲咽，我到後來竟哭了！從那時起我深深感到戰爭的痛苦與殘忍。大概那時我才十四歲。

又過一歲，我從小學卒業就要上中學的時候，我的父親把臉沉下了！他終天把臉沉下。等我問他的時候，他瞪一瞪眼睛，在地板上走轉兩圈，必須要過半分鐘才能給一個答話：「上什麼中學？上中學在家上吧！」

父親在我眼裡變成一隻沒有一點熱氣的魚類，或者別的不具著情感的動物。

半年的工夫，母親跟我吵嘴，父親罵我：「你懶死啦！不要臉的。」當時我過於氣憤了，實在受不住這樣一架機器壓軋了。我問他：「什麼叫不要臉呢？誰不要臉！」聽了這話立刻像火山一樣爆裂起來。當時我沒能看出他頭上有火冒也沒？父親滿頭的髮絲一定被我燒焦了吧！那時我是在他的手掌下倒了下來，等我爬起來時，我也沒有哭。可是父親從那時起他感到父親的尊嚴是受了一大挫折，也從那時起每天想要恢復他的父權。他想做父親的更該尊嚴些，或者加倍的尊嚴著才能壓住子女吧？

可真加倍尊嚴起來了；每逢他從街上次來，都是黃昏時候，父親一走到花園的地方便從喉管作出響動，咳嗽幾聲啦，或是吐一口痰啦。後來漸

漸我聽他只是咳嗽而不吐痰，我想父親一定會感著痰不夠用了呢！我想做父親的為什麼必須尊嚴呢？或者因為做父親的肚子太清潔？！把肚子裡所有的痰都全部吐出來了。

一天天睡在炕上，慢慢我病著了！我什麼心思也沒有了！一班同學不升學的只有兩三個，升學的同學給我來信告訴我，她們打網球，學校怎樣熱鬧，也說些我所不懂的功課。我愈讀這樣的信，心愈加重點。

老祖父支住拐杖，仰著頭，白色的鬍子振動著說：「叫櫻花上學去吧！給她拿火車費，叫她收拾收拾起身吧！小心病壞！」

父親說：「有病在家養病吧，上什麼學，上學！」

後來連祖父也不敢向他問了，因為後來不管親戚朋友，提到我上學的事他都是連話不答，出走在院中。

整整死悶在家中三個季節，現在是正月了。家中大會賓客，外祖母啜著湯食向我說：「櫻花，你怎麼不吃什麼呢？」

當時我好像要流出眼淚來，在桌旁的枕上，我又倒下了！因為伯父外出半年是新回來，所以外祖母向伯父說：「他伯伯，向櫻花爸爸說一聲，孩子病壞了，叫她上學去吧！」

伯父最愛我，我五六歲時他常常來我家，他從北邊的鄉村帶回來榛子。冬天他穿皮大氅，從袖口把手伸給我，那冰寒的手呀！當他拉住我的手的時候，我害怕掙脫著跑了，可是我知道一定有榛子給我帶來，我光著頭兩手捏耳朵，在院子裡我向每個貨車伕問：「有榛子沒有？榛子沒有？」

伯父把我裹在大氅裡，抱著我進去，他說：「等一等給你榛子。」

我漸漸長大起來，伯父仍是愛我的，講故事給我聽。買小書給我看，等我入高級，他開始給我講古文了！有時族中的哥哥弟弟們都喚來，他講給我們聽，可是書講完他們臨去的時候，伯父總是說：「別看你們是男孩

子，櫻花比你們全強，真聰明。」

他們自然不願意聽了，一個一個退走出去。不在伯父面前他們齊聲說：「你好呵！你有多聰明！比我們這一群混蛋強得多。」

男孩子說話總是有點野，我不願意聽，便離開他們了。誰想男孩子們會這樣放肆呢？他們扯住我，要打我：「你聰明，能當個什麼用？我們有氣力，要收拾你。」「什麼狗屁聰明，來，我們大夥伙看看你的聰明到底在哪裡！」

伯父當著什麼人都誇獎我：「好記力，心機靈快。」

現在一講到我上學的事，伯父微笑了：「不用上學，家裡請個老先生唸念書就夠了！哈爾濱的文學生們太荒唐。」

外祖母說：「孩子在家裡教養好，到學堂也沒有什麼壞處。」

於是伯父斟了一杯酒，挾了一片香腸放到嘴裡，那時我多麼不願看他吃香腸呵！那一刻我是怎樣惱煩著他！我討厭他喝酒用的杯子，我討厭他上唇生著的小黑髭，也許伯伯沒有觀察我一下！他又說：「女學生們靠不住，交男朋友啦！戀愛啦！我看不慣這些。」

從那時起伯父同父親是沒有什麼區別，變成嚴涼的石塊。

當年，我升學了，那不是什麼人幫助我，是我自己向家庭施行的騙術。後一年暑假，我從外回家，我和伯父的中間，總感到一種淡漠的情緒，伯父對我似乎是客氣了，似乎是有什麼從中間隔離著了！

一天伯父上街去買魚，可是他回來的時候，筐子是空空的。母親問：「怎麼！沒有魚嗎？」

「哼！沒有。」

母親又問：「魚貴嗎？」

「不貴。」

伯父走進堂屋坐在那裡好像幻想著一般，後門外樹上滿掛著綠的葉

子，伯父望著那些無知的葉子幻想，最後他小聲唱起，像是有什麼悲哀矇蔽著他了！看他的臉色完全可憐起來。他的眼睛是那樣憂煩的望著桌面，母親說：「哥哥頭痛嗎？」

伯父似乎不願回答，搖著頭，他走進屋倒在床上，很長時間，他翻轉著，扇子他不用來搖風，在他手裡亂響。他的手在胸膛上拍著，氣悶著，再過一會，他完全安靜下去，扇子任意丟在地板，蒼蠅落在臉上，也不去搔它。

晚飯桌上了，伯父多喝了幾杯酒，紅著顏面向祖父說：「菜市上看見王大姐呢！」

王大姐，我們叫他王大姑，常聽母親說：「王大姐沒有媽，爹爹為了貧窮去為匪，只留這個可憐的孩子住在我們家裡。」伯父很多情呢！伯父也會戀愛呢，伯父的屋子和我姑姑們的屋子挨著，那時我的三個姑姑全沒出嫁。

一夜，王大姑沒有回內房去睡，伯父伴著她哩！

祖父不知這件事，他說：「怎麼不叫她來家呢？」

「她不來，看樣子是很忙。」

「呵！從出了門子總沒見過，二十多年了，二十多年了！」

祖父捋著斑白的鬍子，他感到自己是老了！

伯父也感嘆著：「噯！一轉眼，老了！不是姑娘時候的王大姐了！頭髮白了一半。」

伯父的感嘆和祖父完全不同，伯父是痛惜著他破碎的青春的故事。又想一想他婉轉著說，說時他神祕的有點微笑：「我經過菜市場，一個老太太回頭看我，我走過，她仍舊看我。停在她身後，我想一想，是誰呢？過會我說：『是王大姐嗎？』她轉過身來，我問她：『在本街住吧？』她很忙，要回去燒飯，隨後她走了，什麼話也沒說，提著空筐子走了！」

鍍金的學說

　　夜間，全家人都睡了，我偶然到伯父屋裡去找一本書，因為對他，我連一點信仰也失去了，所以無言走出。

　　伯父願意和我談話似的：「沒睡嗎？」

　　「沒有。」

　　隔著一道玻璃門，我見他無聊的樣子翻著書和報，枕旁一支蠟燭，火光在起伏。伯父今天似乎是例外，跟我講了好些話，關於報紙上的，又關於什麼年鑑上的。他看見我手裡拿著一本花面的小書，他問：「什麼書？」

　　「小說。」

　　我不知道他的話是從什麼地方說起：「言情小說，西廂是妙絕，紅樓夢也好。」

　　那夜伯父奇怪地向我笑，微微地笑，把視線斜著看住我。我忽然想起白天所講的王大姑來了，於是給伯父倒一杯茶，我走出房來，讓他伴著茶香來慢慢的回味著記憶中的姑娘吧！

　　我與伯伯的學說漸漸懸殊，因此感情也漸漸惡劣，我想什麼給感情分開的呢？我需要戀愛，伯父也需要戀愛。伯父見著他年輕時候的情人痛苦，假若是我也是一樣。

　　那麼他與我有什麼不同呢？不過伯伯相信的是鍍金的學說。

此篇具體創作時間不詳，首次發表於 1934 年 6 月 14、21、28 日哈爾濱《國際協報‧文藝》第 19、20、21 期。

祖父死了的時候

　　祖父總是有點變樣子，他喜歡流起眼淚來，同時過去很重要的事情他也忘掉。比方過去那一些他常講的故事，現在講起來，講了一半下一半他就說：「我記不得了。」

　　某夜，他又病了一次，經過這一次病，他竟說：「給你三姑寫信，叫她來一趟，我不是四五年沒看過她嗎？」他叫我寫信給我已經死去五年的姑母。

　　那次離家是很痛苦的。學校來了開學通知信，祖父又一天一天地變樣起來。

　　祖父睡著的時候，我就躺在他的旁邊哭，好像祖父已經離開我死去似的，一面哭著一面抬頭看他凹陷的嘴唇。我若死掉祖父，就死掉我一生最重要的一個人，好像他死了就把人間一切「愛」和「溫暖」帶得空空虛虛。我的心被絲線縈住或鐵絲絞住了。

　　我聯想到母親死的時候。母親死以後，父親怎樣打我，又娶一個新母親來。這個母親很客氣，不打我，就是罵，也是指著桌子或椅子來罵我。客氣是越客氣了，但是冷淡了，疏遠了，生人一樣。

　　「到院子去玩玩吧！」祖父說了這話之後，在我的頭上撞了一下，「喂！你看這是什麼？」一個黃金色的橘子落到我的手中。

　　夜間不敢到茅廁去，我說：「媽媽跟我到茅廁去趟吧。」

　　「我不去！」

　　「那我害怕呀！」

　　「怕什麼？」

祖父死了的時候

「怕什麼？怕鬼怕神？」父親也說話了，把眼睛從眼鏡上面看著我。

冬天，祖父已經睡下，赤著腳，開著鈕扣跟我到外面茅廁去。

學校開學，我遲到了四天。三月裡，我又回家一次，正在外面叫門，裡面小弟弟嚷著：「姐姐回來了！姐姐回來了！」大門開時，我就遠遠注意著祖父住著的那間房子。果然祖父的面孔和鬍子閃現在玻璃窗裡。我跳著笑著跑進屋去。但不是高興，只是心酸，祖父的臉色更慘淡更白了。等屋子裡一個人沒有時，他流著淚，他慌慌忙忙的一邊用袖口擦著眼淚，一邊抖動著嘴唇說：「爺爺不行了，不知早晚……前些日子好險沒跌……跌死。」

「怎麼跌的？」

「就是在後屋，我想去解手，招呼人，也聽不見，按電鈴也沒有人來，就得爬啦。還沒到後門口，腿顫，心跳，眼前發花了一陣就倒下去。沒跌斷了腰……人老了，有什麼用處！爺爺是八十一歲呢。」

「爺爺是八十一歲。」

「沒用了，活了八十一歲還是在地上爬呢！我想你看不著爺爺了，誰知沒有跌死，我又慢慢爬到炕上。」

我走的那天也是和我回來那天一樣，白色的臉的輪廓閃現在玻璃窗裡。

在院心我回頭看著祖父的面孔，走到大門口，在大門口我仍可看見，出了大門，就被門扇遮斷。

從這一次祖父就與我永遠隔絕了。雖然那次和祖父告別，並沒說出一個永別的字。我回來看祖父，這回門前吹著喇叭，幡桿挑得比房頭更高，馬車離家很遠的時候，我已看到高高的白色幡桿了，吹鼓手們的喇叭愴涼的在悲號。馬車停在喇叭聲中，大門前的白幡、白對聯、院心的靈棚、鬧嚷嚷許多人，吹鼓手們響起嗚嗚的哀號。

這回祖父不坐在玻璃窗裡，是睡在堂屋的板床上，沒有靈魂的躺在那

裡。我要看一看他白色的鬍子，可是怎樣看呢！拿開他臉上蒙著的紙吧，鬍子、眼睛和嘴，都不會動了，他真的一點感覺也沒有了？我從祖父的袖管裡去摸他的手，手也沒有感覺了。祖父這回真死去了啊！

祖父裝進棺材去的那天早晨，正是後園裡玫瑰花開放滿樹的時候。我扯著祖父的一張被角，抬向靈前去。吹鼓手在靈前吹著大喇叭。

我怕起來，我號叫起來。

「咣咣！」黑色的，半尺厚的靈柩蓋子壓上去。

吃飯的時候，我飲了酒，用祖父的酒杯飲的。飯後我跑到後園玫瑰樹下去臥倒，園中飛著蜂子和蝴蝶，綠草的清涼的氣味，這都和十年前一樣。可是十年前死了媽媽。媽媽死後我仍是在園中撲蝴蝶；這回祖父死去，我卻飲了酒。

過去的十年我是和父親打鬥著生活。在這期間我覺得人是殘酷的東西。父親對我是沒有好面孔的，對於僕人也是沒有好面孔的，他對於祖父也是沒有好面孔的。因為僕人是窮人，祖父是老人，我是個小孩子，所以我們這些完全沒有保障的人就落到他的手裡。後來我看到新娶來的母親也落到他的手裡，他喜歡她的時候，便同她說笑，他惱怒時便罵她，母親漸漸也怕起父親來。

母親也不是窮人，也不是老人，也不是孩子，怎麼也怕起父親來呢？我到鄰家去看看，鄰家的女人也是怕男人。我到舅家去，舅母也是怕舅父。

我懂得的盡是些偏僻的人生，我想世間死了祖父，就沒有再同情我的人了，世間死了祖父，剩下的盡是些兇殘的人了。

我飲了酒，回想，幻想……

以後我必須不要家，到廣大的人群中去，但我在玫瑰樹下顫怵了，人群中沒有我的祖父。

所以我哭著，整個祖父死的時候我哭著。

祖父死了的時候

此篇具體創作日期不詳，首次發表於 1935 年 7 月 28 日長春《大同報 · 大同俱樂部》。

初 冬

初冬，我走在清涼的街道上，遇見了我的弟弟。

「瑩姐，你走到哪裡去？」

「隨便走走吧！」

「我們去吃一杯咖啡，好不好，瑩姐。」

咖啡店的窗子在簾幕下掛著蒼白的霜層。我把領口脫著毛的外衣搭在衣架上。

我們開始攪著杯子鈴鄧的響了。

「天冷了吧！並且也太孤寂了，你還是回家的好。」弟弟的眼睛是深黑色的。

我搖了頭，我說：「你們學校的籃球隊近來怎麼樣？還活躍嗎？你還很熱心嗎？」

「我擲筐擲得更進步，可惜你總也沒到我們球場上來了。你這樣不暢快是不行的。」

我仍攪著杯子，也許飄流久了的心情，就和離了岸的海水一般，若非遇到大風是不會翻起的。我開始弄著手帕。弟弟再向我說什麼我已不去聽清他，彷彿自己是沉墜在深遠的幻想的井裡。

我不記得咖啡怎樣被我吃乾了杯了。茶匙在攪著空的杯子時，弟弟說：「再來一杯吧！」

女侍者帶著歡笑一般飛起的頭髮來到我們桌邊，她又用很響亮的腳步搖搖地走了去。

也許因為清早或天寒，再沒有人走進這咖啡店。在弟弟默默看著我的時候，在我的思想凝靜得玻璃一般平的時候，壁間暖氣管小小嘶鳴的聲音

初冬

都聽得到了。

「天冷了，還是回家好，心情這樣不暢快，長久了是無益的。」

「怎麼！」

「太壞的心情與你有什麼好處呢？」

「為什麼要說我的心情不好呢？」

我們又都攪著杯子。有外國人走進來，那響著嗓子的、嘴不住在說的女人，就坐在我們的近邊。她離得我越近，我越嗅到她滿衣的香氣，那使我感到她離得我更遼遠，也感到全人類離得我更遼遠。也許她那安閒而幸福的態度與我一點連繫也沒有。

我們攪著杯子，杯子不能像起初攪得發響了。街車好像漸漸多了起來，閃在窗子上的人影，迅速而且繁多了。隔著窗子，可以聽到瘖啞的笑聲和瘖啞的踏在行人道上的鞋子的聲音。

「瑩姐，」弟弟的眼睛深黑色的，「天冷了，再不能飄流下去，回家去吧！」弟弟說：「你的頭髮這樣長了，怎麼不到理髮店去一次呢？」我不知道為什麼被他這話所激動了。

也許要熄滅的燈火在我心中復燃起來，熱力和光明鼓蕩著我：

「那樣的家我是不想回去的。」

「那麼飄流著，就這樣飄流著？」弟弟的眼睛是深黑色的。他的杯子留在左手裡邊，另一隻手在桌面上，手心向上翻張了開來，要在空間摸索著什麼似的。最後，他是捉住自己的領巾。我看著他在抖動的嘴唇：「瑩姐，我真擔心你這個女浪人！」他牙齒好像更白了些，更大些，而且有力了，而且充滿熱情了。為熱情而波動，他的嘴唇是那樣的退去了顏色。並且他的全人有些近乎狂人，然而安靜，完全被熱情侵占著。

出了咖啡店，我們在結著薄碎的冰雪上面踏著腳。

初冬，早晨的紅日撲著我們的頭髮，這樣的紅光使我感到欣快和寂

寞。弟弟不住地在手下搖著帽子，肩頭聳起了又落下了，心臟也是高了又低了。

渺小的同情者和被同情者離開了市街。

停在一個荒敗的棗樹園的前面時，他突然把很厚的手伸給了我，這是我們要告別了。

「我到學校去上課！」他脫開我的手，向著我相反的方向背轉過去。可是走了幾步，又轉回來：「瑩姐，我看你還是回家的好！」

「那樣的家我是不能回去的，我不願意受和我站在兩極端的父親的豢養……」

「那麼你要錢用嗎？」

「不要的。」

「那麼，你就這個樣子嗎？你瘦了！你快要生病了！你的衣服也太薄啊！」弟弟的眼睛是深黑色的，充滿著祈禱和願望。我們又握過手，分別向不同的方向走去。

太陽在我的臉面上閃閃耀耀。仍和未遇見弟弟以前一樣，我穿著街頭，我無目的地走。寒風，刺著喉頭，時時要發作小小的咳嗽。

弟弟留給我的是深黑色的眼睛，這在我散漫與孤獨的流蕩人的心板上，怎能不微溫了一個時刻？

一九三五年初冬

此篇創作於 1935 年初冬，首次發表於 1936 年 1 月 5 日上海《生活知識》第 1 卷第 7 期。

過夜

也許是快近天明了吧！我第一次醒來。街車稀疏的從遠處響起，一直到那聲音雷鳴一般地震撼著這房子，直到那聲音又遠遠地消滅下去，我都聽到的。但感到生疏和廣大，我就像睡在馬路上一樣，孤獨並且無所憑據。

睡在我旁邊的是我所不認識的人，那鼾聲對於我簡直是厭惡和隔膜。我對她並不存著一點感激，也像憎惡我所憎惡的人一樣憎惡她。雖然在深夜裡她給我一個住處，雖然從馬路上把我招引到她的家裡。

那夜寒風逼著我非常嚴厲，眼淚差不多和哭著一般流下，用手套抹著，揩著，在我敲打姨母家的門的時候，手套幾乎是結了冰，在門扇上起著小小的黏結。我一面敲打一面叫著：

「姨母！姨母……」她家的人完全睡下了，狗在院子裡面叫了幾聲。我只好背轉來走去。腳在下面感到有針在刺著似的痛楚。我是怎樣的去羨慕那些臨街的我所經過的樓房，對著每個窗子我起著憤恨。那裡面一定是溫暖和快樂，並且那裡面一定設置著很好的眠床。一想到眠床，我就想到了我家鄉那邊的馬房，掛在馬房裡面不也很安逸嗎！甚至於我想到了狗睡覺的地方，那一定有茅草。坐在茅草上面可以使我的腳溫暖。

積雪在腳下面呼叫：「吱……吱……吱……」我的眼毛感到了糾絞，積雪隨著風在我的腿部掃打。當我經過那些平日認為可憐的下等妓館的門前時，我覺得她們也比我幸福。

我快走，慌張地走，我忘記了我背脊怎樣的弓起，肩頭怎樣的聳高。

「小姐！坐車吧！」經過繁華一點的街道，洋車伕們向我說著。

都記不得了，那等在路旁的馬車的車伕們也許和我開著玩笑。

「喂……喂……凍得活像個他媽的……小雞樣……」

但我只看見馬的蹄子在石路上面踤打。

我完全感到充血是我走上了我熟人的扶梯，我摸索，我尋找電燈，往往一件事情越接近著終點越容易著急和不能忍耐。升到最高級了，幾乎從頂上滑了下來。

感到自己的力量完全用盡了！再多走半里路也好像是不可能，並且這種寒冷我再不能忍耐，並且腳凍得麻木了，需要休息下來，無論如何它需要一點暖氣，無論如何不應該再讓它去接觸著霜雪。

去按電鈴，電鈴不響了，但是門扇欠了一個縫，用手一觸時，它自己開了。一點聲音也沒有，大概人們都睡了。我停在內間的玻璃門外，我招呼那熟人的名字，終沒有回答！我還看到牆上那張沒有框子的畫片。分明房裡在開著電燈。再招呼了幾聲，但是什麼也沒有……

「喔……」門扇用鐵絲絞了起來，街燈就閃耀在窗子的外面。我踏著過道裡搬了家餘留下來的碎紙的聲音，同時在空屋裡我聽到了自己蒼白的嘆息。

「漿汁還熱嗎？」在一排長街轉角的地方，那裡還張著賣漿汁的白色的布棚。我坐在小凳上，在集合著銅板……

等我第一次醒來時，只感到我的呼吸裡面充滿著魚的氣味。

「街上吃東西，那是不行的。您吃吃這魚看吧，這是黃花魚，用油炸的……」她的顏面和乾了的海藻一樣打著波縐。

「小金鈴子，你個小死鬼，你給我滾出來……快……」我跟著她的聲音才發現牆角蹲著個孩子。

「喝漿汁，要喝熱的，我也是愛喝漿汁……哼！不然，你就遇不到我了，那是老主顧，我差不多每夜要喝 —— 偏偏金鈴子昨晚上不在家，不然的話，每晚都是金鈴子去買漿汁。」

過夜

「小死金鈴子，你失了魂啦！還等我孝敬你嗎？還不自己來裝飯！」

那孩子好像貓一樣來到桌子旁邊。

「還見過嗎？這丫頭十三歲啦，你看這頭髮吧！活像個多毛獸！」她在那孩子的頭上用筷子打了一下，於是又舉起她的酒杯來。她的兩只袖口都一起往外脫著棉花。

晚飯她也是喝酒，一直喝到坐著就要睡去了的樣子。

我整天沒有吃東西，昏沉沉和軟弱，我的知覺似乎一半存在著，一半失掉了。在夜裡，我聽到了女孩的尖叫。

「怎麼，你叫什麼？」我問。

「不，媽呀！」她惶惑的哭著。

從打開著的房門，老婦人捧著雪球回來了。

「不，媽呀！」她赤著身子站到角落裡去。

她把雪塊完全打在孩子的身上。

「睡吧！我讓你知道我的厲害！」她一面說著，孩子的腿部就流著水的條紋。

我究竟不知道這是為了什麼。

第二天，我要走的時候，她向我說：

「你有衣裳嗎？留給我一件……」

「你說的是什麼衣裳？」

「我要去進當鋪，我實在沒有好當的了！」於是她翻著炕上的舊毯片和流著棉花的被子：「金鈴子這丫頭還不中用……也無怪她，年紀還不到哩！五毛錢誰肯要她呢？要長樣沒有長樣，要人才沒有人才！花錢看樣子嗎？前些個年頭可行，比方我年輕的時候，我常跟著我的姨姐到團隊裡去逛逛，一逛就能落幾個……多多少少總能落幾個……現在不行了！正經的團隊不許你進，土窯子是什麼油水也沒有，老莊哪懂得看樣了，花錢讓

他看樣子，他就幹了嗎？就是鳳凰也不行啊！落毛雞就是不花錢誰又想看呢？」她突然用手指在那孩子的頭上點了一下。「擺設，總得像個擺設的樣子，看這穿戴⋯⋯呸呸！」她的嘴和眼睛一致地歪動了一下。「再過兩年我就好了。管她長得貓樣狗樣，可是她到底是中用了！」

她的顏面和一片乾了的海蜇一樣。我明白一點她所說的「中用」或「不中用」。

「套鞋可以吧？」我打量了我全身的衣裳，一件棉外衣，一件夾袍，一件單衫，一件短絨衣和絨褲，一雙皮鞋，一雙單襪。

「不用進當鋪，把它賣掉，三塊錢買的，五角錢總可以賣出。」

我彎下腰在地上尋找套鞋。

「哪裡去了呢？」我開始劃著一根火柴，屋子裡黑暗下來，好像「夜」又要來臨了。

「老鼠會把它拖走的嗎？不會的吧？」我好像在反覆著我的聲音，可是她，一點也不來幫助我，無所感覺的一樣。

我去扒著土炕，扒著碎氈片，碎棉花。但套鞋是不見了。

女孩坐在角落裡面咳嗽著，那老婦人簡直是瘖啞了。

「我拿了你的鞋！你以為？那是金鈴子幹的事⋯⋯」藉著她抽菸時劃著火柴的光亮，我看到她打著縐紋的鼻子的兩旁掛下兩條發亮的東西。

「昨天她把那套鞋就偷著賣了！她交給我錢的時候我才知道。半夜裡我為什麼打她？就是為著這樁事。我告訴她偷，是到外面去偷。看見過嗎？回家來偷。我說我要用雪把她活埋⋯⋯不中用的，男人不能看上她的，看那小毛辮子！活像個豬尾巴！」

她回轉身去扯著孩子的頭髮，好像在扯著什麼沒有知覺的東西似的。

「老的老，小的小⋯⋯你看我這年紀，不用說是不中用的啦！」

兩天沒有見到太陽，在這屋裡，我覺得狹窄和陰暗，好像和老鼠住在

過夜

一起了。假如走出去，外面又是「夜」。但一點也不怕懼，走出去了！

我把單衫從身上褪了下來。我說：「去當，去賣，都是不值錢的。」

這次我是用夏季裡穿的通孔的鞋子去接觸著雪地。

一九三五年二月五日

此篇創作於 1935 年 2 月 5 日，首次發表於 1936 年 2 月 20 日上海《海燕》第 2 期。
後收錄在 1940 年 6 月大時代書局出版的《蕭紅散文》中，篇名改為《黑夜》。

雪天

我直直是睡了一個整天，這使我不能再睡。小屋子漸漸從灰色變作黑色。

睡得背很痛，肩也很痛，並且也餓了。我下床開了燈，在床沿坐了坐，到椅子上坐了坐，扒一扒頭髮，揉擦兩下眼睛，心中感到幽長和無底，好像把我放下一個煤洞去，並且沒有燈籠，使我一個人走沉下去。屋子雖然小，在我覺得和一個荒涼的廣場樣，屋子牆壁離我比天還遠，那是說一切不和我發生關係；那是說我的肚子太空了！

一切街車街聲在小窗外鬧著。可是三層樓的過道非常寂靜。每走過一個人，我留意他的腳步聲，那是非常響亮的，硬底皮鞋踏過去，女人的高跟鞋更響亮而且焦急，有時成群的響聲，男男女女穿插著過了一陣。我聽遍了過道上一切引誘我的聲音，可是不用開門看，我知道郎華還沒回來。

小窗那樣高，囚犯住的屋子一般，我仰起頭來，看見那一些紛飛的雪花從天空忙亂地跌落，有的也打在玻璃窗片上，即刻就消融了，變成水珠滾動爬行著，玻璃窗被它畫成沒有意義、無組織的條紋。

我想：雪花為什麼要翻飛呢？多麼沒有意義！忽然我又想：我不也是和雪花一般沒有意義嗎？坐在椅子裡，兩手空著，什麼也不做；口張著，可是什麼也不吃。我十分和一架完全停止了的機器相像。

過道一響，我的心就非常跳，那該不是郎華的腳步？一種穿軟底鞋的聲音，嚓嚓來近門口，我彷彿是跳起來，我心害怕：他凍得可憐了吧？他沒有帶回麵包來吧？

開門看時，茶房站在那裡：「包夜飯嗎？」

「多少錢？」

雪天

「每份六角。包月十五元。」

「……」我一點都不遲疑地搖著頭，怕是他把飯送進來強迫我吃似的，怕他強迫向我要錢似的。茶房走出，門又嚴肅地關起來。一切別的房中的笑聲、飯菜的香氣都斷絕了，就這樣用一道門，我與人間隔離著。

一直到郎華回來，他的膠皮底鞋擦在門檻，我才止住幻想。茶房手上的托盤，盛著肉餅、炸黃的蕃薯、切成大片有彈力的麵包……

郎華的袂衣上那樣溼了，已溼的褲管拖著泥。鞋底通了孔，使得襪也溼了。

他上床暖一暖，腳伸在被子外面，我給他用一張破布擦著腳上冰涼的黑圈。

當他問我時，他和呆人一般，直直的腰也不彎：

「餓了吧？」

我幾乎是哭了。我說：「不餓。」為了低頭，我的臉幾乎接觸到他冰涼的腳掌。

他的衣服完全溼透，所以我到馬路旁去買饅頭。就在光身的木桌上，刷牙缸冒著氣，刷牙缸伴著我們把饅頭吃完。饅頭既然吃完，桌上的銅板也要被吃掉似的。他問我：

「夠不夠？」

我說：「夠了。」我問他：「夠不夠？」

他也說：「夠了。」

隔壁的手風琴唱起來，它唱的是生活的痛苦嗎？手風琴淒淒涼涼地唱呀！

登上桌子，把小窗打開。這小窗是透過人間的孔道：樓頂，煙囪，飛著雪沉重而濃黑的天空，路燈，警察，街車，小販，乞丐，一切顯現在這小孔道，繁繁忙忙的市街發著響。隔壁的手風琴在我們耳裡不存在了。

此篇創作於 1935 年，具體日期不詳。收錄在 1936 年 8 月文化生活出版社出版的
《商市街》中。

小六

「六啊，六……」

孩子頂著一塊大鍋蓋，蹣蹣跚跚大蜘蛛一樣從樓梯爬下來，孩子頭上的汗還不等揩抹，媽媽又喚喊了：

「六啊！……六啊！……」

是小六家搬家的日子。八月天，風靜睡著，樹梢不動，藍天好像碧藍的湖水，一條雲彩也未掛到湖上。樓頂閒蕩無慮地在晒太陽。樓梯被石牆的陰影遮斷了一半，和往日一樣，該是預備午飯的時候。

「六啊……六……小六……」

一切都和昨日一樣，一切沒有變動，太陽，天空，牆外的樹，樹下的兩只紅毛雞仍在啄食。小六家房蓋穿著洞了，有泥塊打進水桶，陽光從窗子、門，從打開的房蓋一起走進來，陽光逼走了小六家一切盆子、桶子和人。

不到一個月，那家的樓房完全長起，紅色瓦片蓋住樓頂，有木匠在那裡正裝窗框。吃過午飯，泥水匠躺在長板條上睡覺，木匠也和大魚似的找個蔭涼的地方睡。那一些拖長的腿，泥汗的手腳，在長板條上可怕的，偶然伸動兩下。全個後院，全個午間，讓他們的鼾聲結著群。

雖然樓頂已蓋好瓦片，但在小六娘覺得只要那些人醒來，樓好像又高一點，好像天空又短了一塊。那家的樓房玻璃快到窗框上去閃光，煙囪快要冒起煙來了。

同時小六家呢？爹爹提著床板一條一條去賣。並且蟋蟀吟鳴得厲害，牆根草莓棵藏著蟋蟀似的。爹爹回來，他的單衫不像夏夜那樣染著汗。娘在有月的夜裡，和曠野上老樹一般，一張葉子也沒有，娘的靈魂裡一顆眼

淚也沒有，娘沒有靈魂！

「自來火給我！小六他娘，小六他娘。」

「俺娘哪來的自來火，昨晚不是借的自來火點燈嗎？」

爹爹罵起來：「懶老婆，要你也過日子，不要你也過日子。」

爹爹沒有再罵，假如再罵小六就一定哭起來，她想爹爹又要打娘。

爹爹去賣西瓜，小六也跟著去。後海沿那一些鬧嚷嚷的人，推車的，搖船的，肩布袋的……拉車的。爹爹切西瓜，小六拾著從他們嘴上流下來的瓜子。後來爹爹又提著籃子賣油條、包子。娘在牆根砍著樹枝。小六到後山去拾落葉。

孩子夜間說的睡話多起來，爹和娘也嚷著：

「別擠我呀！往那面一點，我腿疼。」

「六啊！六啊，你爹死到哪個地方去啦？」

女人和患病的豬一般在露天的房子裡哼哽地說話。

「快搬，快搬……告訴早搬，你不早搬，你不早搬，打碎你的盆！怨 —— 誰？」

大塊的士敏土翻滾著沉落。那個人嚷一些什麼，女人聽不清了！女人坐在灰塵中，好像讓她坐在著火的煙中，兩眼快要流淚，喉頭麻辣辣，好像她幼年時候夜裡的噩夢，好像她幼年時候爬山滾落了。

「六啊！六啊！」

孩子在她身邊站著：

「娘，俺在這。」

「六啊！六啊！」

「娘，俺在這。俺不是在這嗎？」

那女人，孩子拉到她的手她才看見。若不觸到她，她什麼也看不到了。

小六

那一些盆子桶子，羅列在門前。她家像是著了火；或是無緣的，想也想不到地闖進一些鬼魔去。

「把六擠掉地下去了。一條被你自己蓋著。」

一家三人腰疼腿疼，然而不能吃飽穿暖。

媽媽出去做女僕，小六也去，她是媽媽的小僕人，媽為人家燒飯，小六提著壺去打水。柏油路上飛著雨絲，那是秋雨了。小六戴著爹爹的大氊帽，提著壺在雨中穿過橫道。

那夜小六和娘一起哭著回來。爹說：

「哭死……死就痛快的死。」

房東又來趕他們搬家。說這間廚房已經租出去了。後院亭子間蓋起樓房來了！前院廚房又租出去。蟋蟀夜夜吟鳴，小六全家在蟋蟀吟鳴裡向著天外的白月坐著。尤其是娘，她呆人一樣，朽木一樣。她說：「往哪裡搬？我本來打算一個月三元錢能租個板房！……你看……那家辭掉我……」

夜夜那女人不睡覺。肩上披著一張單布坐著。搬到什麼地方去！搬到海裡去？

搬家把女人逼得瘋子似的，眼睛每天紅著。她家吵架，全院人都去看熱鬧。

「我不活……啦……你打死我……打死我……」

小六惶惑著，比媽媽的哭聲更大，那孩子跑到同院人家去喚喊：「打俺娘……爹打俺娘……」有時候她竟向大街去喊。同院人來了！但是無法分開，他們像兩條狗打仗似的。小六用拳頭在爹的背脊上揮兩下，但是又停下來哭，那孩子好像有火燒著她一般，暴跳起來。打仗停下了時候，那也正同狗一樣，爹爹在牆根這面呼喘，媽媽在牆根那面呼喘。

「你打俺娘，你……你要打死她。俺娘……俺娘……」爹和娘靜下

來，小六還沒有靜下來，那孩子仍哭。

　　有時夜裡打起來，床板翻倒，同院別人家的孩子漸漸害怕起來，說小六她娘瘋了，有的說她著了妖魔。因為每次打仗都是哭得昏過去停止。

　　「小六跳海了……小六跳海了……」

　　院中人都出來看小六。那女人抱著孩子去跳灣（灣即路旁之臭泥沼），而不是去跳海。她向石牆瘋狂地跌撞，溼得全身打顫的小六又是哭，女人號啕到半夜。同院人家的孩子更害怕起來，說是小六也瘋了。娘停止號啕時，才聽到蟋蟀在牆根鳴。娘就穿著溼褲子睡。

　　白月夜夜照在人間，安息了！人人都安息了！可是太陽一出來時，小六家又得搬家。搬向哪裡去呢？說不定娘要跳海，又要把小六先推下海去。

　　　　　　　　　　　　　　　　　　一九三五年元月二十六日

此篇創作於 1935 年 1 月 26 日，首次發表於 1935 年 3 月 5 日上海《太白》第 1 卷第 12 期，後收錄在 1940 年 6 月大時代書局出版的《蕭紅散文》中，篇名改為《搬家》。

餓

「列巴圈」掛在過道別人的門上，過道好像還沒有天明，可是電燈已經熄了。夜間遺留下來睡朦的氣息充塞在過道，茶房氣喘著，抹著地板。我不願醒得太早，可是已經醒了，同時再不能睡去。

廁所房的電燈仍開著，和夜間一般昏黃，好像黎明還沒有到來，可是「列巴圈」已經掛上別人家的門了！有的牛奶瓶也規規矩矩地等在別的房間外。只要一醒來，就可以隨便吃喝。但，這都只限於別人，是別人的事，與自己無關。

扭開了燈，郎華睡在床上，他睡得很恬靜，連呼吸也不震動空氣一下。聽一聽過道連一個人也沒走動。全旅館的三層樓都在睡中，越這樣靜越引誘我，我的那種想頭越堅決。過道尚沒有一點聲息，過道越靜越引誘我，我的那種想頭越想越充脹我：去拿吧！正是時候，即使是偷，那就偷吧！

輕輕扭動鑰匙，門一點響動也沒有。探頭看了看，「列巴圈」對門就掛著，東隔壁也掛著，西隔壁也掛著。天快亮了！牛奶瓶的乳白色看得真真切切，「列巴圈」比每天也大了些，結果什麼也沒有去拿，我心裡發燒，耳朵也熱了一陣，立刻想到這是「偷」。兒時的記憶再現出來，偷梨吃的孩子最羞恥。

過了好久，我就貼在已關好的門扇上，大概我像一個沒有靈魂的、紙剪成的人貼在門扇。大概這樣吧：街車喚醒了我，馬蹄嗒嗒、車輪吱吱地響過去。我抱緊胸膛，把頭也掛到胸口，向我自己心說：「我餓呀！不是『偷』呀！」

第二次也打開門，這次我決心了！偷就偷，雖然是幾個「列巴圈」，

我也偷，為著我「餓」，為著他「餓」。

第二次失敗，那麼不去做第三次了。下了最後的決心，爬上床，關了燈，推一推郎華，他沒有醒，我怕他醒。在「偷」這一刻，郎華也是我的敵人；假若我有母親，母親也是敵人。

天亮了！人們醒了。做家庭教師，無錢吃飯也要去上課，並且要練武術。他喝了一杯茶走的，過道那些「列巴圈」早已不見，都讓別人吃了。

從昨夜到中午，四肢軟一點，肚子好像被踢打放了氣的皮球。

窗子在牆壁中央，天窗似的，我從窗口升了出去，赤裸裸，完全和日光接近；市街臨在我的腳下，直線的，錯綜著許多角度的樓房，大柱子一般工廠的煙囪，街道橫順交織著，禿光的街樹。白雲在天空作出各樣的曲線，高空的風吹亂我的頭髮，飄蕩我的衣襟。市街像一張繁繁雜雜顏色不清晰的地圖，掛在我們眼前。樓頂和樹梢都掛住一層稀薄的白霜，整個城市在陽光下閃閃爍爍撒了一層銀片。我的衣襟被風拍著作響，我冷了，我孤孤獨獨的好像站在無人的山頂。每家樓頂的白霜，一刻不是銀片了，而是些雪花、冰花，或是什麼更嚴寒的東西在吸我，像全身浴在冰水裡一般。

我披了棉被再出現到窗口，那不是全身，僅僅是頭和胸突在窗口。一個女人站在一家藥店門口討錢，手下牽著孩子，衣襟裏著更小的孩子。藥店沒有人出來理她，過路人也不理她，都像說她有孩子不對，窮就不該有孩子，有也應該餓死。

我只能看到街路的半面，那女人大概向我的窗下走來，因為我聽見那孩子的哭聲很近。

「老爺，太太，可憐可憐⋯⋯」可是看不見她在逐誰，雖然是三層樓，也聽得這般清楚，她一定是跑得顛顛斷斷地呼喘：「老爺老爺⋯⋯可憐吧！」

那女人一定正像我，一定早飯還沒有吃，也許昨晚的也沒有吃。她在樓下急迫地來回的呼聲傳染了我，肚子立刻響起來，腸子不住地呼叫⋯⋯

郎華仍不回來，我拿什麼來餵肚子呢？桌子可以吃嗎？草褥子可以吃嗎？

晒著陽光的行人道，來往的行人，小販乞丐⋯⋯這一些看得我疲倦了！打著呵欠，從窗口爬下來。

窗子一關起來，立刻生滿了霜，過一刻，玻璃片就流著眼淚了！起初是一條條的，後來就大哭了！滿臉是淚，好像在行人道上討飯的母親的臉。

我坐在小屋，像餓在籠中的雞一般，只想合起眼睛來靜著，默著，但又不是睡。

「咯，咯！」這是誰在打門！我快去開門，是三年前舊學校裡的圖畫先生。

他和從前一樣很喜歡說笑話，沒有改變，只是胖了一點，眼睛又小了一點。他隨便說，說得很多。他的女兒，那個穿紅花旗袍的小姑娘，又加了一件黑絨上衣，她在籐椅上，怪美麗的。但她有點不耐煩的樣子：「爸爸，我們走吧。」小姑娘哪裡懂得人生！小姑娘只知道美，哪裡懂得人生？

曹先生問：「你一個住在這裡嗎？」

「是 ——」我當時不曉得為什麼答應「是」，明明是和郎華同住，怎麼要說自己住呢？

好像這幾年並沒有別開，我仍在那個學校讀書一樣。他說：

「還是一個人好，可以把整個的心身獻給藝術。你現在不喜歡畫，你喜歡文學，就把全心身獻給文學。只有忠心於藝術的心才不空虛，只有藝術才是美，才是真美。愛情這話很難說，若是為了性慾才愛，那麼就不如

臨時解決，隨便可以找到一個，只要是異性。愛是愛，愛很不容易，那麼就不如愛藝術，比較不空虛……」

「爸爸，走吧！」小姑娘哪裡懂得人生，只知道「美」，她看一看這屋子一點意思也沒有，床上只鋪一張草褥子。

「是，走——」曹先生又說，眼睛指著女兒：「你看我，十三歲就結了婚。這不是嗎？曹雲都十五歲啦！」

「爸爸，我們走吧！」

他和幾年前一樣，總愛說「十三歲」就結了婚。差不多全校同學都知道曹先生是十三歲結婚的。

「爸爸，我們走吧！」

他把一張票子丟在桌上就走了！那是我寫信去要的。

郎華還沒有回來，我應該立刻想到餓，但我完全被青春迷惑了，讀書的時候，哪裡懂得「餓」？只曉得青春最重要，雖然現在我也並沒老，但總覺得青春是過去了！過去了！

我冥想了一個長時期，心浪和海水一般翻了一陣。

追逐實際吧！青春唯有自私的人才繫念她，「只有飢寒，沒有青春。」

幾天沒有去過的小飯館，又坐在那裡邊吃喝了。「很累了吧！腿可疼？道外道裡要有十五里路。」我問他。

只要有得吃，他也很滿足，我也很滿足。其餘什麼都忘了！

那個飯館，我已經習慣，還不等他坐下，我就搶個地方先坐下，我也把菜的名字記得很熟，什麼辣椒白菜啦，雪裡蕻豆腐啦……什麼醬魚啦！怎麼叫醬魚呢？哪裡有魚！用魚骨頭炒一點醬，借一點腥味就是啦！我很有把握，我簡直都不用算一算就知道這些菜也超不過一角錢。因此我用很大的聲音招呼，我不怕，我一點也不怕花錢。

餓

回來沒有睡覺之前，我們一面喝著開水，一面說：

「這回又餓不著了，又夠吃些日子。」

閉了燈，又滿足又安適地睡了一夜。

此篇創作於 1935 年，具體日期不詳，首次發表於 1935 年 6 與 1 日上海《文學》第 4 卷第 6 期。後收錄在 1936 年 8 月文化生活出版社出版的《商市街》中。

家庭教師

二十元票子，使他做了家庭教師。

這是第一天，他起得很早，並且臉上也像愉悅了些。我歡喜地跑到過道去倒臉水。心中埋藏不住這些愉快，使我一面折著被子，一面嘴裡任意唱著什麼歌的句子。而後坐到床沿，兩腿輕輕地跳動，單衫的衣角在腿下抖蕩。我又跑出門外，看了幾次那個提籃賣麵包的人，我想他應該吃些點心吧，八點鐘他要去教書，天寒，衣單，又空著肚子，那是不行的。

但是還不見那提著膨脹的籃子的人來到過道。

郎華做了家庭教師，大概他自己想也應該吃了。當我下樓時，他就自己在買，長形的大提籃已經擺在我們房間的門口。他彷彿是一個大蠍虎樣，貪婪地，為著他的食慾，從籃子裡往外捉取著麵包、圓形的點心和「列巴圈」，他強健的兩臂，好像要把整個籃子抱到房間裡才能滿足。最後他會過錢，下了最大的決心，捨棄了籃子，跑回房中來吃。

還不到八點鐘，他就走了。九點鐘剛過，他就回來。下午太陽快落時，他又去一次，一個鐘頭又回來。他已經慌慌忙忙像是生活有了意義似的。當他回來時，他帶回一個小包袱，他說那是才從當鋪取出的從前他當過的兩件衣裳。他很有興致地把一件夾袍從包袱裡解出來，還有一件小毛衣。

「你穿我的夾袍，我穿毛衣。」他吩咐著。

於是兩個人各自趕快穿上。他的毛衣很合適。唯有我穿著他的夾袍，兩只腳使我自己看不見，手被袖口吞沒去，寬大的袖口，使我忽然感到我的肩膀一邊掛著一個口袋，就是這樣，我覺得很合適，很滿足。

電燈照耀著滿城市的人家。鈔票帶在我的衣袋裡，就這樣，兩個人理

直氣壯地走在街上，穿過電車道，穿過擾嚷著的那條破街。

一扇破碎的玻璃門，上面封了紙片，郎華拉開它，並且回頭向我說：「很好的小飯館，洋車侠和一切工人全都在這裡吃飯。」

我跟著進去。裡面擺著三張大桌子。我有點看不慣，好幾部分食客都擠在一張桌上。屋子幾乎要轉不過來身。我想，讓我坐在哪裡呢？三張桌子都是滿滿的人。我在袖口外面捏了一下郎華的手說：「一張空桌也沒有，怎麼吃？」

他說：「在這裡吃飯是隨隨便便的，有空就坐。」他比我自然得多，接著，他把帽子掛到牆壁上。堂倌走來，用他拿在手中已經擦滿油膩的布巾抹了一下桌角，同時向旁邊正在吃的那個人說：「借光，借光。」

就這樣，郎華坐在長板凳上那個人剩下來的一頭。至於我呢，堂倌把掌櫃獨坐的那個圓板凳搬來，占據著大桌子的一頭。我們好像存在也可以，不存在也可以似的。不一會，小小的菜碟擺上來。我看到一個小圓木砧上堆著煮熟的肉，郎華跑過去，向著木砧說了一聲：「切半角錢的豬頭肉。」

那個人把刀在圍裙上，在那塊髒布上抹了一下，熟練地揮動著刀在切肉。我想：他怎麼知道那叫豬頭肉呢？很快地我吃到豬頭肉了。後來我又看見火爐上煮著一個大鍋，我想要知道這鍋裡到底盛的是什麼，然而當時我不敢，不好意思站起來滿屋擺盪。

「你去看看吧。」

「那沒有什麼好吃的。」郎華一面去看，一面說。

正相反，鍋雖然滿掛著油膩，裡面卻是肉丸子。掌櫃連忙說：「來吧？」

我們沒有立刻回答。掌櫃又連忙說：「味道很好哩。」

我們怕的倒不是味道好不好，既然是肉的，一定要多花錢吧！我們面前擺了五六個小碟子，覺得菜已經夠了。他看看我，我看看他。

「這麼多菜，還是不要肉丸子吧。」我說。

「肉丸還帶湯。」我看他說這話，是願意了，那麼吃吧。一決心，肉丸子就端上來。

破玻璃門邊，來來往往有人進出，戴破皮帽子的，穿破皮襖的，還有滿身紅綠的油匠，長鬍子的老油匠，十二三歲尖嗓子的小油匠。

腳下有點潮溼得難過了。可是門仍不住地開關，人們仍是來來往往。一個歲數大一點的婦人，抱著孩子在門外乞討，僅僅在人們開門時她說一聲：「可憐可憐吧！給孩子點吃的吧！」然而她從不動手推門。後來大概她等的時間太長了，就跟著人們進來，停在門口，她還不敢把門關上，表示出她一得到什麼東西很快就走的樣子。忽然全屋充滿了冷空氣。郎華拿饅頭正要給她，掌櫃的擺著手：「多得很，給不得。」

靠門的那個食客強關了門，已經把她趕出去了，並且說：「真她媽的，冷死人，開著門還行！」

不知那一個發了這一聲：「她是個老婆子，你把她推出去。若是個大姑娘，不抱住她，你也得多看她兩眼。」

全屋人差不多都笑了，我卻聽不慣這話，我非常惱怒。

郎華為著豬頭肉喝了一小壺酒，我也幫著喝。同桌的那個人只吃鹹菜，喝稀飯，他結帳時還不到一角錢。接著我們也結帳：小菜每碟二分，五碟小菜，半角錢豬頭肉，半角錢燒酒，丸子湯八分，外加八個大饅頭。

走出飯館，使人吃驚，冷空氣立刻裹緊全身，高空閃爍著繁星。我們奔向有電車經過叮叮響的那條街口。

「吃飽沒有？」他問。

「飽了，」我答。

經過街口賣零食的小亭子，我買了兩紙包糖，我一塊，他一塊，一面上樓，一面吮著糖的滋味。

「你真像個大口袋，」他吃飽了以後才向我說。

同時我打量著他，也非常不像樣。在樓下大鏡子前面，兩個人照了好久。他的帽子僅僅扣住前額，後腦勺被忘記似的，離得帽子老遠老遠的獨立著。很大的頭，頂個小卷沿帽，最不相宜的就是這個小卷沿帽，在頭頂上看起來十分不牢固，好像烏鴉落在房頂，有隨時飛走的可能。別人送給他的那身學生服短而且寬。

走進房間，像兩個大孩子似的，互相比著舌頭，他吃的是紅色的糖塊，所以是紅舌頭，我是綠舌頭。比完舌頭之後，他憂愁起來，指甲在桌面上不住地敲響。

「你看，我當家庭教師有多麼不帶勁！來來往往凍得和個小叫花子似的。」

當他說話時，在桌上敲著的那隻手的袖口，已是破了，拖著線條。我想破了倒不要緊，可是冷怎麼受呢？

長久的時間靜默著，燈光照在兩人臉上，也不跳動一下，我說要給他縫縫袖口，明天要買針線。說到袖口，他警覺一般看一下袖口，臉上立刻浮現著幻想，並且嘴唇微微張開，不太自然似的，又不說什麼。

關了燈，月光照在窗外，反映得全室微白。兩人扯著一張被子，頭下破書當作枕頭。隔壁手風琴又咿咿呀呀地在訴說生之苦樂。樂器伴著他，他慢慢打開他幽禁的心靈了：

「敏子……這是敏子姑娘給我縫的。可是過去了，過去了就沒有什麼意義。我對你說過，那時候我瘋狂了。直到最末一次信來，才算結束，結束就是說從那時起她不再給我來信了。這樣意外的，相信也不能相信的事情，弄得我昏迷了許多日子……以前許多信都是寫著愛我……甚至於說非愛我不可。最末一次信卻罵起我來，直到現在我還不相信，可是事實是那樣……」

他起來去拿毛衣給我看，「你看過桃色的線……是她縫的……敏子縫的……」

又滅了燈，隔壁的手風琴仍不停止。在說話裡邊他叫那個名字「敏子，敏子」，都是喉頭髮著水聲。

「很好看的，小眼眉很黑……嘴唇很……很紅啊！」說到恰好的時候，在被子裡邊他緊緊捏了我一下手。我想：我又不是她。

「嘴唇通紅通紅……啊……」他仍說下去。

馬蹄打在街石上嗒嗒響聲。每個院落在想像中也都睡去。

此篇創作於 1935 年，具體日期不詳，首次發表於 1936 年 2 月上海《中學生》第 62 期。後收錄在 1936 年 8 月文化生活出版社出版的《商市街》中。

來客

打過門，隨後進來一個胖子，穿的綢大衫，他也說他來念書，這使我很詫異。他四五十歲的樣子，又是個買賣人，怎麼要念書呢？過了好些時候，他說要念莊子。白話文他說不用念，一看就明白，那不算學問。

郎華該怎麼辦呢？郎華說：「念莊子也可以。」

那胖子又說，每一星期要做一篇文章，要請先生改。郎華說，也可以。郎華為了錢，為了一點點的學費，這都可以。

另一天早晨，又來一個年輕人，郎華不在家，他就坐在草褥上等著，他好像有肺病，一面看床上的舊報紙，一面問我：

「門外那張紙貼上寫著教武術，每月五元，不能少點嗎？」

「等一等再講吧！」我說。

他規規矩矩，很無聊地坐著。大約十分鐘又過去了！郎華怎麼還不回來，我很著急。得一點教書錢，好像做一筆買賣似的。我想這筆買賣是做不成了，那人直要走。

「你等一等，就回來的，就回來的。」

結果不能等，臨走時向我告訴：

「我有肺病，我是從『大羅新』[02]（商店）下來的，一年了，病也不好，醫生叫我運動運動。吃藥花錢太多，也不能吃了！運動總比挺著強。昨天我看報上有廣告，才知道這裡教武術。先生回來，請向先生說說，學費少一點。」

從家庭教師廣告登出去，就有人到這裡治病，念莊子，還有人要練

02　指民國時期資本家武百祥在當時開設的百貨商店。

「飛簷走壁」，問先生會不會「飛簷走壁」。

　　那天，又是郎華不在家，來一個人，還沒有坐定，他就走了。他看一看床上就是一張光身的草褥，被子卷在床頭，灰色的棉花從破孔流出來，我想去折一下，又來不及。那人對準地下兩隻破鞋打量著。他的手杖和眼鏡都閃著光，在他看來，教武術的先生不用問是個討飯的傢伙。

此篇創作於 1935 年，具體日期不詳，收錄在 1936 年 8 月文化生活出版社出版的《商市街》中。

提籃者

提籃人，他的大籃子，長形麵包，圓麵包……每天早晨他帶來誘人的麥香，等在過道。

我數著……三個，五個，十個……把所有的銅板給了他。一塊黑麵包擺在桌子上。郎華回來第一件事，他在麵包上掘了一個洞，連帽子也沒脫，就嘴裡嚼著，又去找白鹽。他從外面帶進來的冷空氣發著腥味。他吃麵包，鼻子時時滴下清水滴。

「來吃啊！」

「就來。」我拿了刷牙缸，跑下樓去倒開水。回來時，麵包差不多只剩硬殼在那裡。他緊忙說：

「我吃得真快，怎麼吃得這樣快？真自私，男人真自私。」

只端起牙缸來喝水，他再不吃了！我再叫他吃他也不吃。只說：

「飽了，飽了！吃去你的一半還不夠嗎？男人不好，只顧自己。你的病剛好，一定要吃飽的。」

他給我講他怎樣要開一個「學社」，教武術，還教什麼什麼……這時候，他的手已湊到麵包殼上去，並且另一隻手也來了！扭了一塊下去，已經送到嘴裡，已經嚥下他也沒有發覺；第二次又來扭，可是說了：

「我不應該再吃，我已經吃飽。」

他的帽子仍沒有脫掉，我替他脫了去，同時送一塊麵包皮到他的嘴上。

喝開水，他也是一直喝，等我向他要，他才給我。

「晚上，我領你到飯館去吃。」我覺得很奇怪，沒錢怎麼可以到飯館去吃呢！

「吃完就走，這年頭不吃還餓死？」他說完，又去倒開水。

第二天，擠滿麵包的大籃子已等在過道。我始終沒推開門。門外有別人在買，即使不開門，我也好像嗅到麥香。對麵包，我害怕起來，不是我想吃麵包，怕是麵包要吞了我。

「列巴，列巴！」哈爾濱叫麵包作「列巴」，賣麵包的人打著我們的門在招呼。帶著心驚，買完了說：

「明天給你錢吧，沒有零錢。」

星期日，家庭教師也休息。只有休息，連早飯也沒有。提籃人在打門，郎華跳下床去，比貓跳得更得法，輕快，無聲。我一動不動，「列巴」就擺在門口。郎華光著腳，只穿一件短褲，襯衣搭在肩上，胸膛露在外面。

一塊黑麵包，一角錢。我還要五分錢的「列巴圈」，那人用繩穿起來。我還說：「不用，不用。」我打算就要吃了！我伏在床上，把頭抬起來，正像見了桑葉而抬頭的蠶一樣。

可是，立刻受了打擊，我眼看著那人從郎華的手上把麵包奪回去，五個「列巴圈」也奪回去。

「明早一起取錢不行嗎？」

「不行，昨天那半角也給我吧！」

我充滿口涎的舌頭向嘴唇舐了幾下，不但「列巴圈」沒有吃到，把所有的銅板又都帶走了。

「早飯吃什麼呀？」

「你說吃什麼？」鎖好門，他回到床上時，冰冷的身子貼住我。

此篇創作於 1935 年，具體日期不詳。收錄在 1936 年 8 月文化生活出版社出版的《商市街》中；後又發表於 1937 年 1 月 31 日的大連《泰東日報・遼水週刊》。

搬家

搬家！什麼叫搬家？移了一個窩就是啦！

一輛馬車，載了兩個人，一個條箱，行李也在條箱裡。車行在街口了，街車，行人道上的行人，店鋪大玻璃窗裡的「模特兒兒」……汽車馳過去了，別人的馬車趕過我們急跑，馬車上面似乎坐著一對情人，女人的捲髮在帽沿外跳舞，男人的長臂沒有什麼用處一般，只為著一種表示，才遮住女人的背後。馬車馳過去了，那一定是一對情人在兜風……只有我們是搬家。天空有水狀的和雪融化春冰狀的白雲，我仰望著白雲，風從我的耳邊吹過，使我的耳朵鳴響。

到了：商市街 ×× 號。

他夾著條箱，我端著臉盆，透過很長的院子，在盡那頭，第一下來拉開門的是郎華，他說：「進去吧！」

「家」就這樣的搬來，這就是「家」。

一個男孩，穿著一雙很大的馬靴，跑著跳著喊：「媽……我老師搬來啦！」

這就是他教武術的徒弟。

借來的那張鐵床，從門也抬不進來，從窗也抬不進來。抬不進來，真的就要睡地板嗎？光著身子睡嗎？鋪什麼？

「老師，用斧子打吧。」穿長靴的孩子去找到一柄斧子。

鐵床已經站起，塞在門口，正是想抬出去也不能夠的時候，郎華就用斧子打，鐵擊打著鐵發出震鳴，門頂的玻璃碎了兩塊，結果床搬進來了，光身子放在地板中央。又向房東借一張桌子和兩把椅子。

郎華走了，說他去買水桶、菜刀、飯碗……

我的肚子因為冷，也許因為累，又在作痛。走到廚房去看，爐中的火熄了。未搬來之前，也許什麼人在烤火，所以爐中尚有木柈在燃。

　　鐵床露著骨，玻璃窗漸漸結上冰來。下午了，陽光失去了暖力，風漸漸捲著沙泥來吹打窗子……用冷水擦著地板，擦著窗臺……等到這一切做完，再沒有別的事可做的時候，我感到手有點痛，腳也有點痛。

　　這裡不像旅館那樣靜，有狗叫，有雞鳴……有人吵嚷。

　　把手放在鐵爐板上也不能暖了，爐中連一顆火星也滅掉。肚子痛，要上床去躺一躺，哪裡是床！冰一樣的鐵條，怎麼敢去接近！

　　我餓了，冷了，我肚痛，郎華還不回來，有多麼不耐煩！連一支錶也沒有，連時間也不知道。多麼無趣，多麼寂寞的家呀！我好像落下井的鴨子一般寂寞並且隔絕。肚痛、寒冷和飢餓伴著我……什麼家？簡直是夜的廣場，沒有陽光，沒有暖。

　　門扇大聲哐啷哐啷地響，是郎華回來，他打開小水桶的蓋給我看：小刀，筷子，碗，水壺，他把這些都擺出來，紙包裡的白米也倒出來。

　　只要他在我身旁，餓也不難忍了，肚痛也輕了。買回來的草褥放在門外，我還不知道，我問他：

　　「是買的嗎？」

　　「不是買的，是哪裡來的！」

　　「錢，還剩多少？」

　　「還剩！怕是不夠哩！」

　　等他買木柈回來，我就開始點火。站在火爐邊，居然也和小主婦一樣調著晚餐。油菜燒焦了，白米飯是半生就吃了，說它是粥，比粥還硬一點；說它是飯，比飯還黏一點。這是說我做了「婦人」，不做婦人，哪裡會燒飯？不做婦人，哪裡懂得燒飯？

　　晚上，房主人來時，大概是取著拜訪先生的意義來的！房主人就是穿

搬家

馬靴那個孩子的父親。

「我三姐來啦！」過一刻，那孩子又打門。

我一點也不能認識她。她說她在學校時每天差不多都看見我，不管在操場或是禮堂。我的名字她還記得很熟。

「也不過三年，就忘得這樣厲害……你在哪一班？」我問。

「第九班。」

「第九班，和郭小嫻一班嗎？郭小嫻每天打球，我倒認識她。」

「對啦，我也打籃球。」

但無論如何我也想不起來，坐在我對面的簡直是一個從未見過的面孔。

「那個時候，你十幾歲呢？」

「十五歲吧！」

「你太小啊，學校是多半不注意小同學的。」我想了一下，我笑了。

她卷皺的頭髮，掛胭脂的嘴，比我好像還大一點，因為回憶完全把我帶回往昔的境地去。其實，我是二十二了，比起她來怕是已經老了。尤其是在蠟燭光裡，假若有鏡子讓我照下，我一定慘敗得比三十歲更老。

「三姐！你老師來啦。」

「我去學俄文。」她弟弟在外邊一叫她，她就站起來說。

很爽快，完全是少女風度，長身材，細腰，閃出門去。

此篇創作於 1935 年，具體日期不詳，收錄在 1936 年 8 月，文化生活出版社出版的《商市街》中。

一九二九底愚昧

前一篇文章已經說過，一九二八年為著吉敦路的叫喊，我也叫喊過了。接著就是一九二九年。於是根據著那第一次的經驗，我感覺到又是光榮的任務降落到我的頭上來。

這是一次佩花大會，進行得很順利，學校當局並沒有加以阻止，而且那個白臉的女校長在我們用絨線剪作著小花朵的時候，她還跑過來站在旁邊指導著我們。一大堆藍色的盾牌完全整理好了的時候，是佩花大會的前一夜。樓窗下的石頭道上落著那麼厚的雪。一些外國人家的小房和房子旁邊的枯樹都膨脹圓了，那笨重而粗鈍的輪廓就和穿得飽滿的孩子一樣臃腫。我背著遠近的從各種顏色的窗簾透出來的燈光，而看著這些盾牌。盾牌上插著那些藍色的小花，因著密度的關係，它們一個壓著一個幾乎是連成了排。那小小的黃色的花心蹲在藍色花中央，好像小金點，又像小銅釘……

這不用說，對於我，我只盼想著明天，但是這一夜把我和明天隔離著，我是跳不過去的，還只得回到宿舍去睡覺。

這一次的佩花，我還對中國人起著不少的悲哀，他們差不多是絕對不肯佩上。有的已經為他們插在衣襟上了，他們又動手自己把它拔下來，他們一點禮節也不講究，簡直是蠻人！把花差不多是捏扁，弄得花心幾乎是看不見了。結果不獨整元的，竟連一枚銅板也看不見貼在他們的手心上。這一天，我是帶著憤怒的，但也跑得最快，我們一小隊的其餘的三個人，常常是和我脫離開。

我的手套跑丟了一隻，圍巾上結著冰花，因為眼淚和鼻涕隨時地流，

想用手帕來揩擦，在這樣的時候，在我是絕對顧不到的。等我的頭頂在冒著氣的時候，我們的那一小隊的人說：

「你太熱心啦，你看你的帽子已經被汗溼透啦！」

自己也覺得，我大概像是廚房裡烤在爐旁的一張抹布那麼冒氣了吧？但還覺得不夠。什麼不夠呢？那時候是不能夠分析的。現在我想，一定是一九二八年遊行和示威的時候，喊著「打倒日本帝國主義」，而這回只是給別人插了一朵小花而沒有喊「帝國主義」的緣故。

我們這一小隊是兩個男同學和兩個女同學。男同學是第三中學的，一個大個，一個小個。那個小個的，在我看來，他的鼻子有點發歪。另一個女同學是我的同班，她胖，她笨，穿了一件閃亮的黑皮大衣，走起路來和鴨子似的，只是鴨子沒有全黑的。等到急的時候，我又看她像一隻豬。

「來呀！快點呀，好多，好多⋯⋯」我幾乎要說：好多買賣讓你們給耽誤了。

等他們跑上來，我把已經打成皺褶，捲成一團的一元一元的鈔票舒展開，放進用鐵皮做的小箱子裡去。那小箱子是在那個大個的男同學的胸前。小箱子一邊接受這鈔票，一邊不安地在滾動。

「這是外國人的錢⋯⋯這些完全是⋯⋯是俄國人的⋯⋯」往下我沒有說，「外國人，外國人多麼好哇，他們捐了錢去打他們本國為著『正義』！」

我走在行人道上，我的鞋底起著很高的冰錐，為著去追趕那個胖得好像行走的鴕鳥似的俄國老太婆。我幾乎有幾次要滑倒，等我把錢接過來，她已經走得很遠，我還站在那裡看著她帽子上插著的那棵顫抖著的大鳥毛，說不出是多麼感激和多麼佩服那黑色皮夾子因為開關而起的響聲，那臉上因著微笑而起的皺褶。那藍色帶著黃心的小花恰恰是插在她外衣的左領邊上，而且還是我插的。不由得把自己也就高傲了起來。對於我們那小

隊的其餘三個人，於是我就帶著絕頂的侮蔑的眼光回頭看著他們。他們是離得那麼遠，他們向我走來的時候，並不跑，而還是慢慢地走，他們對於國家這樣缺乏熱情，使我實在沒有理由把他們看成我的「同志」。他們稱讚著我，說我熱情，說我勇敢，說我最愛國。但我並不能夠因為這個，使我的心對他們寬容一點。

「打蘇聯，打蘇聯……」這話就是這麼簡單，在我覺得十分不夠，想要給添上一個「帝國主義」吧，但是從學聯會發下來的就沒有這一個口號。

那麼，蘇聯為什麼就應該打呢？又不是帝國主義。

這個我沒有思索過，雖然這中蘇事件的一開端我就親眼看過。

蘇聯大使館被檢查，這事情的發生是六月或者是七月。夜晚並不熱，我只記住天空是很黑的，對面跑來的馬車，因為感覺上涼爽的關係，車伕臺兩邊掛著的燈頭就像發現在秋天樹林子裡的燈火一樣。我們這女子中學每晚在九點鐘的時候，有一百人以上的腳步必須經過大直街的東段跑到吉林街去。我們的宿舍就在和大直街交叉著的那條吉林街上。

蘇聯大使館也在吉林街上，隔著一條馬路和我們的宿舍斜對著。

這天晚上，我們走到吉林街口就被攔住了。手電燈晃在這條街上，雙輪的小卡車靠著街口停著好幾輛，行人必得經過檢查才能夠透過。我們是經過了交涉才透過的。

蘇聯大使館門前的衛兵沒有了，從門口穿來穿往的人們，手中都拿著手電燈，他們行走得非常機械，忙亂的，不留心的用手電燈四處照著，以致行人道上的短楊樹的葉子的閃光和玻璃似的一陣一陣地出現。大使館樓頂那個圓形的裡邊閃著幾個外國字母的電燈盤不見了，黑沉沉的樓頂上連紅星旗子也看不見了，也許是被拔掉了，並且所有的樓窗好像埋下地窖那麼昏黑。

關於蘇聯或者就叫俄國吧，雖然我的生地和它那麼接近，但我怎麼能

夠知道呢？我不知道。那還是在我小的時候，「買羌貼」，「買羌貼」，「羌貼」是舊俄的紙幣（紙盧布）。鄰居們買它，親戚們也買它，而我的母親好像買得最多。夜裡她有時候不睡覺，一聽門響，她就跑出去開門，而後就是那個老廚子咳嗽著，也許是提著用紗布做的，過年的時候掛在門前的紅燈籠，在廚房裡他用什麼東西打著他鞋底上結著的冰錐。他和母親說的是什麼呢？微小得像什麼也沒有說。廚房好像並沒有人，只是那些冰錐從鞋底打落下的聲音。我能夠聽得到，有時候他就把紅燈籠也提進內房來，站在炕沿旁邊的小箱子上，母親趕快就去裝一袋菸，母親從來對於老廚子沒有這樣做過。不止裝菸，我還看見了給他燙酒，給他切了幾片臘肉放在小碟心裡。老廚子一邊吃著臘肉，一邊上唇的鬍子流著水珠，母親趕快在旁邊拿了一塊方手巾給他。我認識那方手巾就是我的。而後母親說：

「天冷啊！三九天有鬍子的年紀出門就是這手不容易。」

這一句話高於方才他們所說的那一大些話。什麼「行市」拉！「漲」啦！「落」啦！應該賣啦吧！這些話我不知為什麼他們說得那麼嚴重而低小。

家裡這些日子在我覺得好像鬧鬼一樣，灶王爺的香爐裡整夜地燒著香。母親夜裡起來，洗手洗臉，半夜她還去再燒一次。有的時候，她還小聲一個人在說著話。我問她的時候，她就說吟的是《金剛經》。而那香火的氣味滿屋子都是。並且她和父親吵架。父親罵她「受窮等不到天亮」，母親罵他「愚頑不靈」。因為買「羌貼」這件事情父親始終是不贊成的。父親說：

「皇黨和窮黨是俄國的事情，誰勝誰敗我們怎能夠知道！」

而祖父就不那麼說，他和老廚子一樣：

「那窮黨啊！那是個鬍子頭，馬糞蛋不進糞缸，走到哪兒不也還是個臭？」

有一夜，那老廚子回來了，並沒有打鞋底的冰錐，也沒有說話。母親和他在廚房裡都像被消滅一樣，而後我以為我是聽到哭聲，趕快爬起來去看，並沒有誰在哭，是老廚房的鼻頭流著清水的緣故。他的燈籠並不放下，拖得很低，幾乎燈籠底就落在地上，好像隨時他都要走。母親和逃跑似的跑到內房來，她就把臉伏在我的小枕頭上，我的小枕頭就被母親占據了一夜。

　　第二天他們都說「窮黨」上臺了。

　　所以這次佩花大會，我無論做得怎樣吃力，也覺得我是沒有中心思想。「蘇聯」就是「蘇聯」，它怎麼就不是「帝國主義」呢？同時在我宣傳的時候，就感到種種的困難。困難也照樣做了。比方我向著一個「苦力」狂追過去，我攔斷了他的行路，我把花給他，他不要，只是把幾個銅板托在手心上，說：「先生，這花像我們做苦力的戴不得，我們這穿著，就是戴上也不好看，還是給別人去戴吧！」

　　還有比這個現在想起來使我臉皮更發燒的事情：我募捐竟募到了一分郵票和一盒火柴。那小菸紙店的老闆無論如何擺脫不了我的纏繞之後，竟把一盒火柴摔在櫃檯上。火柴在櫃檯上花喇喇地滾到我的旁邊，我立刻替國家感到一種侮辱。並不把火柴收起來，照舊向他講演，接著又捐給我一分郵票。我雖然像一個叫花子似的被人接待著，但在精神上我相信是絕對高的。火柴沒有要，郵票到底收了。

　　我們的女校，到後來竟公開地領導我們，把一個蘇聯的也不知道是什麼「子弟學校」給占過來，做我們的宿舍。那真闊氣，和蓆子紋一樣的拼花地板，玻璃窗子好像商店的窗子那麼明朗。

　　在那時節我讀著辛克來[03]的《屠場》，本來非常苦悶，於是對於這本小說用了一百二十分的熱情讀下去的。在那麼明朗的玻璃窗下讀。因為起

03　即辛克萊。

一九二九底愚昧

早到學校去讀，路上時常遇到戒嚴期的兵士們的審問和刺刀的閃光。結果恰恰相反，這本小說和中蘇戰爭同時啟發著我，是越啟發越壞的。

　　正在那時候，就是佩花大會上我們同組那個大個的，鼻子有點發歪的男同學還給我來一封信，說我勇敢，說我可欽佩，這樣的女子他從前沒有見過。而後是要和我交朋友。那時候我想不出什麼理由來，現在想：他和我原來是一樣混蛋。

一九三七年十二月十三日

此篇創作於 1937 年 12 月 13 日，首次發表於 1937 年 12 月 16 日武漢《七月》第 1 卷第 5 期。

黑「列巴」和白鹽

玻璃窗子又慢慢結起霜來，不管人和狗經過窗前，都辨認不清楚。

「我們不是新婚嗎？」他這話說得很響，他唇下的開水杯起一個小圓波浪。他放下杯子，在黑麵包上塗一點白鹽送下喉去。大概是麵包已不在喉中，他又說：「這不正是度蜜月嗎！」

「對的，對的。」我笑了。

他連忙又取一片黑麵包，塗上一點白鹽，學著電影上那樣度蜜月，把塗鹽的「列巴」先送上我的嘴，我咬了一下，而後他才去吃。一定鹽太多了，舌尖感到不愉快，他連忙去喝水：

「不行不行，再這樣度蜜月，把人鹹死了。」

鹽畢竟不是奶油，帶給人的感覺一點也不甜，一點也不香。我坐在旁邊笑。

光線完全不能透進屋來，四面是牆，窗子已經無用，像封閉了的洞門似的，與外界絕對隔離開。天天就生活在這裡邊。素食，有時候不食，好像傳說上要成仙的人在這地方苦修苦煉。很有成績，修練得倒是不錯了，臉也黃了，骨頭也瘦了。我的眼睛越來越擴大，他的頰骨和木塊一樣突在腮邊。這些工夫都做到，只是還沒成仙。

「借錢」，「借錢」，郎華每日出去「借錢」。他借回來的錢總是很少，三角，五角，借到一元，那是很稀有的事。

黑「列巴」和白鹽，許多日子成了我們唯一的生命線。

此篇創作於 1935 年，具體日期不詳，收錄在 1936 年 8 月文化生活出版社出版的《商市街》中。

度日

　　天色連日陰沉下去，一點光也沒有，完全灰色，灰得怎樣程度呢？那和墨汁混到水盆中一樣。

　　火爐臺擦得很亮了，碗、筷子、小刀擺在格子上。清早起第一件事點起火爐來，而後擦地板，起床。

　　爐鐵板燒得很熱時，我便站到火爐旁燒飯，刀子、匙子弄得很響。爐火在爐腔裡起著小的爆炸，飯鍋騰著氣，蔥花炸到油裡，發出很香的烹調的氣味。我細看蔥花在油邊滾著，漸漸變黃起來。……小洋刀好像剝著梨皮一樣，把馬鈴薯刮得很白，很好看，去了皮的馬鈴薯呈乳黃色，柔和而有彈力。爐臺上鋪好一張紙，把馬鈴薯再切成薄片。飯已熟，馬鈴薯煎好。打開小窗望了望，院心幾條小狗在戲耍。

　　家庭教師還沒有下課，菜和米香引我回到爐前再吃兩口，用匙子調一下飯，再調一下菜，很忙的樣子像在偷吃。在地板上走了又走，一個鐘頭的課程還不到嗎？於是再打開鍋蓋吞下幾口。再從小窗望一望。我快要吃飽的時候，他才回來。習慣上知道一定是他，他都是在院心大聲弄著嗓子響。我藏在門後等他，有時候我不等他尋到，就作著怪聲跳出來。

　　早飯吃完以後，就是洗碗，刷鍋，擦爐臺，擺好木格子。假如有錶，怕是 11 點還多了！

　　再過三四個鐘頭，又是燒晚飯。他出去找職業，我在家裡燒飯，我在家裡等他。火爐臺，我開始圍著它轉走起來。每天吃飯，睡覺，愁柴，愁米……

　　這一切給我一個印象：這不是孩子時候了，是在過日子，開始過日子。

此篇創作於 1935 年，具體日期不詳，收錄在 1936 年 8 月文化生活出版社出版的
《商市街》中。

飛雪

是晚間，正在吃飯的時候，管門人來告訴：

「外面有人找。」

踏著雪，看到鐵柵欄外我不認識的一個人，他說他是來找武術教師。那麼這人就跟我來到房中，在門口他找擦鞋的東西，可是沒有預備那樣完備。表示著很對不住的樣子，他怕是地板會弄髒的。廚房沒有燈，經過廚房時，那人為了腳下的雪差不多沒有跌倒。

一個鐘頭過去了吧！我們的麵條在碗中完全涼透，他還沒有走，可是他也不說「武術」究竟是學不學，只是在那裡用手帕擦一擦嘴，揉一揉眼睛，他是要睡著了！我一面用筷子調一調快凝住的麵條，一面看他把外衣的領子輕輕地豎起來，我想這回他一定是要走。然而沒有走，或者是他的耳朵怕受凍，用皮領來取一下暖，其實，無論如何在屋裡也不會凍耳朵，那麼他是想坐在椅子上睡覺嗎？這裡是睡覺的地方？

結果他也沒有說「武術」是學不學，臨走時他才說：

「想一想……想一想……」

常常有人跑到這裡來想一想，也有人第二次他再來想一想。立刻就決定的人一個也沒有，或者是學或者是不學。看樣子當面說不學，怕人不好意思，說學，又覺得學費不能再少一點嗎？總希望武術教師把學費自動減少一點。

我吃飯時很不安定，替他挑碗麵，替自己挑碗麵，一會又剪一剪燈花，不然蠟燭顫嗦得使人很不安。

兩個人一句話也不說，對著蠟燭吃著冷麵。雪落得很大了！出去倒髒

水回來，頭髮就是溼的。從門口望出去，借了燈光，大雪白茫茫，一刻就要傾滿人間似的。

郎華披起才借來的夾外衣，到對面的屋子教武術。他的兩只空袖口沒進大雪片中去了。我聽他開著對面那房子的門。那間客廳光亮起來。我向著窗子，雪片翻飛倒傾忙著，寂寞並且嚴肅的夜，圍臨著我，終於起著咳嗽關了小窗。找到一本書，讀不上幾頁，又打開小窗，雪大了呢？還是小了？人在無聊的時候，風雨，總之一切天象會引起注意來。雪飛得更忙迫，雪片和雪片交織在一起。

很響的鞋底打著大門過道，走在天井裡，鞋底就減輕了聲音。我知道是汪林回來了。那個舊日的同學，我沒能看見她穿的是中國衣裳或是外國衣裳，她停在門外的木階上在按鈴。小使女，也就是小丫鬟開了門，一面問：

「誰？誰？」

「是我，你還聽不出來！誰！誰！」她有點不耐煩，小姐們有了青春更驕傲，可是做丫鬟的一點也不知道這個。假若不是落雪，一定能看到那女孩是怎樣無知的把頭縮回去。

又去讀讀書。又來看看雪，讀了很多頁了，但什麼意思呢？我也不知道。因為我心裡只記得：落大雪，天就轉寒。那麼從此我不能出屋了吧？郎華沒有皮帽，他的衣裳沒有皮領，耳朵一定要凍傷的吧？

在屋裡，只要火爐生著火，我就站在爐邊，或者更冷的時候，我還能坐到鐵爐板上去把自己煎一煎。若沒有木柈，我就披著被坐在床上，一天不離床，一夜不離床，但到外邊可怎麼能去呢？披著被上街嗎？那還可以嗎？

我把兩隻腳伸到爐腔裡去，兩腿伸得筆直，就這樣在椅子上對著門看書；哪裡看書，假看，無心看。

飛雪

郎華一進門就說：「你在烤火腿嗎？」

我問他：「雪大小？」

「你看這衣裳！」他用面巾打著外套。

雪，帶給我不安，帶給我恐怖，帶給我終夜各種不舒適的夢……一大群小豬沉下雪坑去……麻雀凍死在電線上，麻雀雖然死了，仍掛在電線上。行人在曠野白色的大樹裡，一排一排地僵直著，還有一些把四肢都凍丟了。

這樣的夢以後，但總不能知道這是夢，漸漸明白些時，才緊抱住郎華，但總不能相信這不是真事。我說：

「為什麼要做這樣的夢？照迷信來說，這可不知怎樣？」

「真糊塗，一切要用科學方法來解釋，你覺得這夢是一種心理，心理是從哪裡來的？是物質的反映。你摸摸你這肩膀，凍得這樣涼，你覺到肩膀冷，所以，你做那樣的夢！」很快地他又睡去。留下我覺得風從棚頂，從床底都會吹來，凍鼻頭，又凍耳朵。

夜間，大雪又不知落得怎樣了！早晨起來，一定會推不開門吧！記得爺爺說過：大雪的年頭，小孩站在雪裡露不出頭頂……風不住掃打窗子，狗在房後哽哽地叫……

從凍又想到餓，明天沒有米了。

此篇創作於 1935 年，具體日期不詳，收錄在 1936 年 8 月文化生活出版社出版的《商市街》中。

他的上唇掛霜了

他夜夜出去在寒月的清光下，到五里路遠一條僻街上去教兩個人讀國文課本。這是新找到的職業，不能說是職業，只能說新找到十五元錢。

禿著耳朵，夾外套的領子還不能遮住下巴，就這樣夜夜出去，一夜比一夜冷了！聽得見人們踏著雪地的響聲也更大。

他帶著雪花回來，褲子下口全是白色，鞋也被雪浸了一半。

「又下雪嗎？」

他一直沒有回答，像是跟我生氣。把襪子脫下來，雪積滿他的襪口，我拿他的襪子在門扇上打著，只有一小部分雪星是震落下來，襪子的大部分全是潮溼了的。等我在火爐上烘襪子的時候，一種很難忍的氣味滿屋散布著。

「明天早晨晚些吃飯，南崗有一個要學武術的。等我回來吃。」他說這話，完全沒有聲色，把聲音弄得很低很低……或者他想要嚴肅一點，也或者他把這事故意看作平凡的事。總之，我不能猜到了！

他赤了腳。穿上「傻鞋」，去到對門上武術課。

「你等一等，襪子就要烘乾的。」

「我不穿。」「怎麼不穿，汪家有小姐的。」

「有小姐，管什麼？」

「不是不好看嗎？」

「什麼好看不好看！」他光著腳去，也不怕小姐們看，汪家有兩個很漂亮的小姐。

他很忙，早晨起來，就跑到南崗去，吃過飯，又要給他的小徒弟上國文課。一切忙完了，又跑出去借錢。晚飯後，又是教武術，又是去教中學課本。

他的上唇掛霜了

夜間，他睡覺醒也不醒轉來，我感到非常孤獨了！白畫使我對著一些家具默坐，我雖生著嘴，也不言語；我雖生著腿，也不能走動；我雖生著手，而也沒有什麼做，和一個廢人一般，有多麼寂寞！連視線都被牆壁截止住，連看一看窗前的麻雀也不能夠，什麼也不能夠，玻璃生滿厚的和絨毛一般的霜雪。這就是「家」，沒有陽光，沒有暖，沒有聲，沒有色，寂寞的家，窮的家，不生毛草荒涼的廣場。

我站在小過道窗口等郎華，我的肚子很餓。

鐵門扇響了一下，我的神經便要震盪一下，鐵門響了無數次，來來往往都是和我無關的人。汪林她很大的皮領子和她很響的高跟鞋相配稱，她搖搖晃晃，滿滿足足，她的肚子想來很飽很飽，向我笑了笑，滑稽的樣子用手指點我一下：

「啊！又在等你的郎華……」她快走到門前的木階，還說著：「他出去，你天天等他，真是怪好的一對！」

她的聲音在冷空氣裡來得很脆，也許是少女們特有的喉嚨。對於她，我立刻把她忘記，也許原來就沒把她看見，沒把她聽見。假若我是個男人，怕是也只有這樣。肚子響叫起來。

汪家廚房傳出來炒醬的氣味，隔得遠我也會嗅到，他家吃炸醬麵吧！炒醬的鐵勺子一響，都像說：炸醬，炸醬麵……

在過道站著，腳凍得很痛，鼻子流著鼻涕。我回到屋裡，關好二層門，不知是想什麼，默坐了好久。

汪林的二姐到冷屋去取食物，我去倒髒水見她，平日不很說話，很生疏，今天她卻說：

「沒去看電影嗎？這個電影不錯，胡蝶主演。」她藍色的大耳環永遠吊蕩著不能停止。

「沒去看。」我的袍子冷透骨了！

「這個片很好，煞尾是結了婚，看這電影的人都猜想，假若演下去，那是怎麼美滿的……」

她熱心地來到門縫邊，在門縫我也看到她大長的耳環在擺動。

「進來玩玩吧！」

「不進去，要吃飯啦！」

郎華回來了，他的上唇掛霜了！汪二小姐走得很遠時，她的耳環和她的話聲仍震盪著：「和你度蜜月的人回來啦，他來了。」

好寂寞的，好荒涼的家呀！他從口袋取出燒餅來給我吃。他又走了，說有一家招請電影廣告員，他要去試試。

「什麼時候回來？什麼時候回來？」我追趕到門外問他，好像很久捉不到的鳥兒，捉到又飛了！失望和寂寞，雖然吃著燒餅，也好像餓倒下來。

小姐們的耳環，對比著郎華的上唇掛著的霜。對門居著，他家的女兒看電影，戴耳環；我家呢？我家……

此篇創作於 1935 年，具體日期不詳，收錄在 1936 年 8 月文化生活出版社出版的《商市街》中。

當鋪

「你去當吧！你去當吧，我不去！」

「好，我去，我就願意進當鋪，進當鋪我一點也不怕，理直氣壯。」

新做起來的我的棉袍，一次還沒有穿，就跟著我進當鋪去了！在當鋪門口稍微徘徊了一下，想起出門時郎華要的價目 —— 非兩元不當。

包袱送到櫃檯上，我是仰著臉，伸著腰，用腳尖站起來送上去的，真不曉得當鋪為什麼擺起這麼高的櫃檯！

那戴帽頭的人翻著衣裳看，還不等他問，我就說了：

「兩塊錢。」

他一定覺得我太不合理，不然怎麼連看我一眼也沒看，就把東西捲起來，他把包袱彷彿要丟在我的頭上，他十分不耐煩的樣子。

「兩塊錢不行，那麼，多少錢呢？」

「多少錢不要。」他搖搖像長西瓜形的腦袋，小帽頭頂尖的紅帽球，也跟著搖了搖。

我伸手去接包袱，我一點也不怕，我理直氣壯，我明明知道他故意作難，正想把包袱接過來就走。猜得對對的，他並不把包袱真給我。

「五毛錢！這件衣服袖子太瘦，賣不出錢來……」

「不當。」我說。

「那麼一塊錢……再可不能多了，就是這個數目。」他把腰微微向後彎一點，櫃檯太高，看不出他突出的肚囊……一隻大手指，就比在和他太陽穴一般高低的地方。

帶著一元票子和一張當票，我快快地走，走起路來感到很爽快，默認

146

自己是很有錢的人。菜市，米店我都去過，臂上抱了很多東西，感到非常願意抱這些東西，手凍得很痛，覺得這是應該，對於手一點也不感到可惜，本來手就應該給我服務，好像凍掉了也不可惜。走在一家包子鋪門前，又買了十個包子，看一看自己帶著這些東西，很驕傲，心血時時激動，至於手凍得怎樣痛，一點也不可惜。路旁遇見一個老叫化子，又停下來給他一個大銅板，我想我有飯吃，他也是應該吃啊！然而沒有多給，只給一個大銅板，那些我自己還要用呢！又摸一摸當票也沒有丟，這才重新走，手痛得什麼心思也沒有了，快到家吧！快到家吧。但是，背上流了汗，腿覺得很軟，眼睛有些刺痛，走到大門口，才想起來從搬家還沒有出過一次街，走路腿也無力，太陽光也怕起來。

又摸一摸當票才走進院去。郎華仍躺在床上，和我出來的時候一樣，他還不習慣於進當鋪。他是在想什麼。拿包子給他看，他跳起來：

「我都餓啦，等你也不回來了。」

十個包子吃去一大半，他才細問：「當多少錢？當鋪沒欺負你？」

把當票給他，他瞧著那樣少的數目：

「才一元，太少。」

雖然說當得的錢少，可是又願意吃包子，那麼結果很滿足。他在吃包子的嘴，看起來比包子還大，一個跟著一個，包子消失盡了。

此篇創作於 1935 年，具體日期不詳，收錄在 1936 年 8 月文化生活出版社出版的《商市街》中。

借

「女子中學」的門前，那是三年前在裡邊讀書的學校。和三年前一樣，樓窗，窗前的樹；短板牆，牆外的馬路，每塊石磚我踏過它。牆裡牆外的每棵樹，尚存著我溫馨的記憶；附近的家屋，喚起我往日的情緒。

我記不了這一切啊！管它是溫馨的，是痛苦的，我忘不了這一切啊！我在那樓上，正是我有著青春的時候。

現在已經黃昏了，是冬的黃昏。我踏上水門汀的階石，輕輕地邁著步子。三年前，曾按過的門鈴又按在我的手中。出來開門的那個校役，他還認識我。樓梯上下跑走的那一些同學，卻咬著耳說：「這是找誰的？」

一切全不生疏，事務牌，信箱，電話室，就是掛衣架子，三年也沒有搬動，仍是擺在傳達室的門外。

我不能立刻上樓，這對於我是一種侮辱似的。舊同學雖有，怕是教室已經改換了；宿舍，我不知道在樓上還是在樓下。「梁先生 —— 國文梁先生在校嗎？」我對校役說。

「在校是在校的，正開教務會議。」

「什麼時候開完？」

「那怕到七點鐘吧！」

牆上的鐘還不到五點，等也是無望，我走出校門來了！這一刻，我完全沒有來時的感覺，什麼街石，什麼樹，這對我發生什麼關係？

「吟 —— 在這裡。」郎華在很遠的路燈下打著招呼。

「回去吧！走吧！」我走到他身邊，再不說別的。

順著那條斜坡的直道，走得很遠的我才告訴他：

「梁先生開教務會議，開到七點，我們等得了嗎？」

「那麼你能走嗎？肚子還疼不疼？」

「不疼，不疼。」

圓月從東邊一小片林梢透過來，暗紅色的圓月，很大很混濁的樣子，好像老人昏花的眼睛，垂到天邊去。腳下的雪不住在滑著，響著，走了許多時候，一個行人沒有遇見，來到火車站了！大時鐘在暗紅色的空中發著光，火車的汽笛震鳴著冰寒的空氣，電車、汽車、馬車、人力車，車站前忙著這一切。

順著電車道走，電車響著鈴子從我們身邊一輛一輛地過去。沒有借到錢，電車就上不去。走吧，挨著走，肚痛我也不能說。走在橋上，大概是東行的火車，冒著煙從橋下經過，震得人會耳鳴起來，索鏈一般的爬向市街去。

從崗上望下來，最遠處，商店的紅綠電燈不住地閃爍；在夜裡的人家，好像在煙裡一般；若沒有燈光從窗子流出來，那麼所有的樓房就該變成幽寂的、沒有鐘聲的大教堂了！站在崗上望下去，「許公路」的電燈，好像扯在太陽下的長串的黃色銅鈴，越遠，那些銅鈴越增加著密度，漸漸數不過來了！

挨著走，昏昏茫茫地走，什麼夜，什麼市街，全是陰溝，我們滾在溝中。攜著手吧！相牽著走吧！天氣那樣冷，道路那樣滑，我時時要滑倒的樣子，腳下不穩起來，不自主起來，在一家電影院門前，我終於跌倒了，坐在冰上，因為道上無處不是冰。膝蓋的關節一定受了傷害，他雖拉著我，走起來也十分困難。

「肚子跌痛了沒有？你實在不能走了吧？」

到家把剩下來的一點米煮成稀飯，沒有鹽，沒有油，沒有菜，暖一暖肚子算了。吃飯，肚子仍不能暖，餅乾盒子盛了熱水，盒子漏了。郎華又

借

拿一個空玻璃瓶要盛熱水給我暖肚子，瓶底炸掉下來，滿地流著水。他拿
起沒有底的瓶子當號筒來吹。在那嗚嗚的響聲裡邊，我躺到冰冷的床上。

此篇創作於 1935 年，具體日期不詳，收錄在 1936 年 8 月文化生活出版社出版的
《商市街》中。

來信

　　坐在上海的租界裡，我們是看不到那真實的鬥爭，所知道的也就是報紙上或朋友們的信件上所說的。若來發些個不自由的議論，或是寫些個有限度的感想，倒不如把這身所直受的人的話語抄寫在這裡：

　　××：

　　這裡的事件[04]直至現在仍是很混沌，在「人家」大軍從四面八方包圍來了的聲中，當局還不斷地放出和平有望的空氣。前幾天交通都斷絕了，人們逃也無處逃，跑也跑不了，於是大家都覺得人們很能「鎮靜」，自從平津恢復通車後，情形也不同了，搬家的車，絡繹不斷地向車站湧，我到站上去看過，行李堆積到屋梁了。

　　一般漢奸走狗們活動得非常有勁，和平解決的側面折衝還在天津進行。雙方所折衝的是什麼，雖有種種傳說，但都不能信實，不過前幾天，當局發表的談話和布告，說這次事件是局部的問題，拒絕慰勞，禁止募捐，不許有愛國的組織與行動等看來，也很看出我們當局的意向了。可惜的是，我們雖具「和平」誠意，卻不能遏止「人家」占領的決心！等到大軍配備好了的時候，「哀的美頓」[05]書會立刻提出來了。

　　那時日也不會再延到多久。

　　昨天又聽到這樣的謠言，是漢奸們向二十九軍宣傳的：

　　一、不受共產黨的挑撥。

　　二、不為東北人利用。

　　三、不做十九路軍第二。

04　指 1937 年 7 月 7 日的「盧溝橋事變」。
05　丁語音譯，意為「最後通牒」。

來信

　　他們的理由是中日邦交本不壞，只因共黨從中搗鬼而弄壞了；東北人年來高喊「打回老家」去，一旦打回去也只是東北人回到故鄉，別人得不到好處；看到十九路軍單獨抗戰的結果，只是單獨犧牲。特別是第三項，好似很能打動當局的心。

　　不過他們所恐懼的，終將不能避免。

　　我這些天生活很沉悶，天天日間睡午覺，夜間聽炮聲，在思量著，一旦戰爭爆發了，應當取怎樣的行動。……

　　吟借給我的兩部書，因為擔心它們的命運，今天寄出給你們了，和土地比起來，書自然很微小，但我們能保衛的，總不要失去。好，再見！

此篇為蕭紅摘錄友人李潔吾的來信，首次發表於 1937 年 8 月 5 日上海《中流》第2 卷第 10 期。

失眠之夜

　　為什麼要失眠呢！煩躁，噁心，心跳，膽小，並且想要哭泣。我想想，也許就是故鄉的思慮罷。

　　窗子外面的天空高遠了，和白棉一樣綿軟的雲彩低近了，吹來的風好像帶點草原的氣味，這就是說已經是秋天了。

　　在家鄉那邊，秋天最可愛。

　　藍天藍得有點發黑，白雲就像銀子做成一樣，就像白色的大花朵似的點綴在天上；就又像沉重得快要脫離開天空而墜了下來似的，而那天空就越顯得高了，高得再沒有那麼高的。

　　昨天我到朋友們的地方走了一遭，聽來了好多的心願（那許多心願綜合起來，又都是一個心願）。這回若真的打回滿洲去，有的說，煮一鍋高粱米粥喝；有的說，咱家那地豆多麼大，說著就用手比量著，這麼碗大；珍珠米，老的一煮就開了花的，一尺來長的；還有的說，高粱米粥、鹹鹽豆；還有的說，若真的打回滿洲去，三天二夜不吃飯，打著大旗往家跑。跑到家去自然也免不了先吃高粱米粥或鹹鹽豆。

　　比方高粱米那東西，平常我就不願吃，很硬，有點發澀（也許因為我有胃病的關係），可是經他們這一說，也覺得非吃不可了。

　　但是什麼時候吃呢？那我就不知道了。而況我到底是不怎樣熱烈的，所以關於這一方面，我終究不怎樣親切。

　　但我想我們那門前的蒿草，我想我們那後園裡開著的茄子的紫色的小花，黃瓜爬上了架。而那清早，朝陽帶著露珠一齊來了！

　　我一說到蒿草或黃瓜，三郎就向我擺手或搖頭：「不，我們家，門前

是兩棵柳樹，樹蔭交織著做成門形。再前面是菜園，過了菜園就是山。那金字塔形的山峰正向著我們家的門口，而兩邊像蝙蝠的翅膀似的向著村子的東方和西方伸展開去。而後園黃瓜、茄子也種著，最好看的是牽牛花在石頭牆的縫隙爬遍了，早晨帶著露水牽牛花開了……」

「我們家就不這樣，沒有高山，也沒有柳樹……只有……」我常常這樣打斷他。

有時候，他也不等我說完，他就接下去。我們講的故事，彼此都好像是講給自己聽，而不是為著對方。

只有那麼一天，他買來了一張《東北富源圖》掛在牆上了，染著黃色的平原上站著小馬，小羊，還有駱駝，還有牽著駱駝的小人；海上就是些小魚，大魚，黃色的魚，紅色的好像小瓶似的大肚的魚，還有黑色的大鯨魚；而興安嶺和遼寧一帶畫著許多和海濤似的綠色的山脈。

他的家就在離著渤海不遠的山脈中，他的指甲在山脈上爬著：「這是大凌河……這是小凌河……哼……沒有，這個地圖是個不完全的，是個略圖……」

「好哇！天天說凌河，哪有凌河呢！」我不知為什麼一提到家鄉，常常願意給他掃興一點。

「你不相信！我給你看。」他去翻他的書櫥去了，「這不是大凌河……小凌河……小孩的時候在凌河沿上捉小魚，拿到山上去，在石頭上用火烤著吃……這邊就是沈家臺，離我們家二里路……」因為是把地圖攤在地板上看的緣故，一面說著，他一面用手掃著他已經垂在前額的髮梢。

《東北富源圖》就掛在床頭，所以第二天早晨，我一張開了眼睛，他就抓住了我的手：

「我想將來我回家的時候，先買兩匹驢，一匹你騎著，一匹我騎著……先到我姑姑家，再到我姐姐家……順便也許看看我的舅舅去……

我姐姐很愛我……她出嫁以後，每回來一次就哭一次，姐姐一哭，我也哭……這有七八年不見了！也都老了。」

那地圖上的小魚，紅的，黑的，都能夠看清，我一邊看著，一邊聽著，這一次我沒有打斷他，或給他掃一點興。

「買黑色的驢，掛著鈴子，走起來……鐺鄧鄧鐺鄧鄧鄧。」他形容著鈴音的時候，就像他的嘴裡邊含著鈴子似的在響。

「我帶你到沈家臺去趕集。那趕集的日子，熱鬧！驢身上掛著燒酒瓶……我們那邊，羊肉非常便宜……羊肉燉片粉……真有味道！唉呀！這有多少年沒吃那羊肉啦！」他的眉毛和額頭上起著很多皺紋。

我在大鏡子裡邊看了他，他的手從我的手上抽回去，放在他自己的胸上，而後又背著放在枕頭下面去，但很快地又抽出來。只理一理他自己的髮梢又放在枕頭上去。

而我，我想：

「你們家對於外來的所謂『媳婦』也一樣嗎？」我想著這樣說了。

這失眠大概也許不是因為這個。但買驢子的買驢子，吃鹹鹽豆的吃鹹鹽豆，而我呢？坐在驢子上，所去的仍是生疏的地方，我停著的仍然是別人的家鄉。

家鄉這個觀念，在我本不甚切的，但當別人說起來的時候，我也心慌了！雖然那塊土地在沒有成為日本的之前，「家」在我就等於沒有了。

這失眠一直繼續到黎明之前，在高射炮的聲中，我也聽到了一聲聲和家鄉一樣的震抖在原野上的雞鳴。

一九三七年八月二十二日

此篇創作於 1937 年 8 月 22 日，首次發表於 1937 年 10 月 16 日武漢《七月》第 1 集第 1 期。

最末的一塊木柈

　　火爐燒起又滅，滅了再弄著，滅到第三次，我惱了！我再不能抑止我的憤怒，我想凍死吧，餓死吧，火也點不著，飯也燒不熟。就是那天早晨，手在鐵爐門上燙焦了兩條，並且把指甲燒焦了一個缺口。火焰仍是從爐門噴吐，我對著火焰生氣，女孩子的嬌氣畢竟沒有脫掉。我向著窗子，心很酸，腳也凍得很痛，打算哭了。但過了好久，眼淚也沒有流出，因為已經不是嬌子，哭什麼？

　　燒晚飯時，只剩一塊木柈，一塊木柈怎麼能生火呢？那樣大的爐腔，一塊木柈只能占去爐腔的二十分之一。

　　「睡下吧，屋子太冷。什麼時候餓，就吃麵包。」郎華抖著被子招呼我。

　　脫掉襪子，腿在被子裡麵糰捲著。想要把自己的腳放到自己肚子上面暖一暖，但是不可能，腿生得太長了，實在感到不便，腿實在是無用。在被子裡面也要顫抖似的。窗子上的霜，已經掛得那樣厚，並且四壁的綠顏色，塗著金邊，這一些更使人感到冷。兩個人的呼吸像冒著煙一般的。玻璃上的霜好像柳絮落到河面，密結的起著絨毛。夜來時也不知道，天明時也不知道，是個沒有明暗的幽室，人住在裡面，正像菌類。

　　半夜我就醒來，並不餓，只覺到冷。郎華光著身子跳起來。點起蠟燭，到廚房去喝冷水。

　　「凍著，也不怕受寒！」

　　「你看這力氣！怕冷？」他的性格是這樣，逞強給我看。上床，他還在自己肩頭上打了兩下。我暖著他冰冷的身子顫抖了。都說情人的身子比

火還熱，到此時，我不能相信這話了。第二天，仍是一塊木枰。他說，借吧！

「向哪裡借！」

「向汪家借。」

寫了一張紙條，他站在門口喊他的學生汪玉祥。

老廚夫抱了滿懷的木枰來叫門。

不到半點鐘，我的臉一定也紅了，因為郎華的臉紅起來。

窗子滴著水，水從窗口流到地板上，窗前來回走人也看得清，窗前哺食的小雞也看得清，黑毛的，紅毛的，也有花毛的。

「老師，練武術嗎？九點鐘啦！」

「等一會，吃完飯練武術！」

有了木枰，還沒有米，等什麼？越等越餓。他教完武術，又跑出去借錢，等他借了錢買了一大塊厚餅回來，木枰又只剩了一塊。這可怎麼辦？晚飯又不能吃。

對著這一塊木枰，又愛它，又恨它，又可惜它。

此篇創作於 1935 年，具體日期不詳，收錄在 1936 年 8 月文化生活出版社出版的《商市街》中。

蹲在洋車上

看到了鄉巴佬坐洋車，忽然想起一個童年的故事。

當我還是小孩的時候，祖母常常進街。我們並不住在城外，只是離市鎮較偏的地方罷了！有一天，祖母又要進街，命令我：

「叫你媽媽把斗風給我拿來！」

那時因為我過於嬌慣，把舌頭故意縮短一些，叫斗篷作斗風，所以祖母學著我，把風字拖得很長。

她知道我最愛惜皮球，每次進街的時候，她問我：

「你要些什麼呢？」

「我要皮球。」

「你要多大的呢？」

「我要這樣大的。」

我趕快把手臂拱向兩面，好像張著的鷹的翅膀。大家都笑了！祖父輕動著嘴唇，好像要罵我一些什麼話，因我的小小的姿式感動了他。

祖母的斗篷消失在高煙囪的背後。

等她回來的時候，什麼皮球也沒帶給我，可是我也不追問一聲：

「我的皮球呢？」

因為每次她也不帶給我；下次祖母再上街的時候，我仍說是要皮球，我是說慣了，我是熟練而慣於作那種姿式。

祖母上街盡是坐馬車回來，今天卻不是，她睡在彷彿是小槽子裡，大概是槽子裝置了兩個大車輪。非常輕快，雁似的從大門口飛來，一直到房門。在前面挽著的那個人，把祖母停下，我站在玻璃窗裡，小小的心靈

上，有無限的奇祕衝擊著。我以為祖母不會從那裡頭走出來，我想祖母為什麼要被裝進槽子裡呢？我漸漸驚怕起來，我完全成個呆氣的孩子，把頭蓋頂住玻璃，想盡方法理解我所不能理解的那個從來沒有見過的槽子。

很快我領會了！見祖母從口袋裡拿錢給那個人，並且祖母非常興奮，她說叫著，斗篷幾乎從她的肩上脫溜下去！

「呵！今天我坐的東洋驢子回來的，那是過於安穩呀！還是頭一次呢，我坐過安穩的車子！」

祖父在街上也看見過人們所呼叫的東洋驢子，媽媽也沒有奇怪。只是我，仍舊頭皮頂撞在玻璃那兒，我眼看那個驢子從門口飄飄地不見了！我的心魂被引了去。

等我離開窗子，祖母的斗篷已是脫在炕的中央，她嘴裡叨叨地講著她街上所見的新聞。可是我沒有留心聽，就是給我吃什麼糖果之類，我也不會留心吃，只是那樣的車子太吸引我了！太捉住我小小的心靈了！

夜晚在燈光裡，我們的鄰居，劉三奶奶搖閃著走來，我知道又是找祖母來談天的。所以我穩噹噹地占了一個位置在桌邊。於是我咬起嘴唇來，彷彿大人樣能了解一切話語，祖母又講關於街上所見的新聞，我用心聽，我十分費力！

「……那是可笑，真好笑呢！一切人站下瞧，可是那個鄉巴佬還是不知道笑自己，拉車的回頭才知道鄉巴佬是蹲在車子前放腳的地方，拉車的問：『你為什麼蹲在這地方？』」

「他說怕拉車的過於吃力，蹲著不是比坐著強嗎？比坐在那裡不是輕嗎？所以沒敢坐下……」

鄰居的三奶奶，笑得幾個殘齒完全擺在外面，我也笑了！祖母還說，她感到這個鄉巴佬難以形容，她的態度，她用所有的一切字眼，都是引人發笑。

蹲在洋車上

「後來那個鄉巴佬，你說怎麼樣！他從車上跳下來，拉車的問他為什麼跳？他說：若是蹲著嗎？那還行。坐著，我實在沒有那樣的錢。拉車的說：坐著，我不多要錢。那個鄉巴佬到底不信這話，從車上搬下他的零碎東西，走了。他走了！」

我聽得懂，我覺得費力，我問祖母：

「你說的，那是什麼驢子？」

她不懂我的半句話，拍了我的頭一下，當時我真是不能記住那樣繁複的名詞。過了幾天祖母又上街，又是坐驢子回來的，我的心裡漸漸羨慕那驢子，也想要坐驢子。

過了兩年，六歲了！我的聰明，也許是我的年歲吧！支持著我使我愈見討厭我那個皮球，那真是太小，而又太舊了；我不能喜歡黑臉皮球，我愛上鄰家孩子手裡那個大的；買皮球，好像我的志願，一天比一天堅決起來。

向祖母說，她答：「過幾天買吧，你先玩這個吧！」

又向祖父請求，他答：「這個還不是很好嗎？不是沒有出氣嗎？」

我得知他們的意思是說舊皮球還沒有破，不能買新的。於是把皮球在腳下用力搗毀它，任是怎樣搗毀，皮球仍是很圓，很鼓，後來到祖父面前讓他替我踏破！祖父變了臉色，像是要打我，我跑開了！

從此，我每天表示不滿意的樣子。

終於一天晴朗的夏日，戴起小草帽來，自己出街去買皮球了！朝向母親曾領我到過的那家鋪子走去，離家不遠的時候，我的心志非常光明，能夠分辨方向，我知道自己是向北走。過了一會，不然了！太陽我也找不著了！一些些的招牌，依我看來都是一個樣，街上的行人好像每個要撞倒我似的，就連馬車也好像是旋轉著。我不曉得自己走了多遠，只是我實在疲勞。不能再尋找那家商店；我急切地想回家，可是家也被尋覓不到。我是

從哪一條路來的？究竟家是在什麼方向？

　　我忘記一切危險，在街心停住，我沒有哭，把頭向天，願看見太陽。因為平常爸爸不是拿指南針看看太陽就知道或南或北嗎？我雖然看了，只見太陽在街路中央，別的什麼都不能知道，我無心留意街道，跌倒了在陰溝板上面。

　　「小孩！小心點。」

　　身邊的馬車伕驅著車子過去，我想問他我的家在什麼地方，他走過了！我昏沉極了！忙問一個路旁的人：

　　「你知道我的家嗎？」

　　他好像知道我是被丟的孩子，或許那時候我的臉上有什麼急慌的神色，那人跑向路的那邊去，把車子拉過來，我知道他是洋車伕，他和我開玩笑一般：

　　「走吧！坐車回家吧！」

　　我坐上了車，他問我，總是玩笑一般地：

　　「小姑娘！家在哪裡呀？」

　　我說：「我們離南河沿不遠，我也不知道哪面是南，反正我們南邊有河。」

　　走了一會，我的心漸漸平穩，好像被動盪的一盆水，漸漸靜止下來，可是不多一會，我忽然憂愁了！抱怨自己皮球仍是沒有買成！從皮球聯想到祖母騙我給買皮球的故事，很快又聯想到祖母講的關於鄉巴佬坐東洋驢子的故事。於是我想試一試，怎樣可以像個鄉巴佬。該怎樣蹲法呢？輕輕地從座位滑下來，當我還沒有蹲穩當的時節，拉車的回頭來：

　　「你要做什麼呀？」

　　我說：「我要蹲一蹲試試，你答應我蹲嗎？」

　　他看我已經偎在車前放腳的那個地方，於是他向我深深地做了一個鬼

蹲在洋車上

臉，嘴裡哼著：

「倒好哩！你這樣孩子，很會淘氣！」

車子跑得不很快，我忘記街上有沒有人笑我。車跑到紅色的大門樓，我知道家了！我應該起來呀！應該下車呀！不，目的想給祖母一個意外的發笑，等車拉到院心，我仍蹲在那裡，像耍猴人的猴樣，一動不動。祖母笑著跑出來了！祖父也是笑！我怕他們不曉得我的意義，我用尖音喊：

「看我！鄉巴佬蹲東洋驢子！鄉巴佬蹲東洋驢子呀！」

只有媽媽大聲罵著我，忽然我怕她要打我，我是偷著上街的。

洋車忽然放停，從上面我倒滾下來，不記得被跌傷沒有。祖父猛力打了拉車的，說他欺侮小孩，說他不讓小孩坐車讓蹲在那裡。沒有給他錢，從院子把他轟出去。

所以後來，無論祖父對我怎樣疼愛，心裡總是生著隔膜，我不同意他打洋車伕，我問：

「你為什麼打他呢？那是我自己願意蹲著。」

祖父把眼睛斜視一下：「有錢的孩子是不受什麼氣的。」

現在我是二十多歲了！我的祖父死去多年了！在這樣的年代中，我沒發現一個有錢的人蹲在洋車上；他有錢，他不怕車伕吃力，他自己沒拉過車，自己所嘗到的，只是被拉著舒服滋味。假若偶爾有錢家的小孩子要蹲在車廂中玩一玩，那麼孩子的祖父出來，拉洋車的便要被打。

可是我呢？現在變成個沒有錢的孩子了！

一九三四年三月十六日

此篇創作於 1934 年 3 月 16 日，首次發表於 1934 年 3 月 30、31 日哈爾濱《國際協報·國際公園》。後收錄在 1940 年 6 月大時代書局出版《蕭紅散文》中，篇名改為《皮球》。

幾個歡快的日子

　　人們跳著舞，「牽牛房」那一些人們每夜跳著舞。過舊年那夜，他們就在茶桌上擺起大紅蠟燭，他們摹仿著供財神，拜祖宗。靈秋穿起紫紅綢袍，黃馬褂，腰中配著黃腰帶，他第一個跑到神桌前。老桐又是他那一套，穿起靈秋太太瘦小的皮袍，長短到膝蓋以上，大紅的臉，腦後又是用紅布包起笤帚把柄樣的東西，他跑到靈秋旁邊，他們倆是一致的，每磕一下頭，口裡就自己喊一聲口號：一、二、三……不倒翁樣不能自主地倒下又起來。後來就在地板上烘起火來，說是過年都是燒紙的……這套把戲玩得熟了，慣了！不是過年，也每天來這一套，人們看得厭了！對於這事冷淡下來，沒有人去大笑，於是又變一套把戲：捉迷藏。

　　客廳是個捉迷藏的地盤，四下竄走，桌子底下蹲著人，椅子倒過來扣在頭上頂著跑，電燈泡碎了一個。矇住眼睛的人受著大家的玩戲，在那昏庸的頭上摸一下，在那分張的兩手上打一下。有各種各樣的叫聲，蛤蟆叫，狗叫，豬叫還有人在裝哭。要想捉住一個很不容易，從客廳的四個門會跑到那些小屋去。有時瞎子就摸到小屋去，從門後扯出一個來，也有時誤捉了靈秋的小孩。雖然說不准向小屋跑，但總是跑。後一次瞎子摸到王女士的門扇。

　　「那門不好進去。」有人要告訴他。

　　「看著，看著不要吵嚷！」又有人說。

　　全屋靜下來，人們覺得有什麼奇蹟要發生。瞎子的手接觸到門扇，他觸到門上的銅環響，眼看他就要進去把王女士捉出來，每人心裡都想著這個：看他怎樣捉啊！

幾個歡快的日子

「誰呀！誰？請進來！」跟著很脆的聲音開門來迎接客人了！以為她的朋友來訪她。

小浪一般沖過去的笑聲，使摸門的人臉上的罩布脫掉了，紅了臉。王女士笑著關了門。

玩得厭了！大家就坐下喝茶，不知從什麼瞎話上又拉到正經問題上。於是「做人」這個問題使大家都興奮起來。

—— 怎樣是「人」，怎樣不是「人」？

「沒有感情的人不是人。」

「沒有勇氣的人不是人。」

「冷血動物不是人。」

「殘忍的人不是人。」

「有人性的人才是人。」

「……」

每個人都會規定怎樣做人。有的人他要說出兩種不同做人的標準。起首是坐著說，後來站起來說，有的也要跳起來說。

「人是情感的動物，沒有情感就不能生出同情，沒有同情那就是自私，為己……結果是互相殺害，那就不是人。」那人的眼睛睜得很圓，表示他的理由充足，表示他把人的定義下得準確。

「你說的不對，什麼同情不同情，就沒有同情，中國人就是冷血動物，中國人就不是人。」第一個又站了起來，這個人他不常說話，偶然說一句使人很注意。

說完了，他自己先紅了臉，他是山東人，老桐學著他的山東調：

「老猛（孟），你使（是）人不使人？」

許多人愛和老孟開玩笑，因為他老實，人們說他像個大姑娘。

「浪漫詩人」，是老桐的綽號。他好喝酒，讓他作詩不用筆就能一套

連著一套，連想也不用想一下。他看到什麼就給什麼作個詩；朋友來了他也作詩：

「梆梆梆敲門響，呀！何人來了？」

總之，就是貓和狗打架，你若問他，他也有詩，他不喜歡談論什麼人啦！社會啦！他躲開正在為了「人」而吵叫的茶桌，摸到一本唐詩在讀：

「昨日之……日不可留……今日之日……多……煩……憂」，讀得有腔有調，他用意就在打攪吵叫的一群。郎華正在高叫著：

「不剝削人，不被人剝削的就是人。」

老桐讀詩也感到無味。

「走！走啊！我們喝酒去。」

他看一看只有靈秋同意他，所以他又說：

「走，走，喝酒去。我請客……」

客請完了！差不多都是醉著回來。郎華反反覆覆地唱著半段歌，是維特別離綠蒂[06]的故事，人人喜歡聽，也學著唱。

聽到哭聲了！正像綠蒂一般年輕的姑娘被歌聲引動著，哪能不哭？是誰哭？就是王女士。單身的男人在客廳中也被感動了，倒不是被歌聲感動，而是被少女的明脆而好聽的哭聲所感動，在地心不住地打著轉。尤其是老桐，他貪婪的耳朵幾乎豎起來，脖子一定更長了點，他到門邊去聽，他故意說：

「哭什麼？真沒意思！」

其實老桐感到很有意思，所以他聽了又聽，說了又說：「沒意思。」

不到幾天，老桐和那女士戀愛了！那女士也和大家熟識了！也到客廳來和大家一道跳舞。從那時起，老桐的胡鬧也是高等的胡鬧了！

在王女士面前，他恥於再把紅布包在頭上，當靈秋叫他去跳滑稽舞的

06　綠蒂：德國著名作家歌德的長篇小說《少年維特之煩惱》中的女主角。

幾個歡快的日子

時候，他說：

「我不跳啦！」一點興致也不表示。

等王女士從箱子裡把粉紅色的面紗取出來：

「誰來當小姑娘，我給他化妝。」

「我來，我……我來……」老桐他怎能像個小姑娘？他像個長頸鹿似的跑過去。

他自己覺得很好的樣子，雖然是胡鬧，也總算是高等的胡鬧。頭上頂著面紗，規規矩矩地、平平靜靜地在地板上動著步。但給人的感覺無異於他腦後的顫動著紅掃帚柄的感覺。

別的單身漢，就開始羨慕幸福的老桐。可是老桐的幸福還沒十分摸到，那女士已經和別人戀愛了！

所以「浪漫詩人」就開始作詩。正是這時候他失一次盜：丟掉他的毛毯，所以他就作詩「哭毛毯」。哭毛毯的詩作得很多，過幾天來一套，過幾天又來一套。朋友們看到他就問：

「你的毛毯哭得怎樣了？」。

此篇創作於 1935 年，具體日期不詳，收錄在 1936 年 8 月文化生活出版社出版的《商市街》中。

女教師

一個初中學生，拿著書本來到家裡上課，郎華一大聲開講，我就躲到廚房裡去。第二天，那個學生又來，就沒拿書，他說他父親不許他讀白話文，打算讓他做商人，說白話文沒有用；讀古文他父親供給學費，讀白話文他父親就不管。

最後，他從口袋摸出一張一元票子給郎華。

「很對不起先生，我讀一天書，就給一元錢吧！」那學生很難過的樣子，他說他不願意學買賣。手拿著錢，他要哭似的。

郎華和我同時覺得很不好過，臨走時，強迫把他的錢給他裝進衣袋。

郎華的兩個讀中學課本的學生也不讀了！他實在不善於這行業，到現在我們的生命線又斷盡。胖朋友剛搬過家，我就拿了一張郎華寫的條子到他家去。回來時我是帶著米、面、木枨，還有幾角錢。

我眼睛不住地盯住那馬車，怕那車伕拉了木枨跑掉。所以我手下提著用紙盒盛著的米，因為我在快走而震搖著；又怕小面袋從車上翻下來，趕忙跑到車前去弄一弄。

聽見馬的鈴鐺響，郎華才出來！這一些東西很使他歡樂，親切地把小面袋先拿進屋去。他穿著很單的衣裳，就在窗前擺堆著木枨。

「進來暖一暖再出去……凍著！」可是招呼不住他。始終擺完才進來。

「天真夠冷。」他用手扯住很紅的耳朵。

他又呵著氣跑出去，他想把火爐點著，這是他第一次點火。

「枨子真不少，夠燒五六天啦！米面也夠吃五六天，又不怕啦！」

女教師

他弄著火，我就洗米燒飯。他又說了一些看見米面時特有高興的話，我簡直沒理他。

米面就這樣早飯晚飯的又快不見了，這就到我做女教師的時候了！

我也把桌子上鋪了一塊報紙，開講的時候也是很大的聲。

郎華一看，我就要笑。他也是常常躲到廚房去。我的女學生，她讀小學課本，什麼豬啦！羊啦，狗啦！這一類字都不用我教她，她搶著自己念：「我認識，我認識！」

不管在什麼地方碰到她認識的字，她就先一個一個念出來，不讓她念也不行，因為她比我的歲數還大，我總有點不好意思。她先給我拿五元錢，並說：

「過幾天我再交那五元。」

四五天她沒有來，以為她不會再來了。那天，我正在燒晚飯，她跑來。她說她這幾天生病。我看她不像生病，那麼她又來做什麼呢？過了好久，她站在我的身邊：

「先生，我有點事求求你！」

「什麼事？說吧……」我把蔥花加到油裡去炸。

她的紙單在手心握得很熱，交給我；這是藥方嗎？信嗎？都不是。

藉著爐臺上那個流著油的小蠟燭看，看不清，怕是再點兩支蠟燭我也看不清，因為我不認識那樣的字。

「這是易經上的字！」郎華看了好些時才說。

「我批了個八字，找了好些人也看不懂，我想先生是很有學問的人，我拿來給先生看看。」

這次她走去，再也沒有來，大概她覺得這樣的先生教不了她，連個「八字」都說不出所以然來！

168

此篇創作於 1935 年，具體日期不詳，收錄在 1936 年 8 月文化生活出版社出版的
《商市街》中。

公園

　　樹葉搖搖曳曳地掛滿了池邊。一個半胖的人走在橋上，他是一個報社的編輯。

　　「你們來多久啦？」他一看到我們兩個在長石凳上就說。「多幸福，像你們多幸福，兩個人逛逛公園……」

　　「坐在這裡吧。」郎華招呼他。

　　我很快地讓一個位置。但他沒有坐，他的鞋底無意地踢撞著石子，身邊的樹葉讓他扯掉兩片。他更煩惱了，比前些日子看見他更有點兩樣。

　　「你忙嗎？稿子多不多？」

　　「忙什麼！一天到晚就是那一點事，發下稿去就完，連大樣子也不看。忙什麼，忙著幻想！」

　　「幻想什麼？……這幾天有信嗎？」郎華問。

　　「什麼信！那……一點意思也沒有，戀愛對於膽小的人是一種刑罰。」

　　讓他坐下，他故意不坐下；沒有人讓他，他自己會坐下。於是他又用手拔著腳下的短草。他滿臉似乎蒙著灰色。

　　「要戀愛，那就大大方方地戀愛，何必受罪？」郎華搖一下頭。

　　一個小信封，小得有些神祕意味的，從他的口袋裡拔出來，拔著蝴蝶或是什麼會飛的蟲兒一樣，他要把那信給郎華看，結果只是他自己把頭歪了歪，那信又放進了衣袋。

　　「愛情是苦的呢，是甜的？我還沒有愛她，對不對？家裡來信說我母親死了那天，我失眠了一夜，可是第二天就恢復了。為什麼她……她使我

不安會整天，整夜？才通信兩個禮拜，我覺得我的頭髮也脫落了不少，嘴上的小鬍也增多了。」

當我們站起要離開公園時，又來一個熟人：「我煩憂啊！我煩憂啊！」像唱著一般說。

我和郎華踏上木橋了，回頭望時，那小樹叢中的人影也像對那個新來的人說：

「我煩憂啊！我煩憂啊！」

我每天早晨看報，先看文藝欄。這一天，有編者的說話：

摩登女子的口紅，我看正相同於「血」。資產階級的小姐們怎樣活著的？不是吃血活著嗎？不能否認，那是個鮮明的標記。人塗著人的「血」在嘴上，那是汙濁的嘴，嘴上帶著血腥和血色，那是汙濁的標記。

我心中很佩服他，因為他來得很乾脆。我一面讀報，一面走到院子裡去，晒一晒清晨的太陽。汪林也在讀報。

「汪林，起得很早！」

「你看，這一段，什麼小姐不小姐，『血』不『血』的！這罵人的是誰？」

那天郎華把他做編輯的朋友領到家裡來，是帶著酒和菜回來的。郎華說他朋友的女友到別處去進大學了。於是喝酒，我是幫閒喝，郎華是勸朋友。至於被勸的那個朋友呢？他嘴裡哼著京調哼得很難聽。

和我們的窗子相對的是汪林的窗子。裡面胡琴響了。那是汪林拉的胡琴。

天氣開始熱了，趁著太陽還沒走到正空，汪林在窗下長凳上洗衣服。編輯朋友來了，郎華不在家，他就在院心裡來回走轉，可是郎華還沒有回來。

「自己洗衣服，很熱吧！」

公園

「洗得乾淨。」汪林手裡拿著肥皂答他。

郎華還不回來,他走了。

此篇創作於 1935 年,具體日期不詳,作為「隨筆三篇」之二首次發表於 1936 年
5 月上海《中學生》第 65 期。後收錄在 1936 年 8 月文化生活出版社出版的《商
市街》中。

夏夜（二）

汪林在院心坐了很長的時間了。小狗在她的腳下打著滾睡了。

「你怎麼樣？我胳臂疼。」

「你要小聲點說，我媽會聽見。」

我抬頭看，她的母親在紗窗裡邊，於是我們轉了話題。在江上搖船到「太陽島」去洗澡這些事，她是背著她的母親的。第二天，她又是去洗澡。我們三個人租一條小船，在江上蕩著。清涼的，水的氣味。郎華和我都唱起來了。汪林的嗓子比我們更高。小船浮得飛起來一般。

夜晚又是在院心乘涼，我的胳臂為著搖船而痛了，頭覺得發脹。我不能再聽那一些話感到趣味。什麼戀愛啦，誰的未婚夫怎樣啦，某某同學結婚，跳舞……我什麼也不聽了，只是想睡。

「你們談吧。我可非睡覺不可。」我向她和郎華告辭。

睡在我腳下的小狗，我誤踏了它，小狗還在哽哽地叫著，我就關了門。

最熱的幾天，差不多天天去洗澡，所以夜夜我早早睡。郎華和汪林就留在暗夜的院子裡。

只要接近著床，我什麼全忘了。汪林那紅色的嘴，那少女的煩悶……夜夜我不知道郎華什麼時候回屋來睡覺。就這樣，我不知過了幾天了。

「她對我要好，真是……少女們。」

「誰呢？」

「那你還不知道！」

「我還不知道。」我其實知道。

夏夜（二）

很窮的家庭教師，那樣好看的有錢的女人竟向他要好了。

「我坦白地對她說了：我們不能夠相愛的，一方面有吟，一方面我們彼此相差得太遠……你沉靜點吧……」他告訴我。又要到江上去搖船。那天又多了三個人，汪林也在內。一共是六個人：陳成和他的女人，郎華和我，汪林，還有那個編輯朋友。

停在江邊的那一些小船動盪得落葉似的。我們四個跳上了一條船，當然把汪林和半胖的人丟下。他們兩個就站在石堤上。本來是很生疏的，因為都是一對一對的，所以我們故意要看他們兩個也配成一對，我們的船離岸很遠了。

「你們壞呀！你們壞呀！」汪林仍叫著。

為什麼罵我們壞呢？那人不是她一個很好的小水手嗎？為她蕩著槳，有什麼不願意嗎？也許汪林和我的感情最好，也許她最願意和我同船。船蕩得那麼遠了，一切江岸上的聲音都隔絕，江沿上的人影也消滅了輪廓。

水聲，浪聲，郎華和陳成混合著江聲在唱。遠遠近近的那一些女人的陽傘，這一些船，這一些幸福的船呀！滿江上是幸福的船，滿江上是幸福了！人間，岸上，沒有罪惡了吧！再也聽不到汪林的喊，他們的船是脫開離我們很遠了。

郎華故意把槳打起的水星落到我的臉上。船越行越慢，但郎華和陳成流起汗來。槳板打到江心的沙灘了，小船就要擱淺在沙灘上。這兩個勇敢的大魚似的跳下水去，在大江上挽著船行。

一入了灣，把船任意停在什麼地方都可以。

我鳧水是這樣鳧的：把頭昂在水外，我也移動著，看起來在鳧，其實手卻抓著江底的泥沙，鱷魚一樣，四條腿一起爬著鳧。那只船到來時，聽著汪林在叫。很快她脫了衣裳，也和我一樣抓著江底在爬，但她是快樂的，爬得很有意思。在沙灘上滾著的時候，居然很熟識了，她把傘打起

來，給她同船的人遮著太陽，她保護著他。陳成揚著沙子飛向他：「陵，著鏢吧！」

汪林和陵站了一隊，用沙子反攻。

我們的船出了灣，已行在江上時，他們兩個仍在沙灘上走著。

「你們先走吧，看我們誰先上岸。」汪林說。

太陽的熱力在江面上開始減低，船是順水行下去的。他們還沒有來，看過多少只船，看過多少柄陽傘，然而沒有汪林的陽傘。太陽西沉時，江風很大了，浪也很高，我們有點擔心那只船。李說那只船是「迷船」。

四個人在岸上就等著這「迷船」，意想不到的是他們繞著彎子從上游來的。

汪林不罵我們是壞人了，風吹著她的頭髮，那興奮的樣子，這次搖船好像她比我們得到的快樂更大，更多……

早晨在看報時，編輯居然作詩了。大概就是這樣的意思：願意風把船吹翻，願意和美人一起沉下江去……

我這樣一說，就沒有詩意了。總之，可不是前幾天那樣的話，什麼摩登女子吃「血」活著啦，小姐們的嘴是吃「血」的嘴啦……總之可不是那一套。這套比那套文雅得多，這套說摩登女子是天仙，那套說摩登女子是惡魔。

汪林和郎華在夜間也不那麼談話了。陵編輯一來，她就到我們屋裡來，因此陵到我們家來的次數多多了。

「今天早點走……多玩一會，你們在街角等我。」這樣的話，汪林再不向我們說了。她用不到約我們去「太陽島」了。

伴著這吃人血的女子在街上走，在電影院裡會，他也不怕她會吃他的血，還說什麼怕呢，常常在那紅色的嘴上接吻，正因為她的嘴和血一樣紅才可愛。

夏夜（二）

　　罵小姐們是惡魔是羨慕的意思，是伸手去攫取怕她逃避的意思。

　　在街上，汪林的高跟鞋，陵的亮皮鞋，格登格登和諧地響著。

此篇創作於 1935 年，具體日期不詳，作為「隨筆三篇」之三，首次發表於 1936 年 5 月上海《中學生》第 65 期。後收錄在 1936 年 8 月文化生活出版社出版的《商市街》中。

決 意

非走不可，環境雖然和緩下來，不走是不行，幾月走呢？五月吧！

從現在起還有五個月，在燈下計算了又計算，某個朋友要拿他多少錢，某個朋友該向他拿路費的一半。……

在心上一想到走，好像一件興奮的事，也好像一件傷心的事，於是我的手一邊在倒茶，一邊發抖。

「流浪去吧！哈爾濱也並不是家，那麼流浪去吧！」郎華端一端茶杯，沒有喝，又放下。

眼淚已經充滿著我了。

「傷感什麼，走去吧！有我在身邊，走到哪裡你也不要怕。傷感什麼，老悄，不要傷感。」

我垂下頭說：「這些鍋怎麼辦呢？」

「真是小孩子，鍋，碗又算得什麼？」

我從心裡笑了，我覺到自己好笑。在地上繞了個圈子，可是心中總有些悲哀，於是又垂下了頭。

劇團的徐同志不是出來了嗎？不是被灌了涼水嗎？我想到這裡，想到一個人，被弄了去，灌涼水，打橡皮鞭子，那已經不成個人了。走吧，非走不可。

此篇創作於 1935 年，具體日期不詳，收錄在 1936 年 8 月文化生活出版社出版的《商市街》中。

門前的黑影

從昨夜，對於震響的鐵門更怕起來，鐵門扇一響，就跑到過道去看，看過四五次都不是，但願它不是。清早了，某個學校的學生，他是郎華的朋友，他戴著學生帽，進屋也沒有脫，他連坐下也不坐下就說：

「風聲很不好，關於你們，我們的同學弄去了一個。」

「什麼時候？」

「昨天。學校已經放假了，他要回家還沒有走。今天一早又來日本憲兵，把全宿舍檢查一遍，每個床鋪都翻過，翻出一本《戰爭與和平》來……」

「《戰爭與和平》又怎麼樣？」

「你要小心一點，聽說有人要給你放黑箭。」

「我又不反滿，不抗日，怕什麼？」

「別說這一套話，無緣無故就要捕人，你看，把《戰爭與和平》那本書就帶了去，說是調查調查，也不知道調查什麼？」

說完他就走了。問他想放黑箭的是什麼人？他不說。過一會，又來一個人，同樣是慌張，也許近些日子看人都是慌張的。

「你們應該躲躲，不好吧！外邊都傳說劇團不是個好劇團。那個團員出來了沒有？」

我們送走了他，就到公園走走。冰池上小孩們在上面滑著冰，日本孩子，俄國孩子……中國孩子……

我們繞著冰地走了一週，心上帶著不愉快……所以彼此不講話，走得很沉悶。

「晚飯吃麵吧！」他看到路北那個切面鋪才說，我進去買了麵條。

回到家裡，書也不能看，俄語也不能讀，開始慢慢預備晚飯吧！雖然在預備吃的東西也不高興，好像不高興吃什麼東西。

木格上的鹽罐裝著滿滿的白鹽，鹽罐旁邊擺著一包大海米，醬油瓶，醋瓶，香油瓶，還有一罐炸好的肉醬。牆角有米袋，面袋，柈子房滿堆著木柈……這一些並不感到滿足，用肉醬拌麵條吃，倒不如去年米飯拌著鹽吃舒服。

「商市街」口，我看到一個人影，那不是尋常的人影，那像日本憲兵。我繼續前走，怕是郎華知道要害怕。

走了十步八步，可是不能再走了！那穿高筒皮靴的人在鐵門外盤旋。我停止下，想要細看一看。郎華和我同樣，他也早就注意上這人。我們想逃。他是在門口等我們吧！不用猜疑，路南就停著小「電驢子」，並且那日本人又走到路南來，他的姿式表示著他的耳朵也在傾聽。

不要家了，我們想逃，但是逃向哪裡呢？

那日本人連刀也沒有佩，也沒有別的武裝，我們有點不相信他就會抓人。我們走進路南的洋酒麵包店去，買了一塊麵包，我並不要買腸子，掌櫃的就給切了腸子，因為我是聚精會神地在注意玻璃窗外的事情。那沒有佩刀的日本人轉著彎子慢慢走掉了。

這真是一場大笑話，我們就在鋪子裡消費了三角五分錢……從玻璃門出來，帶著三角五分錢的麵包和腸子。假若是更多的錢在那當兒就丟在馬路上，也不覺得可惜……

「要這東西做什麼呢？明天襪子又不能買了。」事件已經過去，我懊悔地說。

「我也不知道，誰叫你進去買的？想怨誰？」

郎華在前面哐哐地開著門，屋中的熱氣快撲到臉上來。

門前的黑影

此篇創作於 1935 年，具體日期不詳，收錄在 1936 年 8 月文化生活出版社出版的
《商市街》中。

小偷、車伕和老頭

　　木枡車在石路上發著隆隆的重響。出了木枡場，這滿車的木枡使老馬拉得吃力了！但不能滿足我，大木枡堆對於這一車木枡，真像在牛背上拔了一根毛，我好像嫌這枡子太少。「丟了兩塊木枡哩！小偷來搶的，沒看見？要好好看著，小偷常偷枡子……十塊八塊木枡也能丟。」

　　我被車伕提醒了！覺得一塊木枡也不該丟，木枡對我才恢復了它的重要性。小偷眼睛發著光又來搶時，車伕在招呼我們：

　　「來了啊！又來啦！」

　　郎華招呼一聲，那豎著頭髮的人跑了！

　　「這些東西頂沒有臉，拉兩塊就得啦吧！貪多不厭，把這一車都送給你好不好？……」打著鞭子的車伕，反覆地在說那個小偷的壞話，說他貪多不厭。

　　在院心把木枡一塊塊推下車來，那還沒有推完，車伕就不再動手了！把車錢給了他，他才說：「先生，這兩塊給我吧！拉家去好烘火，孩子小，屋子又冷。」

　　「好吧！你拉走吧！」我看一看那是五塊頂大的他留在車上。

　　這時候他又彎下腰，去弄一些碎的，把一些木皮揚上車去，而後拉起馬來走了。但他對他自己並沒說貪多不厭，別的壞話也沒說，跑出大門道去了。

　　只要有木枡車進院，鐵門欄外就有人向院裡看著問：「枡子拉（鋸）不拉？」

　　那些人帶著鋸，有兩個老頭也扒著門扇。

　　這些枡子就講妥歸兩個老頭來鋸，老頭有了工作在眼前，才對那個夥

小偷、車伕和老頭

伴說：「吃點麼？」

我去買給他們麵包吃。

桦子拉完又送到桦子房去。整個下午我不能安定下來，好像我從未見過木桦，木桦給我這樣的大歡喜，使我坐也坐不定，一會跑出去看看。最後老頭子把院子掃得乾乾淨淨的了！這時候，我給他工錢。

我先用碎木皮來烘著火。夜晚在三月裡也是冷一點，玻璃窗上掛著蒸氣。沒有點燈，爐火顆顆星星地發著爆炸，爐門打開著，火光照紅我的臉，我感到例外的安寧。

我又到窗外去拾木皮，我吃驚了！老頭子的斧子和鋸都背好在肩上，另一個背著架桦子的木架，可是他們還沒有走。這許多的時候，為什麼不走呢？

「太太，多給了錢啦？」

「怎麼多給的！不多，七角五分不是嗎？」

「太太，吃麵包錢沒有扣去！」那幾角工錢，老頭子並沒放入衣袋，仍呈在他的手上，他藉著離得很遠的門燈在考察錢數。

我說：「吃麵包不要錢，拿著走吧！」

「謝謝，太太。」感恩似的，他們轉過身走去了，覺得吃麵包是我的恩情。

我愧得立刻心上燒起來，望著那兩個背影停了好久，羞恨的眼淚就要流出來。已經是祖父的年紀了，吃塊麵包還要感恩嗎？

....

此篇創作於 1935 年，具體日期不詳，收錄在 1936 年 8 月文化生活出版社出版的《商市街》中。

春意掛上了樹梢

三月花還沒有開，人們嗅不到花香，只是馬路上融化了積雪的泥濘乾起來。天空打起朦朧的多有春意的雲彩；暖風和輕紗一般浮動在街道上，院子裡。春末了，關外的人們才知道春來。春是來了，街頭的白楊樹躥著芽，拖馬車的馬冒著氣，馬車伕們的大氈靴也不見了，行人道上外國女人的腳又從長統套鞋裡顯現出來。笑聲，見面打招呼聲，又復活在行人道上。商店為著快快地傳播春天的感覺，櫥窗裡的花已經開了，草也綠了，那是布置著公園的夏景。我看得很凝神的時候，有人撞了我一下，是汪林，她也戴著那樣小沿的帽子。

「天真暖啦！走路都有點熱。」

看著她轉過「商市街」，我們才來到另一家店鋪，並不是買什麼，只是看看，同時曬曬太陽。這樣好的行人道，有樹，也有椅子，坐在椅子上，把眼睛閉起，一切春的夢，春的謎，春的暖力……這一切把自己完全陷進去。聽著，聽著吧！春在歌唱……

「大爺，大奶奶……幫幫吧！……」這是什麼歌呢，從背後來的？這不是春天的歌吧！

那個叫化子嘴裡吃著個爛梨，一條腿和一隻腳腫得把另一隻顯得好像不存在似的。「我的腿凍壞啦！大爺，幫幫吧！唉唉……」

有誰還記得冬天？陽光這樣暖了！街樹躥著芽！

手風琴在隔道唱起來，這也不是春天的調，只要一看那個瞎人為著拉琴而扭歪的頭，就覺得很殘忍。瞎人他摸不到春天，他沒有。壞了腿的人，他走不到春天，他有腿也等於無腿。

世界上這一些不幸的人，存在著也等於不存在，倒不如趕早把他們消

滅掉，免得在春天他們會唱這樣難聽的歌。

汪林在院心吸著一支菸卷，她又換一套衣裳。那是淡綠色的，和樹枝發出的芽一樣的顏色。她腋下夾著一封信，看見我們，趕忙把信送進衣袋去。

「大概又是情書吧！」郎華隨便說著玩笑話。

她跑進屋去了。香菸的煙縷在門外打了一下旋捲才消滅。

夜，春夜，中央大街充滿了音樂的夜。流浪人的音樂，日本舞場的音樂，外國飯店的音樂……七點鐘以後。中央大街的中段，在一條橫口，那個很響的擴音機哇哇地叫起來，這歌聲差不多響徹全街。若站在商店的玻璃窗前，會疑心是從玻璃發著震響。一條完全在風雪裡寂寞的大街，今天第一次又號叫起來。

外國人！紳士樣的，流氓樣的，老婆子，少女們，跑了滿街……有的連起人排來封閉住商店的窗子，但這只限於年輕人。也有的同唱機一樣唱起來，但這也只限於年輕人。這好像特有的年輕人的集會。他們和姑娘們一道說笑，和姑娘們連起排來走。中國人來混在這些捲髮人中間，少得只有七分之一，或八分之一。但是汪林在其中，我們又遇到她。她和另一個也和她同樣打扮漂亮的、白臉的女人同走……捲髮的人用俄國話說她漂亮。她也用俄國話和他們笑了一陣。

中央大街的南端，人漸漸稀疏了。

牆根，轉角，都發現著哀哭，老頭子，孩子，母親們……哀哭著的是永久被人間遺棄的人們！那邊，還望得見那邊快樂的人群。還聽得見那邊快樂的聲音。

三月，花還沒有，人們嗅不到花香。

夜的街，樹枝上嫩綠的芽子看不見，是冬天吧？是秋天吧？但快樂的人們，不問四季總是快樂；哀哭的人們，不問四季也總是哀哭！

此篇創作於 1935 年，具體日期不詳，作為「隨筆三篇」之一首次發表於 1936 年 5 月上海《中學生》第 65 期。後收錄在 1936 年 8 月文化生活出版社出版的《商市街》中。

家庭教師是強盜

有個人影在窗子上閃了一下，接著敲了兩下窗子，那是汪林的父親。

什麼事情？郎華去了好大時間沒回來，半個鐘頭還沒回來！

我拉開門，午覺還沒睡醒的樣子，一面揉著眼睛一面走出門去。汪林的二姐，面孔白得那樣怕人，坐在門前的木臺上，林禽（狗名）在院心亂跑，使那坐在木臺的白面孔十分生氣，她大聲想叫住它。汪林也出來了！嘴上的紙菸冒著煙，但沒有和我打招呼，也坐在木臺上。使女小菊在院心走路也很規矩的樣子。

我站在她家客廳窗下，聽著郎華在裡面不住地說話，看不到人。白紗窗簾罩得很周密，我站在那裡不動。……日本人吧！有什麼事要發生吧！可是裡面沒有日本人說話，我並不去問那很不好看的臉色的她們。

為著印冊子而來的恐怖吧？沒經過檢查的小說冊被日本人曉得了吧！

「接到一封黑信，說他老師要綁汪玉祥的票。」

我點了點頭。再到窗下去聽時，裡面的聲音更聽不清了。

「三小姐，開飯啦！」小菊叫她們吃飯，那孩子很留心看我一遍。過了三四天，汪玉祥被姐姐們看管著不敢到大門口去。

家庭教師真有點像個強盜，誰能保準不是強盜？領子不打領結，沒有更多的，只是一件外套，冬天，秋天，春天都穿夾外套。

不知有半月或更多的日子，汪玉祥連我們窗下都不敢來，他家的大人一定告訴他：「你老師是個不詳細的人……」

此篇創作於 1935 年，具體日期不詳，收錄在 1936 年 8 月文化生活出版社出版的《商市街》中。

冊 子

　　永遠不安定下來的洋燭的火光，使眼睛痛了。抄寫，抄寫⋯⋯

　　「幾千字了？」

　　「才三千多。」

　　「不手疼嗎？休息休息吧，別弄壞了眼睛。」郎華打著哈欠到床邊，兩隻手相交著依在頭後，背脊靠著鐵床的鋼骨。我還沒停下來，筆尖在紙上作出響聲⋯⋯

　　紗窗外陣陣起著狗叫，很響的皮鞋，人們的腳步從大門道來近。不自禁的恐怖落在我的心上。

　　「誰來了，你出去看看。」

　　郎華開了門，李和陳成進來。他們是劇團的同志，帶來的一定是劇本。我沒接過來看，讓他們隨便坐在床邊。

　　「吟真忙，又在寫什麼？」

　　「沒有寫，抄一點什麼。」我又拿起筆來抄。

　　他們的談話，我一句半句地聽到一點，我的神經開始不能統一，時時寫出錯字來，或是丟掉字，或是寫重字。

　　蚊蟲啄著我的腳面，後來在燈下也嗡嗡叫，我才放下不寫。

　　呵呀呀，蚊蟲滿屋了！門扇仍大開著。一個小狗崽溜走進來，又捲著尾巴跑出去。關起門來，蚊蟲仍是飛⋯⋯我用手搔著作癢的耳，搔著腿和腳⋯⋯手指的骨節搔得腫脹起來，這些中了蚊毒的地方，使我已經發酸的手腕不得不停下。我的嘴唇腫得很高，眼邊也感到發熱和緊脹。這裡搔搔，那裡搔搔，我的手感到不夠用了。

　　「冊子怎麼樣啦？」李的菸卷在嘴上冒煙。

冊子

「只剩這一篇。」郎華回答。

「封面是什麼樣子？」

「就是等著封面呢……」

第二天，我也跟著跑到印刷局去。使我特別高興，折得很整齊的一帖一帖的都是要完成的冊子，比兒時母親為我製一件新衣裳更覺歡喜。……我又到排鉛字的工人旁邊，他手下按住的正是一個題目，很大的鉛字，方的，帶來無限的感情，那正是我的那篇《夜風》。

那天預先吃了一頓外國包子，郎華說他為著冊子來敬祝我，所以到櫃檯前叫那人倒了兩個杯「伏特克」[07] 酒。我說這是為著冊子敬祝他。

被大歡喜追逐著，我們變成孩子了！走進公園，在大樹下乘了一刻涼，覺得公園是滿足的地方。望著樹梢頂邊的天。外國孩子們在地面弄著沙土。因為還是上午，遊園的人不多，日本女人撐著傘走。賣「冰淇淋」的小板房洗刷著杯子。我忽然覺得渴了，但那一排排的透明的汽水瓶子，並不引誘我們。我還沒有養成那樣的習慣，在公園還沒喝過一次那樣東西。

「我們回家去喝水吧。」只有回家去喝冷水，家裡的冷水才不要錢。

拉開第一扇門，大草帽被震落下來。喝完了水，我提議戴上大草帽到江邊走走。

赤著腳，郎華穿的是短褲，我穿的是小短裙子，向江邊出發了。

兩個人漁翁似的，時時在沿街玻璃窗上反映著。

「划小船吧，多麼好的天氣！」到了江邊我又提議。

「就剩兩毛錢……但也可以划，都花了吧！」

擇一個船底鋪著青草的、有兩副槳的船。和船伕說明，一點鐘一角五分。並沒打算洗澡，連洗澡的衣裳也沒有穿。船伕給推開了船，我們向江

07　俄語音譯，現譯為伏特加。

心去了。兩副槳翻著，順水下流，好像江岸在退走。我們不是故意去尋，任意遇到了一個沙洲，有兩方丈的沙灘突出江心，郎華勇敢地先跳上沙灘，我膽怯，遲疑著，怕沙洲會沉下江底。

最後洗澡了，就在沙洲上脫掉衣服。郎華是完全脫的。我看了看江沿洗衣人的面孔是辨不出來的，那麼我借了船身的遮掩，才爬下水底把衣服脫掉。我時時靠沙灘，怕水流把我帶走。江浪擊撞著船底，我拉住船板，頭在水上，身子在水裡，水光，天光，離開了人間一般的。當我躺在沙灘晒太陽時，從北面來了一隻小划船。我慌張起來，穿衣裳已經來不及，怎麼好呢！爬下水去吧！船走過，我又爬上來。

我穿好衣服。郎華還沒穿好。他找他的襯衫，他說他的襯衫洗完了就掛在船板上，結果找不到。遠處有白色的東西浮著，他想一定是他的襯衫了。划船去追白色的東西，那白東西走得很慢，那是一條魚，死掉的白色的魚。

雖然丟掉了襯衫並不感到可惜，郎華赤著膀子大嚷大笑地把魚捉上來，大概他覺得在江上能夠捉到魚是一件很有本領的事。

「晚飯就吃這條魚，你給煎煎它。」

「死魚不能吃，大概臭了。」

他趕快把魚鰓掀給我看：「你看，你看，這樣紅就會臭的？」

直到上岸，他才靜下去。

「我怎麼辦呢！光著膀子，在中央大街上可怎樣走？」他完全靜下去了，大概這時候忘了他的魚。

我跑到家去拿了衣裳回來，滿頭流著汗。可是，他在江沿和碼頭夫們在一起喝茶了。在那個樣的布棚下吹著江風。他第一句和我說的話，想來是：「你熱吧？」

但他不是問我，他先問魚：「你把魚放在哪裡啦？用涼水泡上沒

冊子

有？」

「五分錢給我！」我要買醋，煎魚要用醋的。

「一個銅板也沒剩，我喝了茶，你不知道？」

被大歡喜追逐著的兩個人，把所有的錢用掉，把襯衣丟到大江，換得一條死魚。

等到吃魚的時候，郎華又說：「為著冊子，我請你吃魚。」

這是我們創作的一個階段，最前的一個階段，冊子就是劃分這個階段的東西。

八月十四日，家家準備著過節的那天。我們到印刷局去，自己開始裝訂，裝訂了一整天。郎華用拳頭打著背，我也感到背痛。

於是郎華跑出去叫來一部斗車，一百本冊子提上車去。就在夕陽中，馬脖子上顛動著很響的鈴子，走在回家的道上。家裡，地板上擺著冊子，朋友們手裡拿著冊子，談論也是冊子。同時關於冊子出了謠言：沒收啦！日本憲兵隊逮捕啦！

逮捕可沒有逮捕，沒收是真的。送到書店去的書，沒有幾天就被禁止發賣了。

此篇創作於 1935 年，具體日期不詳，作為「隨筆三篇」之一，首次發表在 1936 年 6 月《中學生》第 66 期。後收錄在 1936 年 8 月文化生活出版社出版的《商市街》中。

買皮帽

「破爛市」上打起著陰棚，很大一塊地盤全然被陰棚聯絡起來，不斷地擺著攤子：鞋、襪、帽子、面巾，這都是應用的東西。擺出來最多的，是男人的褲子和襯衫。我打量了郎華一下，這褲子他應該買一條。我正想問價錢的時候，忽然又被那些大大小小的皮外套吸引住。仰起頭，看那些掛得很高的、一排一排的外套，寬大的領子，黑色毛皮的領子，雖是馬車伕穿的外套，郎華穿不也很好嗎？又正想問價錢，郎華在那邊叫我：

「你來。這個帽子怎麼樣？」他拳頭上頂著一個四個耳朵的帽子，正在轉著彎看。我一見那和貓頭一樣的帽就笑了，我還沒有走到他近邊，我就說：「不行。」

「我小的時候，在家鄉盡戴這個樣帽子。」他趕快頂在頭上試一試。立刻他就變成個小貓樣。「這真暖和。」他又把左右的兩個耳朵放下來，立刻我又看他像個小狗 —— 因為小時候爺爺給我買過這樣「叭狗帽」，爺爺叫它「叭狗帽」。

「這帽子暖和得很！」他又頂在拳頭上，轉著彎，搖了兩下。

腳在陰棚裡凍得難忍，在小的行人道跑了幾個彎子，許多「飛機帽」，這個那個，他都試過。黑色的比黃色的價錢便宜兩角，他喜歡黃色的，同時又喜歡少花兩角錢，於是走遍陰棚在尋找。

「你的……什麼的要？」出攤子的人這樣問著。同是中國人，卻把中國人當作日本或是高麗人。

我們不能買他的東西，很快地跑了過去。

郎華帶上飛機帽了！兩個大皮耳朵上面長兩個小耳朵。

買皮帽

「快走啊，快走。」

繞過不少路，才走出陰棚。若不是他喊我，我真被那些衣裳和褲子戀住了，尤其是馬車伕們穿的羊皮外套。

重見天日時，我慌忙著跟上郎華去！

「還剩多少錢？」

「五毛。」

走過菜市，從前吃飯那個小飯館，我想提議進去吃包子，一想到五角錢，只好硬著心腸，背了自己的願望走過飯館。五角錢要吃三天，哪能進飯館子？

街旁許多賣花生、瓜子的。

「有銅板嗎？」我拉了他一下。

「沒有，一個沒有。」

「沒有，就完事。」

「你要買什麼？」

「不買什麼！」

「要買什麼，這不是有票子嗎？」他停下來不走。

「我想買點瓜子，沒有銅板就不買。」

大概他想：愛人要買幾個銅板瓜子的願望都不能滿足！於是慷慨地摸著他的衣袋。這不是給愛人買瓜子的時候，吃飯比瓜子更要緊；餓比愛人更要緊。

風雪吹著，我們走回家來了，手疼，腳疼，我白白地跟著跑了一趟。

此篇創作於 1935 年，具體日期不詳，收錄在 1936 年 8 月文化生活出版社出版的《商市街》中。

廣告員的夢想

有一個朋友到一家電影院去畫廣告，月薪四十元。畫廣告留給我一個很深的印象，我一面燒早飯一面看報，又有某個電影院招請廣告員被我看到，立刻我動心了：我也可以吧？從前在學校時不也學過畫嗎？但不知月薪多少。

郎華回來吃飯，我對他說，他很不願意做這事。他說：

「盡騙人。昨天別的報上登著一段應徵家庭教師的廣告，我去接洽，其實去的人太多，招一個人，就要去十個，二十個……」

「去看看怕什麼？不成，完事。」

「我不去。」

「你不去，我去。」

「你自己去？」

「我自己去！」

第二天早晨，我又留心那塊廣告，這回更能滿足我的慾望。那文告又改登一次，月薪四十元，明明白白的是四十元。

「看一看去。不然，等著職業，職業會來嗎？」我又向他說。

「要去，吃了飯就去，我還有別的事。」這次，他不很堅決了。

走在街上，遇到他一個朋友。

「到哪裡去？」

「接洽廣告員的事情。」

「就是《國際協報》登的嗎？」

「是的。」

廣告員的夢想

「四十元啊！」這四十元他也注意到。

十字街商店高懸的大錶還不到十一點鐘，十二點才開始接洽。已經尋找得好疲乏了，已經不耐煩了，代替接洽的那個「商行」才尋到。指明的是石頭道街，可是那個「商行」是在石頭道街旁的一條順街尾上，我們的眼睛繚亂起來。走進「商行」去，在一座很大的樓房二層樓上，剛看到一個長方形的亮銅牌釘在過道，還沒看到究竟是什麼個「商行」，就有人截住我們：「什麼事？」

「來接洽廣告員的！」

「今天星期日，不辦公。」

第二天再去的時候。還是有勇氣的。是陰天，飛著清雪。那個「商行」的人說：

「請到電影院本家去接洽吧。我們這裡不替他們接洽了。」

郎華走出來就埋怨我：

「這都是你主張，我說他們盡騙人，你不信！」

「怎麼又怨我？」我也十分生氣。

「不都是想當廣告員嗎？看你當吧！」

吵起來了。他覺得這是我的過錯，我覺得他不應該跟我生氣。走路時，他在前面總比我快一些，他不願意和我一起走的樣子，好像我對事情沒有眼光，使他討厭的樣子。衝突就這樣越來越大，當時並不去怨恨那個「商行」，或是那個電影院，只是他生氣我，我生氣他，真正的目的卻丟開了。兩個人吵著架回來。

第三天，我再不去了。我再也不提那事，仍是在火爐板上烘著手。他自己出去，戴著他的飛機帽。

「南崗那個人的武術不教了。」晚上他告訴我。

我知道，就是那個人不學了。

第二天，他仍戴著他的飛機帽走了一天。到夜間，我也並沒提起廣告員的事。照樣，第三天我也並沒有提，我已經沒有興致想找那樣的職業。可是他自動的，比我更留心，自己到那個電影院去過兩次。

「我去過兩次，第一回說經理不在，第二回說過幾天再來吧。真他媽的！有什麼勁，只為著四十元錢，就去給他們耍寶！畫的什麼廣告？什麼情火啦，豔史啦，甜蜜啦，真是無恥和肉麻！」

他發的議論，我是不回答的。他憤怒起來，好像有人非捉他去做廣告員不可。

「你說，我們能幹那樣無聊的事？去他娘的吧！滾蛋吧！」他竟罵起來，跟著，他就罵起自己來：「真是混蛋，不知恥的東西，自私的爬蟲！」

直到睡覺時，他還沒忘掉這件事，他還向我說：「你說，我們不是自私的爬蟲是什麼？只怕自己餓死，去畫廣告。畫得好一點，不怕肉麻，多招來一些看情史的，使人們羨慕富麗，使人們一步一步地爬上去……就是這樣，只怕自己餓死，毒害多少人不管，人是自私的東西……若有人每月給二百元，不是什麼都幹了嗎？我們就是不能夠推動歷史，也不能站在相反的方面努力敗壞歷史！」

他講的使我也感動了，並且聲音不自知地越講越大，他已經開始更細地分析自己……

「你要小點聲啊，房東那屋常常有日本朋友來。」我說。

又是一天，我們在「中央大街」閒蕩著，很瘦很高的老秦在他肩上拍了一下。冬天下午三四點鐘時，已經快要黃昏了，陽光僅僅留在樓頂，漸漸微弱下來，街路完全在晚風中，就是行人道上，也有被吹起的霜雪掃著人們的腿。

冬天在行人道上遇見朋友，總是不把手套脫下來就握手的。那人的手套大概很涼吧，我見郎華的赤手握了一下就抽回來。我低下頭去，順便看

到老秦的大皮鞋上撒著紅綠的小斑點。

「你的鞋上怎麼有顏料？」

他說他到電影院去畫廣告了。他又指給我們電影院就是眼前那個，他說：

「我的事情很忙，四點鐘下班，五點鐘就要去畫廣告。你們可以不可以幫我一點忙？」

聽了這話，郎華和我都沒回答。

「五點鐘，我在賣票的地方等你們。你們一進門就能看見我。」老秦走開了。

晚飯吃的烤餅，差不多每張餅都半生就吃下的，為著忙，也沒有到桌子上去吃，就圍在爐邊吃的。他的臉被火烤得通紅。我是站著吃的。看一看新買的小錶，五點了，所以連湯鍋也沒有蓋起我們就走出了，湯在爐板上蒸著氣。

不用說我是連一口湯也沒喝，郎華已跑在我的前面。我一面弄好頭上的帽子，一面追隨他。才要走出大門時，忽然想起火爐旁還堆著一堆木柴，怕著了火，又回去看了一趟。等我再出來的時候，他已跑到街口去了。

他說我：「做飯也不曉得快做！磨蹭，你看晚了吧！女人就會磨蹭，女人就能耽誤事！」

可笑的內心起著矛盾。這行業不是幹不得嗎？怎麼跑得這樣快呢？他搶著跨進電影院的門去。我看他矛盾的樣子，好像他的後腦勺也在起著矛盾，我幾乎笑出來，跟著他進去了。

不知俄國人還是英國人，總之是大鼻子，站在售票處賣票。問他老秦，他說不知道。問別人，又不知道哪個人是電影院的人。等了半個鐘頭也不見老秦，又只好回家了。

他的學說一到家就生出來，照樣生出來：「去他娘的吧！那是你願意去。那不成，那不成啊！人，這自私的東西，多碰幾個釘子也對。」

　　他到別處去了，留我一個人在家。

　　「你們怎麼不去找找？」老秦一邊脫著皮帽，一邊說。

　　「還到哪裡找去？等了半點鐘也看不到你！」

　　「我們一同走吧。郎華呢？」

　　「他出去了。」

　　「那麼我們先走吧。你就是幫我忙，每月四十元，你二十，我二十，均分。」

　　在廣告牌前站到十點鐘才回來。郎華找我兩次也沒有找到，所以他正在房中生氣。這一夜，我和他就吵了半夜。他去買酒喝，我也搶著喝了一半，哭了，兩個人都哭了。他醉了以後在地板上嚷著說：

　　「一看到職業什麼也不管就跑了，有職業，愛人也不要了！」

　　我是個很壞的女人嗎？只為了二十元錢，把愛人氣得在地板上滾著！醉酒的心，像有火燒，像有開水在滾，就是哭也不知道有什麼要哭，已經推動了理智。他也和我同樣。

　　第二天酒醒，是星期日。他跟我去畫了一天的廣告。我是老秦的副手，他是我的副手。

　　第三天就沒有去，電影院另請了別人。

　　廣告員的夢到底做成了，但到底是碎了。

此篇創作於 1935 年，具體日期不詳，首次發表於 1936 年 3 月上海《中學生》第 63 期。後收錄在 1936 年 8 月文化生活出版社出版的《商市街》中。

新 識

　　太寂寞了，「北國」人人感到寂寞。一群人組織一個畫會，大概是我提議的吧！又組織一個劇團，第一次參加討論劇團事務的人有十幾個，是借民眾教育館閱報室討論的。其中有一個臉色很白，多少有一點像政客的人，下午就到他家去繼續講座。許久沒有到過這樣暖的屋子，壁爐很熱，陽光晒在我的頭上；明亮而暖和的屋子使我感到熱了！第二天是個假日，大家又到他家去。那是夜了，在窗子外邊透過玻璃的白霜，晃晃蕩蕩的一些人在屋裡閃動，同時陣陣起著高笑。我們打門的聲音幾乎沒有人聽到，後來把手放重一些，但是仍沒有人聽到，後來敲玻璃窗片，這回立刻從紗窗簾現出一個灰色的影子，那影子用手指在窗子上抹了一下，黑色的眼睛出現在小洞裡。於是聲音同人一起來在過道了。

　　「郎華來了，郎華來了！」開了門，一面笑著一面握手。雖然是新識，但非常熟識了！我們在客廳門外脫了外套，差不多掛衣服的鉤子都將掛滿。

　　「我們來得晚了吧！」

　　「不算晚，不算晚，還有沒到的呢！」

　　客廳的檯燈也開起來，幾個人圍在燈下讀劇本。還有一個從前的同學也在讀劇本，她的背靠著爐壁，淡黃色有點閃光的爐壁襯在背後，她黑的作著曲捲的頭髮就要散到肩上去。她演劇一般地在讀劇本。她波狀的頭髮和充分作著圓形的肩，停在淡黃色的壁爐前，是一幅完成的少婦美麗的剪影。

　　她一看到我就不讀劇本了！我們兩個靠著牆，無秩序地談了些話。研究著壁上嵌在大框子裡的油畫。我受凍的腳遇到了熱，在鞋裡面作癢。這

是我自己的事，努力忍著好了！客廳中那麼許多人都是生人。大家一起喝茶，吃瓜子。這家的主人來來往往地走，他很像一個主人的樣子，他講話的姿式很溫和，面孔帶著敬意，並且他時時整理他的上衣：挺一挺胸，直一直胳臂，他的領結不知整理多少次，這一切表示著主人的樣子。

客廳每一個角落有一張門，可以通到三個另外的小屋去，其餘的一張門是透過道的。就從一個門中走出一個穿皮外套的女人，轉了一個彎，她走出客廳去了。

我正在檯燈下讀著一個劇本時，聽到郎華和什麼人靜悄悄在講話。看去是一個胖軍官樣的人和郎華對面立著。他們走到客廳中央圓桌的地方坐下來。他們的談話我聽不懂，什麼「炮二隊」「第九期，第八期」，又是什麼人，我從未聽見過的名字郎華說出來，那人也說，總之很稀奇。不但我感到稀奇，為著這樣生疏的術語，所有客廳中的人都靜肅了一下。從右角的門扇走出一個小女人來，雖然穿的高跟鞋，但她像個小「蒙古」。胖人站起來說：

「這是我的女人！」

郎華也把我叫過去，照樣也說給他們。這樣一來，我就可以坐在旁邊細聽他們的講話了！

走在回家的路上，郎華告訴我：

「那個是我的同學啊！」

電車不住地響著鈴子，冒著綠火。半面月亮升起在西天，街角賣豆漿的燈火好像個小螢火蟲，賣漿人守著他漸漸冷卻的漿鍋，默默打轉。夜深了！夜深了。

此篇創作於 1935 年，具體日期不詳，收錄在 1936 年 8 月文化生活出版社出版的《商市街》中。

劇 團

冊子帶來了恐怖。黃昏時候，我們排完了劇，和劇團那些人出了「民眾教育館」，恐怖使我對於家有點不安。街燈亮起來，進院，那些人跟在我們後面。門扇，窗子，和每日一樣安然地關著。我十分放心，知道家中沒有來過什麼惡物。

失望了，開門的鑰匙由郎華帶著，於是大家只好坐在窗下的樓梯口。李買的香瓜，大家就吃香瓜。

汪林照樣吸著菸。她掀起紗窗簾向我們這邊笑了笑。陳成把一個香瓜高舉起來。

「不要。」她搖頭，隔著玻璃窗說。

我一點趣味也感不到，一直到他們把公演的事情議論完，我想的事情還沒停下來。我願意他們快快去，我好收拾箱子，好像箱子裡面藏著什麼使我和郎華犯罪的東西。

那些人走了，郎華從床底把箱子拉出來，洋燭立在地板上，我們開始收拾了。弄了滿地紙片，什麼犯罪的東西也沒有。但不敢自信，怕書頁裡邊夾著罵「滿洲國」的，或是罵什麼的字跡，所以每冊書都翻了一遍。一切收拾好，箱子是空空洞洞的了。一張高爾基的照片，也把它燒掉。大火爐燒得烤痛人的面孔。我燒得很快，日本憲兵就要來捉人似的。

當我們坐下來喝茶的時候，當然是十分定心了，十分有把握了。一張吸墨紙我無意地玩弄著，我把腰挺得很直，很大方的樣子，我的心像被拉滿的弓放了下來一般的鬆適。我細看紅鉛筆在吸墨紙上寫的字，那字正是犯法的字：

—— 小日本子，走狗，他媽的「滿洲國」……——

　　我連再看一遍也沒有看，就送到火爐裡邊。

　　「吸墨紙啊？是吸墨紙！」郎華可惜得跺著腳。等他發覺那已開始燒起來了：「那樣大一張吸墨紙你燒掉它，燒花眼了？什麼都燒，看用什麼！」

　　他過於可惜那張吸墨紙。我看他那種樣子也很生氣。吸墨紙重要，還是拿生命去開玩笑重要？

　　「為著一個虱子燒掉一件棉襖！」郎華罵我，「那你就不會把字剪掉？」

　　我哪想起來這樣做！真傻，為著一塊瘡疤丟掉一個蘋果！

　　我們把「滿洲國」建國紀念明信片擺到桌上，那是朋友送給的，很厚的一打。還有兩本上面寫著「滿洲國」字樣的不知是什麼書，連看也沒有看也擺起來。桌子上面很有意思：《離騷》，《李後主[08] 詞》，《石達開日記》，他當家庭教師用的小學算術教本。一本《世界各國革命史》也從桌子上抽下去，郎華說那上面載著日本怎樣壓迫朝鮮的歷史，所以不能擺在外面。我一聽說有這種重要性，馬上就要去燒掉，我已經站起來了，郎華把我按下：「瘋了嗎？你瘋了嗎？」

　　我就一聲不響了，一直到滅了燈睡下，連呼吸也不能呼吸似的。在黑暗中我把眼睛張得很大。院中的狗叫聲也多起來。大門扇響得也屬害了。總之，一切能發聲的東西都比平常發的聲音要高，平常不會響的東西也被我新發現著，棚頂發著響，洋瓦房蓋被風吹著也響，響，響……

　　郎華按住我的胸口……我的不會說話的胸口。鐵大門震響了一下，我跳了一下。

　　「不要怕，我們有什麼呢？什麼也沒有。謠傳不要太認真。他媽的，

08　李後主：指南唐最後一位國君李煜（937-978），著名詞人。

哪天捉去哪天算！睡吧，睡不足，明天要頭疼的……」

　　他按住我的胸口。好像給噩夢驚醒的孩子似的，心在母親的手下大跳著。

　　有一天，到一家影戲院去試劇，散散雜雜的這一些人，從我們的小房出發。

　　全體都到齊，只少了徐志，他一次也沒有不到過，要試演他就不到，大家以為他病了。

　　很大的舞臺，很漂亮的垂幕。我扮演的是一個老太婆的角色，還要我哭，還要我生病。把四個椅子拼成一張床，試一試倒下去，我的腰部觸得很疼。

　　先試給影戲院老闆看的，是郎華飾的《小偷》[09]中的傑姆和李飾的律師夫人對話的那一幕。我是另外一個劇本，還沒挨到我，大家就退出影戲院了。

　　因為條件不合，沒能公演。大家等待機會，同時每個人發著疑問：公演不成了吧？

　　三個劇排了三個月，若說演不出，總有點可惜。

　　「關於你們冊子的風聲怎麼樣？」

　　「沒有什麼。怕狼，怕虎是不行的。這年頭只得碰上什麼算什麼……」郎華是剛強的。

此篇創作於 1935 年，具體日期不詳，作為「隨筆三篇」之二，首次發表於 1936 年 6 月《中學生》第 66 期。後收錄在 1936 年 8 月文化生活出版社出版的《商市街》中。

09　《小偷》：美國著名作家辛克萊的一個劇本。

生人

　　來了一個稀奇的客人。我照樣在廚房裡煎著餅，因為正是預備晚飯時候。餅煎得糊爛了半塊，有的竟燒著起來，冒著煙。一邊煎著餅，一邊跑到屋裡去聽他們的談話，我忘記我是在預備飯，所以在晚飯桌上那些餅很不好吃，我去買麵包來吃。

　　他們的談話還沒有談完，於是家具我也不能去洗，就站在門邊不動。

「……

　　……

　　……」

　　這全是些很沉痛的談話！有時也夾著笑聲，那個人是從盤石人民革命軍裡來的……

　　我只記住他是很紅的臉。

此篇創作於 1935 年，具體日期不詳，收錄在 1936 年 8 月文化生活出版社出版的《商市街》中。

又是春天

　　太陽帶來了暖意，松花江靠岸的江冰坍下去，融成水了，江上用人支走的爬犁漸少起來。汽車更沒有一輛在江上行走了。松花江失去了它冬天的威嚴，江上的雪已經不是閃眼的白色，變成灰的了。又過幾天，江冰順著水慢慢流動起來，那是很好看的，有意流動，也像無意流動，大塊冰和小塊冰輕輕地互相擊撞發著響，嘟嘟著。這種響聲，像是瓷器相碰的響聲似的，也像玻璃相碰的響聲似的。立在江邊，我起了許多幻想：這些冰塊流到哪裡去？流到大海去吧！也怕是到不了海，陽光在半路上就會全數把它們消滅……

　　然而它們是走的，幽遊一般，也像有生命似的，看起來比人更快活。

　　那天在江邊遇到一些朋友，於是大家同意去走江橋。我和郎華走得最快，松花江在腳下東流，鐵軌在江空發嘯，滿江面的冰塊，滿天空的白雲。走到盡頭，那裡並不是郊野，看不見綠絨絨的草地，看不見綠樹，「塞外」的春來得這樣遲啊！我們想吃酒，於是沿著土堤走下去，然而尋不到酒館，江北完全是破落人家，用泥土蓋成的房子，用柴草織成的短牆。

　　「怎麼聽不到雞鳴？」

　　「要聽雞鳴做什麼？」人們坐在土堤上揩著面孔，走得熱了。

　　後來，我們去看一個戰艦，那是一九二九年和蘇俄作戰時被打沉在江底的，名字是「利捷」。每個人用自己所有的思想來研究這戰艦，但那完全是瞎說，有的說汽鍋被打碎了才沉江的，有的說把駕船人打死才沉江的。一個洞又一個洞。這樣的軍艦使人感到殘忍，正相同在街上遇見的在戰場上丟了腿的人一樣，他殘廢了，別人稱他是個廢人。

　　這個破戰艦停在船塢裡完全發霉了。

此篇創作於 1935 年，具體日期不詳，收錄在 1936 年 8 月文化生活出版社出版的
《商市街》中。

滑竿

　　黃河邊上的驢子，垂著頭的，細腿的，穿著自己的破爛的毛皮的，它們劃著無邊蒼老的曠野，如同枯樹根又在人間活動了起來。

　　它們的眼睛永遠為了遮天的沙土而垂著淚，鼻子的響聲永遠攪在黃色的大風裡，那沙沙的足音，只有在黃昏以後，一切都停息了的時候才能聽到。

　　而四川的轎侠，同樣會發出那沙沙的足音。下坡路，他們的腿，輕捷得連他們自己也不能夠止住，蹣跚地他們控制了這狹小的山路。他們的血液驕傲地跳動著，好像他們停止了呼吸，只聽到草鞋觸著石級的聲音。在山澗中，在流泉中，在煙霧中，在悽慘的飛著細雨的斜坡上，他們喊著：左手！

　　迎面走來的，擔著草鞋的擔子，背著青菜的孩子，牽著一條黃牛的老頭，趕著三個小豬的女人，他們也都為著這下山的轎子讓開路。因為他們走得快，就像流泉一樣的，一刻也不能夠止息。

　　一到拔坡的時候，他們的腳步聲便不響了。迎面遇到來人的時候，他們喊著左手或右手的聲音只有粗嘎，而一點也不強烈。因為他們開始喘息，他們的肺葉開始擴張，發出來好像風扇在他們的胸膛裡煽起來的聲音，那破片做的衣裳在吱吱響的轎子下面，有秩序地向左或向右地擺動。汗珠在頭髮梢上靜靜地站著，他們走得當心而出奇的慢，而轎子仍舊像要破碎了似的叫。像是迎著大風向前走，像是海船臨靠岸時遇到了潮頭一樣困難。

　　他們並不是巨象，卻發出來巨象呼喘似的聲音。

早晨他們吃了一碗四個大銅板一碗的麵，晚上再吃一碗，一天八個大銅板。甚或有一天不吃什麼的，只要抽一點鴉片就可以。所以瘦弱蒼白，有的像化石人似的，還有點透明。若讓他們自己支持著自己都有點奇怪，他們隨時要倒下來的樣子。

　　可是來往上下山的人，卻擔在他們的肩上。

　　有一次我偶爾和他們談起做爆竹的方法來，其中的一個轎伕，不但曉得做爆竹的方法，還曉得做槍藥的方法。他說用破軍衣，破棉花，破軍帽，加上火硝，琉璜，就可以做槍藥。他還怕我不明白槍藥。他又說：

　　「那就是做子彈。」

　　我就問他：

　　「你怎麼曉得做子彈？」

　　他說他打過賀龍，在湖南。

　　「你那時候是當官嗎？當兵嗎？」

　　他說他當兵，還當過班長。打了兩年。後來他問我：

　　「你曉得共黨嗎？打賀龍就是打共黨。」

　　「我聽說。」接著我問他：「你知道現在的共黨已經編了八路軍嗎？」

　　「呵！這我還不知道。」

　　「也是打日本。」

　　「對呀！國家到了危難的時候，還自己打什麼呢？一齊槍口對外。」他想了一下的樣子：「也是歸蔣委員長領導嗎？」

　　「是的。」

　　這時候，前邊的那個轎伕一聲不響。轎桿在肩上，一會兒換換左手，一會兒又換換右手。

　　後邊的就接連著發了議論：

　　「小日本不可怕，就怕心不齊。中國人心齊，他就治不了。前幾天飛

機來炸，炸在朝天門。那好做啥子呀！飛機炸就占了中國？我們可不能講和，講和就白亡了國。日本人壞呀！日本人狠哪！報紙上去年沒少畫他們殺中國人的圖。我們中國人抓住他們的俘虜，一律優待。可是說日本人也不都壞，說是不當兵不行，抓上船就載到中國來……」

「是的……老百姓也和中國老百姓一樣好。就是日本軍閥壞……」我回答他。

就快走上高坡了，一過了前邊的石板橋，隔著這一個山頭又看到另外的一個山頭。雲煙從那個山慢慢地沉落下來，沉落到山腰了，仍舊往下沉落，一道深灰色的，一道淺灰色的，大團的游絲似的縛著山腰。我的轎子要繞過那個有雲煙的尖頂的山。兩個轎伕都開始吃力了。我能夠聽得見的，是後邊的這一個，喘息的聲音又開始了。我一聽到他的聲音，就想起海上在呼喘著的活著的蛤蟆。因為他的聲音就帶著起伏、擴張、呼煽的感覺。他們腳下刷刷的聲音，這時候沒有了。伴著呼喘的是轎桿的竹子的鳴叫。坐在轎子上的人，隨著他們沉重的腳步的起伏在一升一落的。在那麼多的石級上，若有一個石級不留心踏滑了，連人帶轎子要一齊滾下山澗去。

因為山上的路只有二尺多寬，遇到迎面而來的轎子，往往是彼此摩擦著走過。假若摩擦得厲害一點，誰若靠著山澗的一面，誰就要滾下山澗去。山峰在前邊那麼高，高得插進雲霄似的。山壁有的地方掛著一條小小的流泉，這流泉從山頂上一直掛到深澗中。再從澗底流到另一面天地去，就是說，從山的這面又流到山的那面去了。同時流泉們發著唧鈴鈴的聲音。山風陰森地浸著人的皮膚。這時候，真有點害怕，可是轉頭一看，在山澗的邊上都掛著人，在亂草中，耙子的聲音刷刷地響著。原來是女人和小孩子在集著野柴。

後邊的轎伕說：

「共黨編成了八路軍，這我還不知道。整天忙生活⋯⋯連報紙也不常看（他說過他在軍隊常看報紙）⋯⋯整天忙生活對於國家就疏忽了⋯⋯」

正是拔坡的時候，他的話和轎桿的聲響攪在了一起。

對於滑竿，我想他倆的肩膀，本來是肩不起的，但也肩起了。本來不應該擔在他們的肩上的，但他們也擔起了。而在擔不起時，他們就抽起大菸來擔。所以我總以為抬著我的不是兩個人，而像輕飄飄的兩盞煙燈。在重慶的交通運轉卻是掌握在他們的肩膀上的，就如黃河北的驢子，垂著頭的，細腿的，使馬看不起的驢子，也轉運著國家的軍糧。

一九三九年春，歌樂山

此篇創作於 1939 年春，首次發表於何處不詳。收錄在 1940 年 6 月大時代書局出版的《蕭紅散文》中。

林小二

在一個有太陽的日子，我的窗前有一個小孩在彎著腰大聲地喘著氣。

我是在房後站著，隨便看著地上的野草在晒太陽。山上的晴天是難得的，為著使屋子也得到乾燥的空氣，所以門是開著。接著就聽到或者是草把，或者是刷子，或者是一隻有彈性的尾巴，沙沙地在地上拍著，越聽到拍的聲音越真切，就像已經在我的房間的地板上拍著一樣。我從後窗子再經過開著的門隔著屋子看過去，看到了一個小孩手裡拿著掃帚在彎著腰大聲地喘著氣。

而他正用掃帚尖掃在我的門前土坪上，那不像是掃，而是用掃帚尖在拍打。

我心裡想，這是什麼事情呢？保育院的小朋友們從來不到這邊做這樣的事情。我想去問一問，我心裡起著一種親切的情感對那孩子。剛要開口又感到特別生疏了，因為我們住的根本並不挨近，而且彷彿很遠，他們很少時候走來的。我和他們的生疏是一向生疏下來的，雖然每天聽著他們升旗降旗的歌聲，或是看著他們放在空中的風箏。

那孩子在小房的長廊上掃了很久很久。我站在離他遠一點的地方看著他。他比那掃地的掃帚高不了多少，所以是用兩隻手把著掃帚，他的掃帚尖所觸過的地方，想要有一個黑點留下也不可能。他是一邊掃一邊玩，我看他把一小塊黏在水門汀走廊上的泥土，用鞋底擦著，沒有擦起來，又用手指甲掀著，等掀掉了那塊泥土，又掄起掃帚來好像掄著鞭子一樣的把那塊掉的泥土抽了一頓，同時嘴裡邊還念叨了些什麼。走廊上靠著一張竹床，他把竹床的後邊掃了。完了又去移動那只水桶，把小臉孔都累紅了。

這時，院裡的一位先生到這邊來，當她一走下那高坡，她就用一種響而愉快的聲音呼喚著他：

「林小二！……林小二在這裡做什麼？……」

這孩子的名字叫林小二。

「啊！就是那個……林小二嗎？」

那位衣襟上掛著圓牌子的先生說：

「是的……他是我們院裡的小名人，外賓來訪也訪問他。他是流浪兒，在漢口流浪了幾年的。是退卻之前才從漢口帶出來的。他從前是個小叫化，到院裡來就都改了，比別的小朋友更好。」

接著她就問他：「誰叫你來掃的呀？哪個叫你掃地？」

那孩子沒有回答，搖搖頭。我也隨著走到他旁邊去。

「你幾歲，小朋友？」

他也不回答我，他笑了，一排小牙齒露了出來。那位先生代他說是十一歲了。

關於林小二，是在不久前我才聽說的。他是漢口街頭的小叫化，已經兩三年就是小叫化了。他不知道父親母親是誰，他不知道他姓什麼，他不知道自己的名字是從哪裡來的。他沒有名，沒有姓，沒有父親母親。林小二，就是林小二。人家問：「你姓什麼？」他搖搖頭。人家問：「你就是林小二嗎？」他點點頭。

從漢口剛來到重慶時，這些小朋友們住在重慶，林小二在夜裡把所有的自來水龍頭都放開了，樓上樓下都溼了……又有一次，自來水龍頭不知誰偷著打開的，林小二走到樓上，看見了，便安安靜靜地，一個一個關起來。而後，到先生那兒去報告，說這次不是他開的了。

現在林小二在房頭上站著，高高的土丘在他的旁邊，他彎下腰去，一顆一顆地拾著地上的黃土塊。那些土塊是院裡的別的一些小朋友玩著拋下

來的，而他一塊一塊地從房子的臨近拾開。一邊拾著，他的嘴裡一邊念叨什麼似的自己說著話，他帶著非常安閒而寂寞的樣子。

我站在很遠的地方看著他，他拾完了之後就停在我的後窗子的外邊，像一個大人似的在看風景。那山上隔著很遠很遠的偶爾長著一棵樹，那山上的房屋，要努力去尋找才能夠看見一個，因為綠色的菜田過於不整齊的緣故，大塊小塊割據著山坡，所以山坡上的人家像大塊的石頭似的，不容易被人注意而混擾在石頭之間了。山下則是一片水田，水田明亮得和鏡子似的，假若有人掉在田裡，就像不會游泳的人沉在游泳池一樣，在感覺上那水田簡直和小湖一樣了。田上看不見收拾苗草的農人，落雨的黃昏和起霧的早晨，水田通通是自己睡在山邊上，一切是寂靜的，晴天和陰天都是一樣的寂靜。只有山下那條發白的公路，每隔幾分鐘，就要有汽車從那上面跑過。車子從看得見的地方跑來，就帶著轟轟的響聲，有時竟以為是飛機從頭上飛過。山中和平原不同，震動的響聲特別大，車子就跑在山的夾縫中。若遇著成串地運著軍用品的大汽車，就把左近的所有的山都震鳴了，而保育院裡的小朋友們常常聽著，他們的歡呼，他們叫著，而數著車子的數目，十輛二十輛常常經過，都是黃昏以後的時候。林小二彷彿也可以完全辨認出這些感覺似的在那兒努力地辨認著。林小二若伸出兩手來，他的左手將指出這條公路重慶的終點；而右手就要指出到成都去的方向罷。但是林小二只把眼睛看到牆根上，或是小土坡上，他很寂寞的自己在玩著，嘴裡仍舊念叨著什麼似的在說話。他的小天地，就他周圍一丈遠，彷彿他向來不想走上那公路的樣子。

他發現了有人在遠處看著他，他就跑了，很害羞的樣子跑掉的。

我又見他，就是第二次看見他，是一個雨天。一個比他高的小朋友，從石階上一磴一磴的把他抱下來。這小叫化子有了朋友了，接受了愛護

了。他是怎樣一定會長得健壯而明朗的呀⋯⋯他一定的，我想起班台萊耶夫[10]的《錶》。

一九三九年春，歌樂山

此篇創作於 1939 年春，首次發表於何處不詳。收錄在 1940 年 6 月大時代書局出版的《蕭紅散文》中。

10　班台萊耶夫：即蘇聯兒童文學家潘特列夫（Leonid Panteleev, 1908-1987）。

放火者

從五月一號那天起，重慶就動了，在這個月份裡，我們要紀唸好幾個日子，所以街上有多少人在遊行，他們還準備著在夜裡火炬遊行。街上的人帶著民族的信心，排成大隊行列沉靜地走著。

「五三」的中午日本飛機二十六架飛到重慶的上空，在人口最稠密的街道上投下燃燒彈和炸彈，那一天就有三條街起了帶著硫磺氣的火焰。

「五四」的那天，日本飛機又帶了多量的炸彈，投到他們上次沒有完全毀掉的街上和上次沒可能毀掉的街道上。

大火的十天以後，那些斷牆之下，瓦礫堆中仍冒著煙。人們走在街上用手帕掩著鼻子或者掛著口罩，因為有一種奇怪的氣味滿街散布著。那怪味並不十分濃厚，但隨時都覺得吸得到。似乎每人都用過於細微的嗅覺存心嗅到那說不出的氣味似的，就在十天以後發掘的人們，還在深厚的灰燼裡尋出屍體來。斷牆筆直地站著，在一群瓦礫當中，只有它那麼高而又那麼完整。設法拆掉它，拉倒它，但它站得非常堅強。段牌坊就站著這斷牆，很遠就可以聽到幾十人在喊著，好像拉著帆船的纖繩，又像抬著重物。

「唉呀……喔呵……唉呀……喔呵……」

走近了看到那裡站著一隊兵士，穿著綠色的衣裳，腰間掛著他們喝水的瓷杯，他們像出發到前線上去差不多。但他們手裡挽著繩子的另一端系在離他們很遠的單獨的五六丈高站著一動也不動的那斷牆處。他們喊著口號一起拉它不倒，連歪斜也不歪斜，它堅強地站著。步行的人停下了，車子走慢了，走過去的人回頭了，用一種堅強的眼光，人們看住了它。

被那聲音招引著，我也回過頭去看它，可是它不倒，連動也不動。我就看到了這大瓦場的近邊，那高坡上仍舊站著被烤乾了的小樹。有誰能夠認得出那是什麼樹，完全脫掉了葉子，並且變了顏色，好像是用赭色的石頭雕成的。靠著小樹那一排房子窗上的玻璃掉了，只有三五塊碎片，在夕陽中閃著金光。走廊的門開著，一切可以看得到，門簾扯掉了，牆上的鏡框在斜垂著。顯然在不久之前，他們是在這兒好好地生活著，那牆壁日曆上還露著四號的「四」字。

街道是啞默的，一切店鋪關了門，在黑大的門扇上貼著白帖或紅帖，上面坐著一個蒼白著臉色的恐嚇的人，用水盆子在洗刷著弄髒了的膠皮鞋、汗背心……毛巾之類，這些東西是從火中搶救出來的。

被炸過了的街道，飛塵捲著白沫掃著稀少的行人，行人掛著口罩，或用帕子掩著鼻子。街是啞然的，許多人生存的街毀掉了，生活秩序被破壞了，飯館關起了門。

大瓦礫場一個接著一個，前邊是一群人在拉著斷牆，這使人一看上去就要低了頭。無論你心胸怎樣寬大，但你的心不能不跳，因為那擺在你面前的是荒涼的，是橫遭不測的，千百個母親和小孩子是吼叫著的，哭號著的，他們嫩弱的生命在火裡邊掙扎著，生命和火在鬥爭。但最後生命給謀殺了。那曾經狂喊過的母親的嘴，曾經亂舞過的父親的手臂，曾經發瘋對著火的祖母的眼睛，曾經依然偎在媽媽懷裡吃乳的嬰兒，這些最後都被火給殺死了。孩子和母親，祖父和孫兒，貓和狗，都同他們涼臺上的花盆一道倒在火裡了。這倒下來的全家，他們沒有一個是戰鬥員。

白洋鐵壺成串地仍在那燒了一半的房子裡掛著，顯然是一家洋鐵製器店被毀了。洋鐵店的後邊，單獨一座三樓三底的房子站著，它兩邊都倒下去了，只有它還歪歪趔趔的支持著，樓梯分做好幾段自己躺下去了，橫睡在樓腳上。窗子整張的沒有了，門扇也看不見了，牆壁穿著大洞，像被打

破了腹部的人那樣可怕地奇怪地站著。但那擺在二樓的木床，仍舊擺著，白色的床單還隨著風飄著那只巾角，就在這二十個方丈大的火場上同時也有繩子在拉著一道斷牆。

就在這火場的氣味還沒有停息，瓦礫還會燙手的時候，坐著飛機放火的日本人又要來了，這一天是五月十二號。

警報的笛子到處叫起，不論大街或深巷，不論聽得到的聽不到的，不論加以防備的或是沒有知覺的都卷在這聲浪裡了。

那拉不倒的斷牆也放手了，前一刻在街上走著的那一些行人，現在狂亂了，發瘋了，開始跑了，開始喘著，還有拉著孩子的，還有拉著女人的，還有臉色變白的。街上像來了狂風一樣，塵土都被這驚慌的人群帶著聲響捲起來了，沿街響著關窗和鎖門的聲音，街上什麼也看不到，只看到跑。我想瘋狂的日本法西斯劊子手們若看見這一刻的時候，他們一定會滿足的吧，他們是何等可以驕傲呵，他們可以看見……

十幾分鐘之後，都安定下來了，該進防空洞的進去了，躲在牆根下的躲穩了。第二次警報（緊急警報）發了。

聽得到一點聲音，而越聽越大。我就坐在公園石階鐵獅子附近，這鐵獅子旁邊坐著好幾個老頭，大概他們沒有氣力擠進防空洞去，而又跑也跑不遠的緣故。

飛機的響聲大起來，就有一個老頭招呼著我：

「這邊……到鐵獅子下邊來……」這話他並沒有說，我想他是這個意思，因為他向我招手。

為了呼應他的親切我去了，蹲在他的旁邊。後邊高坡上的樹，那樹葉遮著頭頂的天空，致使想看飛機不大方便，但在樹葉的空間看到飛機了，六架，六架。飛來飛去的總是六架，不知道為什麼高射炮也未發，也不投彈。

穿藍布衣裳的老頭問我：「看見了嗎？幾架？」

我說：「六架」。

「向我們這邊飛……」

「不，離我們很遠。」

我說瞎話，我知道他很害怕，因為他剛說過了：「我們坐在這兒的都是善人，看面色沒有做過惡事，我們良心都是正的……死不了的。」

大批的飛機在頭上飛過了，那裡三架三架地集著小堆，這些小堆在空中橫排著，飛得不算頂高，一共四十幾架。高射炮一串一串地發著，紅色和黃色的火球像一條長繩似的扯在公園的上空。

那老頭向著另外的人而又向我說：

「看面色，我們都是沒有作過惡的人，不帶惡相，我們不會死……」

說著他就伏在地上了，他看不見飛機，他說他老了。大概他只能看見高射炮的連串的火球。

飛機像是低飛了似的，那聲音沉重了，壓下來了。守衛的憲兵喊了一聲口令：「臥倒。」他自己也就掛著槍伏在水池子旁邊了。四邊的火光躥起來，有沉重的爆擊聲，人們看見半天是紅光。

公園在這一天並沒有落彈。在兩個鐘頭之後，我們離開公園的鐵獅子，那個老頭悲慘地向我點頭，而且和我說了很多話。

下一次，五月二十五號那天，中央公園便炸了。水池子旁邊連鐵獅子都被炸碎了。在彈花飛濺時，那是混合著人的肢體，人的血，人的腦漿。這小小的公園，死了多少人？我不願說出它的數目來，但我必須說出它的數目來：死傷 ××× 人，而重慶在這一天，有多少人從此不會聽見解除警報的聲音了……

此篇創作於 1939 年 6 月 9 日，題名為《轟炸前後》，先後發表在是年 7 月《文摘》

放火者

戰時旬刊第 51～53 合刊號和 8 月 20 日出版的《魯迅風》第 8 期上；後經作者修改後，改為《放火者》，收錄在 1940 年 6 月大時代書局出版的《蕭紅散文》中。

患病

我在準備早飯，同時打開了窗子，春朝特有的氣息充滿了屋子。在大爐臺上擺著已經去了皮的地豆，小洋刀在手中仍是不斷地轉著……淺黃色帶著彈性似的地豆，個個在爐臺上擺好，稀飯在旁邊冒著泡，我一面切著地豆，一面想著：江上連一塊冰也融盡了吧！公園的榆樹怕是發了芽吧！已經三天不到公園去，吃過飯非去看看不可。

「郎華呀！你在外邊盡做什麼？也來幫我提一桶水去……」

「我不管，你自己去提吧。」他在院子來回走，又是在想什麼文章。於是我跑著，為著高興。把水桶翻得很響，斜著身子從汪家廚房出來，差不多是橫走，水桶在腿邊左搖盪一下，右搖盪一下……

菜燒好，飯也燒好。吃過飯就要去江邊，去公園。春天就要在頭上飛，在心上過，然而我不能吃早飯了，肚子偶然疼起來。

我喊郎華進來，他很驚訝！但越痛越不可耐了。

他去請醫生，請來一個治喉病的醫生。

「你是患著盲腸炎吧？」醫生問我。

我疼得那個樣子，還曉得什麼盲腸炎不盲腸炎的？眼睛發黑了，喉醫生在我的臂上打了止痛藥針。

「張醫生，車費先請自備吧！過幾天和藥費一起送去。」郎華對醫生說。

一角錢也沒有了，我又不能說再請醫生，白打了止痛藥針，一點痛也不能止。

郎華又跑出去，我不知他跑出去做什麼，說不出懷著怎樣的心情在等他回來。

患病

　　一個星期過去，我還不能從床上坐起來。第九天，郎華從外面舉著鮮花回來，插在瓶子裡，擺在桌上。

　　「花開了？」

　　「不但花開，樹還綠了呢！」

　　我聽說樹綠了！我對於「春」不知懷著多少意義。我想立刻起來去看看，但是什麼也不能做，腿軟得好像沒有腿了，我還站不住。

　　肚痛減輕一些，夜裡睡得很熟。有朋友告訴郎華：在什麼地方有一個市立的公共醫院，為貧民而設，不收藥費。

　　當然我掙扎著也要去的。那天是晴天，換好乾淨衣服，一步一步走出大門，坐上了人力車，郎華在車旁走，起先他是扶著車走，後來，就走在行人道上了。街樹不是發著芽的時候，已長好綠葉了！

　　進了診療所，到掛號處掛了名，很長的堂屋，排著長椅子，那裡已經開始診斷。穿白衣裳的俄國女人，跑來跑去喚著名字，六七個人一起闖進病室去，過一刻就放出來，下一批人再被呼進去。到這裡來的病人，都是窮人，愁眉苦臉的一個，愁眉苦臉的一個。撐著木棍的跛子，腳上生瘡縛著白布的腫腳人，肺癆病的女人，白布包住眼睛的盲人，包住眼睛的盲小孩，頭上生瘡的小孩。對面坐著老外國女人，閉著眼睛，把頭靠住椅子，好似睡著，然而她的嘴不住地收縮，她的包頭巾在下巴上慢慢牽動……

　　小孩治療室有孩子大大地哭叫。內科治療室門口。外國女人又闖出來，又叫著外國名字；一會又有中國人從外科治療室闖出來，又喊著中國名字……拐腳子和胖臉人都一起走進去……

　　因為我來得最晚。大概最後才能夠叫到我，等得背痛，頭痛。

　　「我們回去吧！明天再來。」坐在人力車上，我已無心再看街樹，這樣去投醫，病象不但沒有減輕，好像更加重了些。

　　不能不去，因為不要錢。第二次去，也被喚著名字走進婦科治療室。

雖等了兩點鐘，到底進了婦科治療室。既然進了治療室，那該說怎樣治療法。

把我引到一個屏風後面，那裡擺著一張很寬、很高、很短的臺子，臺子的兩邊還立了兩支叉形的東西，叫我爬上這臺子。當時我可有些害怕了，爬上去做什麼呢？莫非要用刀割嗎？

我堅決地不爬上去。於是那肥胖的外國女人先上去了，沒有什麼，並不動刀。換著次序我也被治療了一回，經過這樣的治療，並不用吃藥，只在肚子上按了按，或是一面按著，一面問兩句。

我的俄文又不好，所以醫生問的，我並不全懂，馬馬虎虎地就走出治療室。醫生告訴我，明天再來一次，好把藥給我。

以後我就沒有再去，因為那天我出了診療所的時候，我是問過一個重病人的，他哼著，他的家屬哭著。我以為病人病到不可治的程度。「他們不給藥吃，說藥貴，讓自己去買，哪裡有錢買？」是這樣說向我的。

去了兩天診療所，等了幾個鐘頭。怕是再去兩天，再去等幾個鐘頭，病人就會自然而然地好起來！可惜我沒有那樣的忍耐性。

此篇創作於 1935 年，具體日期不詳，收錄在 1936 年 8 月文化生活出版社出版的《商市街》中。

無題

　　早晨一起來我就曉得我是住在湖邊上了。

　　我對於這在雨天裡的湖的感覺，雖然生疏，但並不像南方的朋友們到了北方，對於北方的風沙的迷漫，空氣的乾燥，大地的曠蕩所起的那麼不可動搖的厭惡和恐懼。由之於厭惡和恐懼，他們對於北方反而謳歌起來了。

　　沙土迷了他們的眼睛的時候，他們說：「偉大的風沙啊！」黃河地帶的土層遮漫了他們的視野的時候，他們說那是無邊的使他們不能相信那也是大地。迎著風走去，大風塞住他們的呼吸的時候，他們說：「這……這……這……」他們說不出來了，北方對於他們的謳歌也偉大到不能夠容許了。

　　但，風一停住，他們的眼睛能夠睜開的時候，他們仍舊是看，而嘴也就仍舊是說。

　　有一次我忽然感到是被侮辱著了，那位一路上對大風謳歌的朋友，一邊擦著被風沙傷痛了的眼睛一邊問著我：

　　「你們家鄉那邊就終年這樣？」

　　「那裡！那裡！我們那邊冬天是白雪，夏天是雲、雨、藍天和綠樹……只是春天有幾次大風，因為大風是季節的症候，所以人們也愛它。」是往山西去的路上，我就指著火車外邊所有的黃土層：「在我們家鄉那邊都是平原，夏天是青的，冬天是白的，春天大地被太陽蒸發著，好像冒煙一樣從冬天活過來了，而秋天收割。」

　　而我看他似乎不很注意聽的樣子。

　　「東北還有不被採伐的煤礦，還有大森林……所以日本人……」

「唔！唔！」他完全沒有注意聽，他的拜佩完全是對著風沙和黃土。

我想這對於北方的謳歌就像對於原始的大獸的謳歌一樣。

在西安和八路軍殘廢兵是同院住著，所以朝夕所看到的都是他們。有一天我看到一個殘廢的女兵，我就向別人問：「也是戰鬥員嗎？」

那回答我的人也非常含混，他說也許是戰鬥員，也許是女救護員，也說不定。

等我再看那腋下支著兩根木棍，同時擺盪著一隻空褲管的女人的時候，但是看不見了，她被一堵牆遮沒住，留給我的只是那兩根使她每走一步，那兩肩不得安寧的新從木匠手裡製作出來的白白木棍。

我面向著日本帝國主義，我要謳歌了！就像南方的朋友們去到了北方，對於那終年走在風沙裡的瘦驢子，由於同情而要謳歌她了。

但這只是一刻的心情，對於野蠻的東西所遺留下來的痕跡，憎惡在我是會破壞了我的藝術的心意的。

那女兵將來也要做母親的，孩子若問她：「媽媽為什麼你少了一條腿呢？」

媽媽回答是日本帝國主義給切斷的。

作為一個母親，當孩子指問到她的殘缺點的時候，無管這殘缺是光榮過，還是恥辱過，對於作母親的都一齊會成為灼傷的。

被合理所影響的事物，人們認為是沒有力量的 —— 弱的 —— 或者也就被說成生命力已經被損害了的 —— 所謂生命力不強的 —— 比方屠介涅夫[11]在作家裡面，人們一提到他：好是好的，但，但……但怎麼樣呢？我就看到過很多對屠介涅夫搖頭的人，這搖頭是為什麼呢？不能無所因。久了，同時也因為我對搖頭的人過於思索的緣故，默默之中感到了，並且在我的靈感達到最高潮的時候，也就無恐懼起來，我就替搖頭者們嚷著說：

11　即屠格涅夫。

無題

「他的生命力不強！」

屠介涅夫是合理的，幽美的，寧靜的，正路的，他是從靈魂而後走到本能的作家。和他走同一道路的，還有法國的羅曼·羅蘭。

別的作家們他們則不同，他們暴亂、邪狂、破碎，他們是先從本能出發 ── 或者一切從本能出發 ── 而後走到靈魂。有慢慢走到靈魂的，也有永久走不到靈魂的，那永久走不到靈魂的，他就永久站在他的本能上喊著：「我的生命力強啊！我的生命力強啊！」

但不要聽錯了，這可並不是他自己對自己的惋惜，一方面是在驕傲著生命力弱的，另一面是在招呼那些尚在向靈魂出發的在半途上感到吃力，正停在樹下冒汗的朋友們。

聽他這一招呼，可見生命力強的也是孤獨的。於是我這佩服之感也就不完整了。

偏偏給我看到的生命力頂強的是日本帝國主義。人家都說日本帝國主義野蠻，是獸類，是爬蟲類，是沒有血液的東西。完全荒毛的呀！

所以這南方上的風景，看起來是比北方的風沙愉快的。

同時那位南方的朋友對於北方的謳歌，我也並不是諷刺他。去把捉完全隔離的東西，不管誰，大概都被嚇住的。我對於南方的鑑賞，因為我已經住了幾年的緣故，初來到南方也是不可能。

一九三八年五月十五日

此篇創作於 1938 年 5 月 15 日，首次發表於 1938 年 5 月 16 日武漢《七月》第 2 集第 12 期。

小黑狗

像從前一樣，大狗是睡在門前的木臺上。望著這兩隻狗我沉默著。我自己知道又是想起我的小黑狗來了。

前兩個月的一天早晨，我去倒髒水。在房後的角落處，房東的使女小鈺蹲在那裡。她的黃頭髮毛蓬著，我記得清清的，她的衣扣還開著。我看見的是她的背面，所以我不能預測這是發生了什麼！

我斟酌著我的聲音，還不等我向她問，她的手已在顫抖，唔！她顫抖的小手上有個小狗在閉著眼睛，我問：

「哪裡來的？」

「你來看吧！」

她說著，我只看她毛蓬的頭髮搖了一下，手上又是一個小狗在閉著眼睛。

不僅一個兩個，不能辨清是幾個，簡直是一小堆。我也和孩子一樣，和小鈺一樣歡喜著跑進屋去，在床邊拉他的手：

「平森……啊，……喔喔……」

我的鞋底在地板上響，但我沒說出一個字來，我的嘴廢物似的啊喔著。他的眼睛瞪住，和我一樣，我是為了歡喜，他是為了驚愕。最後我告訴了他，是房東的大狗生了小狗。

過了四天，別的一隻母狗也生了小狗。

以後小狗都睜開眼睛了。我們天天玩著它們，又給小狗搬了個家，把它們都裝進木箱裡。

爭吵就是這天發生的：小鈺看見老狗把小狗吃掉一隻，怕是那只老狗

小黑狗

把它的小狗完全吃掉，所以不同意小狗和那個老狗同居，大家就搶奪著把餘下的三個小狗也給裝進木箱去，算是那只白花狗生的。

那個毛褪得稀疏、骨格突露、瘦得龍樣似的老狗，追上來。白花狗仗著年輕不懼敵，哼吐著開仗的聲音。平時這兩條狗從不咬架，就連咬人也不會。現在兇殘極了，就像兩條小熊在咬架一樣。房東的男兒、女兒、聽差、使女，又加我們兩個，此時都沒有用了。不能使兩個狗分開。兩個狗滿院瘋狂地拖跑。人也瘋狂著。在人們吵鬧的聲音裡，老狗的乳頭脫掉一個，含在白花狗的嘴裡。

人們算是把狗打開了。老狗再追去時，白花狗已經把乳頭吐到地上，跳進木箱看護它的一群小狗去了。

脫掉乳頭的老狗，血流著，痛得滿院轉走。木箱裡它的三個小狗卻擁擠著不是自己的媽媽，在安然地吃奶。

有一天，把個小狗抱進屋來放在桌上，它害怕，不能邁步，全身有些顫，我笑著像是得意，說：「平森，看小狗啊！」

他卻相反，說道：「哼！現在覺得小狗好玩，長大要餓死的時候，就無人管了。」

這話間接的可以了解。我笑著的臉被這話毀壞了，用我寞寞的手，把小狗送了出去。我心裡有些不願意，不願意小狗將來餓死。可是我卻沒有說什麼，面向後窗，我看望後窗外的空地；這塊空地沒有陽光照過，四面立著的是有產階級的高樓，幾乎是和陽光絕了緣。不知什麼時候，小狗是腐了，爛了，擠在木板下，左近有蒼蠅飛著。我的心情完全神經質下去，好像躺在木板下的小狗就是我自己，像聽著蒼蠅在自己已死的屍體上尋食一樣。

平森走過來，我怕又要證實他方才的話。我假裝無事，可是他已經看見那個小狗了。我怕他又要象徵著說什麼，可是他已經說了：

「一個小狗死在這沒有陽光的地方，你覺得可憐麼？年老的叫化子不能尋食，死在陰溝裡，或是黑暗的街道上；女人，孩子，就是年輕人失了業的時候也是一樣。」

我願意哭出來，但我不能因為人都說女人一哭就算了事，我不願意了事。可是慢慢的我終於哭了！他說：「悄悄，你要哭麼？這是平常的事，凍死，餓死，黑暗死，每天都有這樣的事情，把持住自己。渡我們的橋梁吧，小孩子！」

我怕著羞，把眼淚拭乾了，但，終日我是心情寞寞。

過了些日子，十二個小狗之中又少了兩個。但是剩下的這些更可愛了。會搖尾巴，會學著大狗叫，跑起來在院子就是一小群。有時門口來了生人，它們也跟著大狗跑去，並不咬，只是搖著尾巴，就像和生人要好似的，這或是小狗還不曉得它們的責任，還不曉得保護主人的財產。

天井中納涼的軟椅上，房東太太吸著菸。她開始說家常話了。結果又說到了小狗：

「這一大群什麼用也沒有，一個好看的也沒有，過幾天把它們遠遠地送到馬路上去。秋犬乂要有一群，厭死人了！」

坐在軟椅旁邊的是個六十多歲的老更倌。眼花著，有主意的嘴結結巴巴地說：

「明明……天，用麻……袋背送到大江去……」

小鈺是個小孩子，她說：

「不用送大江，慢慢都會送出去。」

小狗滿院跑跳。我最願意看的是它們睡覺，多是一個壓著一個脖子睡，小圓肚一個個的相擠著。是凡來了熟人的時候都是往外介紹，生得好看一點的抱走了幾個。

其中有一個耳朵最大，肚子最圓的小黑狗，算是我的了。我們的朋友

小黑狗

用小提籃帶回去兩個，剩下的只有一個小黑狗和一個小黃狗。老狗對它兩個非常珍惜起來，爭著給小狗去舔絨毛。這時候小狗在院子裡已經不成群了。

我從街上次來，打開窗子。我讀一本小說。那個小黃狗撓著窗紗，和我玩笑似的豎起身子來，撓了又撓。

我想：「怎麼幾天沒有見到小黑狗呢？」

我喊來了小鈺。別的同院住的人都出來了，找遍全院，不見我的小黑狗。馬路上也沒有可愛的小黑狗，再也看不見它的大耳朵了！它忽然是失了蹤！

又過三天，小黃狗也被人拿走。

沒有媽媽的小鈺向我說：

「大狗一聽隔院的小狗叫，它就想起它的孩子。可是滿院急尋，上樓頂去張望。最終一個都不見，它哽哽地叫呢！」

十三個小狗一個不見了！和兩個月以前一樣，大狗是孤獨地睡在木臺上。

平森的小腳，鴿子形的小腳，棲在床單上，他是睡了。我在寫，我在想，玻璃窗上的三個蒼蠅在飛……

一九三三年八月一日

此篇創作於 1933 年 8 月 1 日，首次發表於 1933 年 8 月 13 日長春《大同報・大同俱樂部》第 1 期。

十三天

「用不到一個月我們就要走的。你想想吧，去吧！不要鬧孩子脾氣，三兩天我就去看你一次⋯⋯」郎華說。

為著病，我要到朋友家去休養幾天。我本不願去，那是郎華的意思，非去不可，又因為病像又要重似的，全身失去了力量，骨節痠痛。於是冒著雨，跟著朋友就到朋友家去。汽車在斜紋的雨中前行。大雨和冒著煙一般。我想：開汽車的人怎能認清路呢！但車行得更快起來。在這樣大的雨中，人好像坐在房間裡，這是多麼有趣！汽車走出市街，接近鄉村的時候。立刻有一種感覺，好像赴戰場似的英勇。我是有病，我並沒喊一聲「美景」。汽車顛動著，我按緊著肚子，病會使一切厭煩。

當夜還不到九點鐘，我就睡了。原來沒有睡，來到鄉村，那一種落寞的心情浸透了我。又是雨夜，窗子上淅瀝地打著雨點。好像是做夢把我驚醒，全身沁著汗，這一刻又冷起來，從骨節發出一種冷的滋味，發著瘧疾似的，一刻熱了，又寒了！

要解體的樣子，我哭出來吧！沒有媽媽哭向誰去？

第二天夜又是這樣過的，第三夜又是這樣過的。沒有哭，不能哭，和一個害著病的貓兒一般，自己的痛苦自己擔當著吧！整整是一個星期，都是用被子蓋著坐在炕上，或是躺在炕上。

窗外的梨樹開花了，看著樹上白白的花兒。

到端陽節還有二十天，節前就要走的。

眼望著窗外梨樹上的白花落了！有小果子長起來，病也漸好，拿椅子到樹下去看看小果子。

第八天郎華才來看我，好像父親來了似的，好像母親來了似的，我發

十三天

羞一般的，沒有和他打招呼，只是讓他坐在我的近邊。我明明知道生病是平常的事，誰能不生病呢？可是總要酸心，眼淚雖然沒有落下來，我卻耐過一個長時間酸心的滋味。好像誰虐待了我一般。那樣風雨的夜，那樣忽寒忽熱、獨自幻想著的夜。

第二次郎華又來看我，我決定要跟他回家。

「你不能回家。回家你就要勞動，你的病非休息不可，有兩個星期我們就得走。剛好起來再累病了，我可沒有辦法。」

「回去，我回去……」

「好，你回家吧！沒有一點理智的人，不能克服自己的人還有什麼辦法！你回家好啦！病犯了可不要再問我！」

我又被留下，窗外梨樹上的果子漸漸大起來。我又不住地亂想：窮人是沒有家的，生了病被趕到朋友家去。

已是十三天了！

此篇創作於 1935 年，具體日期不詳，作為「隨筆兩篇」之一首次發表於 1936 年 8 月 1 日上海《文季》月刊第 1 卷第 3 期；同時收錄在 1936 年 8 月文化生活出版社出版的《商市街》中。

歐羅巴旅館

樓梯是那樣長，好像讓我順著一條小道爬上天頂。其實只是三層樓，也實在無力了。

手扶著樓欄，努力拔著兩條顫顫的，不屬於我的腿，升上幾步，手也開始和腿一般顫。

等我走進那個房間的時候，和受辱的孩子似的偎上床去，用袖口慢慢擦著臉。他 —— 郎華，我的情人，那時候他還是我的情人，他問我了：「你哭了嗎？」

「為什麼哭呢？我擦的是汗呀，不是眼淚呀！」

不知是幾分鐘過後，我才發現這個房間是如此的白，棚頂是斜坡的棚頂，除了一張床，地下有一張桌子，一張籐椅。離開床沿用不到兩步可以摸到桌子和椅子。開門時，那更方便，一張門扇躺在床上可以打開。住在這白色的小室，我好像住在幔帳中一般。

我口渴，我說：「我應該喝一點水吧！」

他要為我倒水時，他非常著慌，兩條眉毛好像要連接起來，在鼻子的上端扭動了好幾下：「怎樣喝呢？用什麼喝？」

桌子上除了一塊潔白的桌布，乾淨得連灰塵都不存在。

我有點昏迷，躺在床上聽他和茶房在過道說了些時，又聽到門響，他來到床邊。我想他一定舉著杯子在床邊，卻不，他的手兩面卻分張著：

「用什麼喝？可以吧？用臉盆來喝吧！」

他去拿籐椅上放著才帶來的臉盆時，毛巾下面刷牙缸被他發現，於是拿著刷牙缸走去。

旅館的過道是那樣寂靜，我聽他踏著地板來了。

正在喝著水，一隻手指抵在白床單上，我用發顫的手指撫來撫去。他說：

「你躺下吧！太累了。」

我躺下也是用手指撫來撫去，床單有突起的花紋，並且白得有些閃我的眼睛，心想：不錯的，自己正是沒有床單。我心想的話他卻說出了！

「我想我們是要睡空床板的，現在連枕頭都有。」說著，他拍打我枕在頭下的枕頭。

「咯咯——」有人打門，進來一個高大的俄國女茶房，身後又進來一個中國茶房：

「也租鋪蓋嗎？」

「租的。」

「五角錢一天。」

「不租。」「不租。」我也說不租，郎華也說不租。

那女人動手去收拾：軟枕，床單，就連桌布她也從桌子扯下去。床單夾在她的腋下。一切都夾在她的腋下。一秒鐘，這潔白的小室跟隨她花色的包頭巾一同消失去。我雖然是腿顫，雖然肚子餓得那樣空，我也要站起來，打開柳條箱去拿自己的被子。小室被劫了一樣，床上一張腫脹的草褥赤現在那裡，破木桌一些黑點和白圈顯露出來，大籐椅也好像跟著變了顏色。

晚飯以前，我們就在草褥上吻著抱著過的。

晚飯就在桌子上擺著，黑「列巴」和白鹽。

晚飯以後，事件就開始了：

開門進來三四個人，黑衣裳，掛著槍，掛著刀。進來先拿住郎華的兩臂，他正赤著胸膛在洗臉，兩手還是溼著。他們那些人，把箱子弄開，翻揚了一陣：

「旅館報告你帶槍，沒帶嗎？」那個掛刀的人問。隨後那人在床下扒得了一個長紙卷，裡面卷的是一支劍。他打開，抖著劍柄的紅穗頭：

「你哪裡來的這個？」

停在門口那個去報告的俄國管事，揮著手，急得漲紅了臉。

警察要帶郎華到局子裡去。他也預備跟他們去，嘴裡不住地說：「為什麼單獨用這種方式檢查我？妨礙我？」

最後警察溫和下來，他的兩臂被放開，可是他忘記了穿衣裳，他溼水的手也乾了。

原因日間那白俄來取房錢，一日兩元，一月六十元。我們只有五元錢。馬車錢來時去掉五角。那白俄說：

「你的房錢，給！」他好像知道我們沒有錢似的，他好像是很著忙，怕是我們跑走一樣。他拿到手中兩元票子又說：「六十元一月，明天給！」原來包租一月三十元，為了松花江漲水才有這樣的房價。如此，他搖手瞪眼地說：「你的明天搬走，你的明天走！」

郎華說：「不走，不走……」

「不走不行，我是經理。」

郎華從床下取出劍來，指著白俄：

「你快給我走開，不然，我宰了你。」

他慌張著跑出去了，去報告警察，說我們帶著凶器，其實劍裹在紙裡，那人以為是大槍，而不知是一支劍。

結果警察帶劍走了，他說：「日本憲兵若是發現你有劍，那你非吃虧不可，了不得的，說你是大刀會。我替你寄存一夜，明天你來取。」

警察走了以後，閉了燈，鎖上門，街燈的光亮從小窗口跑下來，淒淒淡淡的，我們睡了。在睡中不住想：警察是中國人，倒比日本憲兵強得多啊！

天明了，是第二天，從朋友處被逐出來是第二天了。

歐羅巴旅館

此篇創作於 1935 年，具體日期不詳，首次發表於 1936 年 7 月 1 日上海《文學季刊》第 1 卷第 2 期。

拍賣家具

似乎帶著傷心，我們到廚房檢查一下，水壺，水桶，小鍋這一些都要賣掉，但是並不是第一次檢查，從想走那天起，我就跑到廚房來計算，三角二角，不知道這樣計算多少回，總之一提起「走」字來便去計算，現在可真的要出賣了。

舊貨商人就等在門外。

他估著價：水壺，面板，水桶，飯鍋，三只飯碗，醬油瓶子，豆油瓶子，一共值五角錢。

我們沒有答話，意思是不想賣了。

「五毛錢不少。你看，這鍋漏啦！水桶是舊水桶，買這東西也不過幾毛錢，面板這塊板子，我買它沒有用，飯碗也不值錢……」他一隻手向上搖著，另一隻手翻著擺在地上的東西，他很看不起這東西：「這還值錢？這還值錢？」

「不值錢，我也不賣。你走吧！」

「這鍋漏啦！漏鍋……」他的手來回地推動鍋底，嘭響一聲，再嘭響一聲。

我怕他把鍋底給弄掉下來，我很不願意：「不賣了，你走吧！」

「你看這是廢貨，我買它賣不出錢來。」

我說：「天天燒飯，哪裡漏呢？」

「不漏，眼看就要漏，你摸摸這鍋底有多麼薄？」最後，他又在小鍋底上很留戀地敲了兩下。

小鍋第二天早晨又用它燒了一次飯吃，這是最後的一次。

拍賣家具

　　我傷心，明天它就要離開我們到別人家去了！永遠不會再遇見，我們的小鍋。沒有錢買米的時候，我們用它盛著開水來喝；有米太少的時候，就用它煮稀飯給我們吃。現在它要去了！

　　共患難的小鍋呀！與我們別開，傷心不傷心？

　　舊棉被、舊鞋和襪子，賣空了！空了⋯⋯

　　還有一隻劍，我也想著拍賣它，郎華說：

　　「送給我的學生吧！因為劍上刻著我的名字，賣是不方便的。」

　　前天，他的學生聽說老師要走，哭了。

　　正是練武術的時候，那孩子手舉著大刀，流著眼淚。

此篇創作於 1935 年，具體日期不詳，作為「隨筆兩篇」之一，首次發表於 1936 年 8 月 1 日《文季》月刊第 1 卷第 3 期；同時收錄在 1936 年 8 月文化生活出版社出版的《商市街》中。

最後的一個星期

剛下過雨，我們踏著水淋的街道，在中央大街上徘徊，到江邊去呢？還是到哪裡去呢？

天空的雲還沒有散，街頭的行人還是那樣稀疏，任意走，但是再不能走了。

「郎華，我們應該規定個日子，哪天走呢？」

「現在三號，十三號吧！還有十天，怎麼樣？」

我突然站住，受驚一般地，哈爾濱要與我們別離了！還有十天，十天以後的日子，我們要過在車上，海上，看不見松花江了，只要「滿洲國」存在一天，我們是不能來到這塊土地。

李和陳成也來了，好像我們走，是應該走。

「還有七天，走了好啊！」陳成說。

為著我們走，老張請我們吃飯。吃過飯以後，又去逛公園。在公園又吃冰淇淋，無論怎樣總感到另一種滋味，公園的大樹，公園夏日的風，沙土，花草，水池，假山，山頂的涼亭⋯⋯這一切和往日兩樣，我沒有像往日那樣到公園裡亂跑，我是安靜靜地走，腳下的沙土慢慢地在響。

夜晚屋中又剩了我一個人，郎華的學生跑到窗前。他偷偷觀察著我，他在窗前走來走去，假裝著閒走來觀察我，來觀察這屋中的事情，觀察不足，於是問了：

「我老師上哪裡去了？」

「找他做什麼？」

「找我老師上課。」

其實那孩子平日就不願意上課，他覺得老師這屋有個景況：怎麼這些

最後的一個星期

日子賣起東西來，舊棉花，破皮褥子……要搬家吧？那孩子不能確定是怎麼回事。他跑回去又把小菊也找出來，那女孩和他一般大，當然也覺得其中有個景況。我把燈閉上了，要收拾的東西，暫時也不收拾了！

躺在床上，摸摸牆壁，又摸摸床邊，現在這還是我所接觸的，再過七天，這一些都別開了。

小鍋，小水壺，終歸被舊貨商人所提走，在商人手裡發著響，閃著光，走出門去！那是前年冬天，郎華從破爛市買回來的。現在又將回到破爛市去。

賣掉小水壺，我的心情更不能壓制住。不是用的自己的腿似的，到木杵房去看看許多木杵還沒有燒盡，是賣呢？是送朋友？門後還有個電爐，還有雙破鞋。

大爐臺上失掉了鍋，失掉了壺，不像個廚房樣。

一個星期已經過去四天，心情隨著時間更煩亂起來。也不能在家燒飯吃，到外面去吃，到朋友家去吃。

看到別人家的小鍋，吃飯也不能安定。後來，睡覺也不能安定。

「明早六點鐘就起來拉床，要早點起來。」

郎華說這話，覺得走是逼近了！必定得走了。好像郎華如不說，就不走了似的。

夜裡想睡也睡不安。太陽還沒出來，鐵大門就響起來，我怕著，這聲音要奪去我的心似的，昏茫地坐起來。郎華就跳下床去，兩個人從床上往下拉著被子、褥子。枕頭摔在腳上，忙忙亂亂，有人打著門，院子裡的狗亂咬著。

馬頸的鈴鐺就響在窗外，這樣的早晨已經過去，我們遭了惡禍一般，屋子空空的了。

我把行李鋪了鋪，就睡在地板上。為了多日的病和不安，身體弱的快

要支持不住的樣子。郎華跑到江邊去洗他的襯衫，他回來看到我還沒有起來，他就生氣：「不管什麼時候，總是懶。起來，收拾收拾，該隨手拿走的東西，就先把它拿走。」

「有什麼收拾的，都已收拾好。我再睡一會，天還早，昨夜我失眠了。」我的腿痛，腰痛，又要犯病的樣子。

「要睡，收拾乾淨再睡，起來！」

鋪在地板上的小行李也捲起來了。牆壁從四面直垂下來，棚頂一塊塊發著微黑的地方，是長時間點蠟燭被燭煙所燻黑的。說話的聲音有些轟響。空了！在屋子裡邊走起來很曠蕩……

還吃最後的一次早餐 —— 麵包和腸子。

我手提個包袱。郎華說：

「走吧！」他推開了門。

這正像乍搬到這房子郎華說「進去吧」一樣，門開著我出來了，我腿發抖，心往下沉墜，忍不住這從沒有落下來的眼淚，是哭的時候了！應該流一流眼淚。

我沒有回轉一次頭走出大門，別了家屋！街車，行人，小店鋪，行人道旁的楊樹。轉角了！

別了，「商市街」！

小包袱在手上挎著。我們順了中央大街南去。

一九三五年五月十五日，上海

此篇創作於 1935 年，具體日期不詳，作為「隨筆兩篇」之二，首次發表於 1936 年 8 月 1 日《文季》月刊第 1 卷第 3 期；同時收錄在 1936 年 8 月文化生活出版社出版的《商市街》。

女子裝飾的心理

　　裝飾本來不僅限於女子一方面的，古代氏族的社會，男子的裝飾不但極講究，且更較女子而過。古代一切狩獵氏族，他們的裝飾較衣服更為華麗，他們甘願裸體，但對於裝飾不肯忽視。所以裝飾之於原始人，正如現在衣服之於我們一樣重要。現在我們先講講原始人的裝飾，然後由此推知女子裝飾之由來。

　　原始人的裝飾有兩種，一種是固定的為黥創紋身，穿耳，穿鼻，穿唇等；一種是活動的，就是連繫在身體上暫時應用的，如帶纓，鈕子這類，他們裝飾的顏色主要的是紅色，他們身上的塗彩多半以赤色條繪飾，因為血是紅的，紅色表示熱烈，具有高度的興奮力。就是很多的動物，對於赤色，也和人類一樣容易感覺，有強烈的情緒的連繫。其次是黃色，也有相當的美感，也為原始人所採用，再是白色和黑色，但較少採用。他們裝飾所選用的顏色，頗受他們的皮膚的顏色所影響，如白色和赤色對於黑色的澳洲人頗為採用，他們所採用的顏色是要與他們皮膚的顏色有截然分別的。

　　至於原始人對於裝飾的觀念怎樣呢？他們究竟為什麼要裝飾？又為什麼要這樣裝飾呢？這就談到了他們裝飾的心理問題了。

　　我們大概會驚異於他們這種重視裝飾的心理罷，如鯨身是他們身體裝飾中最痛苦的，用刀或鐵箭在身上刺成各種花紋，有的且刺滿全身，他們竟於忍受痛苦而為其人的勇敢毅力的表示。而這種忍受，大都是為了裝飾美觀，極少含有其他作用。少年男女到了相當年齡，便執行著這種苦刑，而以為榮。以為假如身上沒能刺刻著花紋，則將來很難找到愛侶。至於活

動的裝飾，如各種環纓之類的佩戴物，則一方表示他們勇敢善戰，不懦怯，一方面是引起異性的愛悅，因為他們都以勇敢善鬥為榮。身上所佩戴的許多珍貴的裝飾物，表示他們的富有，是以勇敢奪得或獵取來的。總之，原始人裝飾的用意，一方是引起異性愛悅，一方是引起他人的敬畏。事實上，各種裝飾是兼具此兩種意義的，這實在是生存競爭中不可少和有效的工具。由這些情形看來，在原始社會中男子的裝飾較女子講究，也是因為原始社會的人民，沒有確定的婚姻制度，無恆久的配偶，而女子在任何情形中都有結婚的機會，男子要得到伴侶，比較困難，故必須用種種手段以滿足其慾望。

　　但在文明社會中，男女關係與此完全相反，男子處處站在優越地位，社會上一切法律權利都握在男子手中，女子全居於被動地位。雖然近年來有男女平等的法律，但在父權制度之下，女子仍然是被動的。因此，男子可以行動自由，女子至少要受相當的約制。這樣一來，女子為達到其獲得伴侶的慾望，因此也要借種種手段以取悅異性了。這種種手段，便是裝飾。

　　裝飾主要的用意，大都是一方以取悅於男性，一方足以表示自己的高貴。臉上敷著白粉，紅脂，口紅，蔻丹等。剛才說過紅色是原始人用作裝飾的主要顏色，紅白相稱特別鮮明，不獨引人注目，亦以表示其不親勞動的身分。故牙齒既然是白的，口唇必須塗紅。西洋婦女臉上塗橘黃色的粉，這是表示他們的富有，因為夏天海濱避暑為海風吹拂臉頰成黃色。白色最能顯示臉部和身體的輪廓，原始人跳舞往往在夜間昏昏的燈光和月色之下，用白色把身體塗成條紋，使身體輪廓顯明，易為人注目。婦女用紅白二色飾臉部，也是利用其顏色鮮明，且紅色其熱烈性，易使人感動。中國少女結婚時多穿紅衣紅裙，大概不外這個意義。

　　女子裝飾亦隨社會習慣而變遷。昔人的觀念，以柔弱嬌小為美，故女

女子裝飾的心理

子束腰裹腳之風盛行，有「楚王好細腰，宮中多餓死」[12] 者的慘事。近來體育發達，國人觀念改變，重健康，好運動，女子以體格壯健膚色紅黑為美。現在一班新進的女子，大都不飾脂粉，以太陽光下的紅黑色膚色的天然風致為美了。黑色太陽鏡之盛行，不外表示其常常外出的習慣而已。

此篇具體創作日期不詳，首次發表於 1936 年 10 月 29、30 日上海《大滬聯報》第7 版。

12　語出《資治通鑑》卷四六《漢紀三十八》。

永久的憧憬和追求

一九一一年，在一個小縣城裡邊，我生在一個小地主的家裡。那縣城差不多就是中國的最東最北部 —— 黑龍江省 —— 所以一年之中，倒有四個月飄著白雪。

父親常常為著貪婪而失掉了人性。他對待僕人，對待自己的兒女，以及對待我的祖父都是同樣的吝嗇而疏遠，甚至於無情。

有一次，為著房屋租金的事情，父親把房客的全套的馬車趕了過來。房客的家屬們哭著訴說著，向我的祖父跪了下來，於是祖父把兩匹棕色的馬從車上解下來還了回去。

為著兩匹馬，父親向祖父起著終夜的爭吵。「兩匹馬，咱們是算不了什麼的，窮人，這兩匹馬就是命根。」祖父這樣說著，而父親還是爭吵。九歲時，母親死去。父親也就更變了樣，偶然打碎了一隻杯子，他就要罵到使人發抖的程度。後來就連父親的眼睛也轉了彎，每從他的身邊經過，我就像自己的身上生了針炙一樣；他斜視著你，他那高傲的眼光從鼻梁經過嘴角而後往下流著。

所以每每在大雪中的黃昏裡，圍著暖爐，圍著祖父，聽著祖父讀著詩篇，看著祖父讀著詩篇時微紅的嘴唇。

父親打了我的時候，我就在祖父的房裡，一面對向著窗子，從黃昏到深夜 —— 窗外的白雪，好像白棉花一樣飄著；而暖爐上水壺的蓋子，則像伴奏的樂器似的振動著。

祖父時時把多紋的兩手放在我的肩上，而後又放在我的頭上，我的耳邊便響著這樣的聲音：「快快長吧！長大就好了。」

二十歲那年，我就逃出了父親的家庭。直到現在還是過著流浪的

生活。

「長大」是「長大」了，而沒有「好」。

可是從祖父那裡，知道了人生除掉了冰冷和憎惡而外，還有溫暖和愛。

所以我就向這「溫暖」和「愛」的方面，懷著永久的憧憬和追求。

一九三六年十二月十二日

此篇創作於 1936 年 12 月 12 日，首次發表於 1937 年 1 月 10 日《報告》第 1 卷第 1 期。

感情的碎片

近來覺得眼淚常常充滿著眼睛，熱的，它們常常會使我的眼圈發燒。然而它們一次也沒有滾落下來。有時候它們站到了眼毛的尖端，閃耀著玻璃似的液體，每每在鏡子裡面看到。

一看到這樣的眼睛，又好像回到了母親死的時候。母親並不十分愛我，但也總算是母親。她病了三天了，是七月的末梢，許多醫生來過了，他們騎著白馬，坐著三輪車，但那最高的一個，他用銀針在母親的腿上刺了一下，他說：「血流則生，不流則亡。」

我確確實實看到那針孔是沒有流血，只是母親的腿上憑空多了一個黑點。醫生和別人都退了出去，他們在堂屋裡議論著。我背向了母親，我不再看她腿上的黑點。我站著。

「母親就要沒有了嗎？」我想。

大概就是她極短的清醒的時候：「……你哭了嗎？不怕，媽死不了！」

我垂下頭去，扯住了衣襟，母親也哭了。

而後我站到房後擺著花盆的木架旁邊去。我從衣袋取出來母親買給我的小洋刀。

「小洋刀丟了就從此沒有了吧？」於是眼淚又來了。

花盆裡的金百合映著我的眼睛，小洋刀的閃光映著我的眼睛。眼淚就再沒有流落下來，然而那是熱的，是發炎的。但那是孩子的時候。

而今則不應該了。

此篇創作日期不詳，首次發表於 1936 年 11 月 29 日上海《大公報‧文藝》第 257 期。

一條鐵路底完成

　　一九二八年的故事，這故事，我講了好幾次。而每當我讀了一節關於學生運動記載的文章之後，我就想起那年在哈爾濱的學生運動，那時候我是一個女子中學裡的學生，是開始接近冬天的季節。我們是在二層樓上有著壁爐的課室裡面讀著英文課本。因為窗子是裝著雙重玻璃，起初使我們聽到的聲音是從那小小的通氣窗傳進來的。英文教員在寫著一個英文字，他回一回頭，他看一看我們，可是接著又寫下去，一個字終於沒有寫完，外邊的聲音就大了，玻璃窗子好像在雨天裡被雷聲在抖著似的那麼轟響。短板牆以外的石頭道上在呼叫著的，有那許多人，我從來沒有見過，使我想像到軍隊，又想到馬群，又想像到波浪……總之對於這個我有點害怕。校門前跑著拿長棒的童子軍，而後他們衝進了教員室，衝進了校長室，等我們全體走下樓梯的時候，我聽到校長室裡在鬧著。這件事情一點也不光榮，使我以後見到男學生們總帶著對不住或軟弱的心情。

　　「你不放你的學生出動嗎？……我們就是鋼鐵，我們就是熔爐……」跟著聽到有木棒打在門扇上或是地板上，那亂糟糟的鞋底的響聲。這一切好像有一場大事件就等待著發生，於是有一種莊嚴而寬宏的情緒高漲在我們的血管裡。

　　「走！跟著走！」大概那是領袖，他的左邊的袖子上圍著一圈白布，沒有戴帽子，從樓梯向上望著，我看他們快要變成播音機了：「走！跟著走！」

　　而後又看到了女校長的發青的臉，她的眼和星子似的閃動在她的恐懼中。

「你們跟著去吧！要守秩序！」她好像被鷹類捉拿到的雞似的軟弱，她是被拖在兩個戴大帽子的童子軍的臂膀上。

我們四百多人在大操場上排著隊的時候，那些男同學們還滿院子跑著，搜尋著，好像對於小偷那種形式，侮辱！侮辱！他們竟搜尋到廁所。

女校長那混蛋，剛一脫離了童子軍的臂膀，她又恢復了那假裝著女皇的架子。

「你們跟他們去，要守秩序，不能破格……不能和那些男學生們那樣沒有教養，那麼野蠻……」而後她抬起一隻袖子來：「你們知道你們是女學生嗎？記得住嗎？是女學生。」

在男學生們的面前，她又說了那樣的話，可是一出校門不遠，連對這侮辱的憤怒都忘記了。向著喇嘛臺，向著火車站。小學校，中學校，大學校，幾千人的行列……那時我覺得我是在這幾千人之中，我覺得我的腳步很有力。凡是我看到的東西，已經都變成了嚴肅的東西，無論馬路上的石子，或是那已經落了葉子的街樹。反正我是站在「打倒日本帝國主義」的喊聲中了。

走向火車站必得經過日本領事館。我們正向著那座紅樓咆哮著的時候，一個穿和服的女人打開走廊的門扇而出現在閃爍的陽光裡。於是那「打倒日本帝國主義」的大叫改為「就打倒你」！她立刻就把身子抽回去了。那座紅樓完全停在寂靜中，只是樓頂上的太陽旗被風在折合著。走在石頭道街又碰到了一個日本女子，她背上背著一個小孩，腰間束了一條小白圍裙，圍裙上還帶著花邊，手中提著一棵大白菜。我們又照樣做了，不說「打倒日本帝國主義」而說「就打倒你」！因為她是走馬路的旁邊，我們就用手指著她而喊著。另一方面，我們又用自己光榮的情緒去體會她狼狽的樣子。

第一天叫做「遊行」、「請願」，道裡和南崗去了兩部分市區。這市

區有點像租界，住民多是外國人。

長官公署，教育廳都去過了，只是「官們」出來拍手擊掌地演了一篇說，結果還是：「回學校去上課罷！」

日本要完成吉敦路這件事情，究竟「官們」沒有提到。

在黃昏裡，大隊分散在道尹公署的門前，在那個孤立著的灰色的建築物前面，裝置著一個大圓的類似噴水池的東西。有一些同學就坐在那邊沿上，一直坐到星子們在那建築物的頂上閃亮了，那個「道尹」究竟還沒有出來，只看見衛兵在臺階上，在我們的四圍掛著短槍來回地在戒備著。而我們則流著鼻涕，全身打著抖在等候著。到底出來了一個姨太太，那聲音我們一點也聽不見。男同學們跺著腳，並且叫著，在我聽來已經有點野蠻了：

「不要她……去……去……只有官僚才要她……」

接著又換了個大太太（誰知道是什麼，反正是個老一點的），不甚胖，有點短。至於說些什麼，恐怕也只有她自己的圓肚子才能夠聽到。這還不算什麼慘事，我一回頭看見了有幾個女同學尿了褲子的（因為一整天沒有遇到廁所的原故）。

第二天沒有男同學來攪，是自動出發的，在南崗下許公路的大空場子上開的臨時會議，這一天不是「遊行」，不是「請願」而要「示威」了。腳踏車隊在空場四周繞行著，學生聯合會的主席是個很大的腦袋的人，也沒有戴帽子，只戴了一架眼鏡。那天是個落著清雪的天氣，他的頭髮在雪花裡邊飛著。他說的話使我很佩服，因為我從來沒有曉得日本還與我們有這樣大的關係，他說日本若完成了吉敦路可以向東三省進兵，他又說又經過高麗又經過什麼……並且又聽他說進兵進得那樣快，也不是二十幾小時？就可以把多少大兵向我們的東三省開來，就可以滅我們的東三省。我覺得他真有學問，由於崇敬的關係，我覺得這學聯主席與我隔得好像大海

那麼遠。

　　組織宣傳隊的時候，我站過去，我說我願意宣傳。別人都是被推舉的，而我是自告奮勇的。於是我就站在雪花裡開始讀著我已經得到的傳單。而後有人發給我一張小旗，過一會又有人來在我的手臂上用扣針給我別上條白布，那上面還卡著紅色的印章，究竟那紅印章是什麼字，我也沒有看出來。

　　大隊開到差不多是許公路的最終極，一轉彎一個橫街裡去，那就是濱江縣的管界。因為這界限內住的純粹是中國人，和上海的華界差不多。宣傳隊走在大隊的中間，我們前面的人已經站住了，並且那條橫街口站著不少的警察，學聯代表們在大隊的旁邊跑來跑去。昨天晚上他們就說：「衝！衝！」我想這回就真的到了衝的時候了吧？

　　學聯會的主席從我們的旁邊經過，他手裡提著一個銀白色的大喇叭筒，他的嘴接到喇叭筒的口上，發出來的聲音好像牛鳴似的：

　　「諸位同學！我們是不是有血的動物？我們願不願意我們的老百姓給日本帝國主義做奴才……」而後他跳著，因為激動，他把喇叭筒像是在向著天空，「我們有決心沒有？我們怕不怕死？」

　　「不怕！」雖然我和別人一樣地嚷著不怕，但我對這新的一刻工夫就要來到的感覺好像一棵嫩芽似的握在我的手中。

　　那喇叭的聲音到隊尾去了，雖然已經遙遠了，但還是能夠震動我的心臟。我低下頭去看著我自己的被踏汙了的鞋尖，我看著我身旁的那條陰溝，我整理著我的帽子，我摸摸那帽頂的毛球。沒有束圍巾，也沒有穿外套。對於這個給我生了一種僥倖的心情！

　　「衝的時候，這樣輕便不是可以飛上去了嗎？」昨天計劃今天是要「衝」的，但不知為什麼，我總覺得我有點特別聰明。

　　大喇叭筒跑到前面去時，我就閃開了那冒著白色泡沫的陰溝，我知道

「衝」的時候就到了。

我只感到我的心臟在受著擁擠，好像我的腳跟並沒有離開地面而自然它就會移動似的。我的耳邊鬧著許多種聲音，那聲音並不大，也不遠，也不響亮，可覺得沉重，帶來了壓力，好像皮球被穿了一個小洞嘶嘶的在透著氣似的，我對我自己毫沒有把握。

「有決心沒有？」

「有決心！」

「怕死不怕死？」

「不怕死。」

這還沒有反覆完，我們就退下來了。因為是聽到了槍聲，起初是一兩聲，而後是接連著。大隊已經完全潰亂下來，只一秒鐘，我們旁邊那陰溝裡，好像豬似的浮游著一些人。女同學被擁擠進去的最多，男同學在往岸上提著她們，被提的她們滿身帶著泡沫和氣味，她們那發瘋的樣子很可笑，用那掛著白沫和糟粕的戴著手套的手搔著頭髮，還有的像已經癲癇的人似的，她在人群中不停地跑著：那被她擦過的人們，他們的衣服上就印著各種不同的花印。

大隊又重新收拾起來，又發著號令，可是槍聲又響了，對於槍聲，人們像是看到了火花似的那麼熱烈。至於「打倒日本帝國主義」，「反對日本完成吉敦路」這事情的本身已經被人們忘記了，唯一所要打倒的就是濱江縣政府。到後來連縣政府也忘記了，只「打倒警察，打倒警察……」這一場鬥爭到後來我覺得比一開頭還有趣味。在那時，「日本帝國主義」，我相信我絕對沒有見過，但是警察我是見過的，於是我就嚷著：「打倒警察，打倒警察！」

我手中的傳單，我都順著風讓它們飄走了，只帶著一張小白旗和自己的喉嚨從那零散下來的人縫中穿過去。

那天受輕傷的共有二十幾個。我所看到的只是從他們的身上流下來的血還凝結在石頭道上。

滿街開起電燈的夜晚，我在馬車和貨車的輪聲裡追著我們本校回去的隊伍，但沒有趕上。我就拿著那捲起來的小旗走在行人道上，我的影子混雜著別人的影子一起出現在商店的玻璃窗上，我每走一步，我看到了玻璃窗裡我帽頂的毛球也在顫動一下。

男同學們偶爾從我的身邊經過，我聽到他們關於受傷的議論和救急車。

第二天的報紙上躺著那些受傷的同學們的照片，好像現在的報紙上躺的傷兵一樣。

以後，那條鐵路到底完成了。

一九三七年十二月二十七日，漢口

此篇於 1937 年 12 月 27 日，在漢口創作完成，首次發表於 1937 年 12 月 1 日出版的《七月》第 1 卷第 4 期。後收錄在 1940 年 6 月大時代書局出版的《蕭紅散文》中。

魯迅先生記（一）

　　魯迅先生家裡的花瓶，好像畫上所見的西洋女子用以取水的瓶子，灰藍色，有點從瓷釉而自然堆起的紋痕，瓶口的兩邊，還有兩個瓶耳，瓶裡種的是幾棵萬年青。

　　我第一次看到這花的時候，我就問過：

　　「這叫什麼名字？屋裡不生火爐，也不凍死？」

　　第一次，走進魯迅家裡去，那是近黃昏的時節，而且是個冬天，所以那樓下室稍微有一點暗，同時魯迅先生的紙菸，當它離開嘴邊而停在桌角的地方，那煙紋的卷痕一直升騰到他有一些白絲的髮梢那麼高。而且再升騰就看不見了。

　　「這花，叫『萬年青』，永久這樣！」他在花瓶旁邊的菸灰盒中，抖掉了紙菸上的灰燼，那紅的菸火，就越紅了，好像一朵小紅花似的和他的袖口相距離著。

　　「這花不怕凍？」以後，我又問過，記不得是在什麼時候了。

　　許先生說：「不怕的，最耐久！」而且她還拿著瓶口給我搖著。

　　我還看到了那花瓶的底邊是一些圓石子，以後，因為熟識了的緣故，我就自己動手看過一兩次，又加上這花瓶是常常擺在客廳的黑色長桌上，又加上自己是來在寒帶的北方，對於這在四季裡都不凋零的植物，總帶著一點驚奇。

　　而現在這「萬年青」依舊活著，每次到許先生家去，看到那花，有時仍站在那黑色的長桌子上，有時站在魯迅先生照相的前面。

　　花瓶是換了，用一個玻璃瓶裝著，看得到淡黃色的鬚根，站在瓶底。

有時候許先生一面和我們談論著，一面檢查著房中所有的花草。看一看葉子是不是黃了？該剪掉的剪掉；該灑水的灑水，因為不停地動作是她的習慣。有時候就檢查著這「萬年青」，有時候就談魯迅先生，就在他的照相前面談著，但那感覺，卻像談著古人那麼悠遠了。

至於那花瓶呢？站在墓地的青草上面去了，而且瓶底已經丟失，雖然丟失了也就讓它空空地站在墓邊。我所看到的是從春天一直站在秋天；它一直站到鄰旁墓頭的石榴樹開了花而後結成了石榴。

從開炮以後，只有許先生繞道去過一次，別人就沒有去過。當然那墓草是長得很高了，而且荒了，還說什麼花瓶，恐怕魯迅先生的瓷半身像也要被荒了的草埋沒到他的胸口。

我們在這邊，只能寫紀念魯迅先生的文章，而誰去努力剪齊墓上的荒草？我們是越去越遠了，但無論多麼遠，那荒草是總要記在心上的。

一九三八年

月 18 日武漢《戰鬥》旬刊第 1 卷第 4 期，篇名為《萬年青》。後收錄在 1940 年 6 月大時代書局出版的《蕭紅散文》中，更為此篇名。

魯迅先生記（二）

　　在我住所的北邊，有一帶小高坡，那上面種的或是松樹，或是柏樹。它們在雨天裡，就像同在夜霧裡一樣，是那麼朦朧而且又那麼寧靜！好像飛在枝間的鳥雀羽翼的音響我都能夠聽到。

　　但我真的聽得到的，卻還是我自己腳步的聲音，間或從人家牆頭的枝葉落到雨傘上的大水點特別地響著。

　　那天，我走在道上，我看著傘翅上不住地滴水。

　　「魯迅是死了嗎？」

　　於是心跳了起來，不能把「死」和魯迅先生這樣的字樣相連接，所以左右反覆著的是那個飯館裡下女的金牙齒，那些吃早餐的人的眼鏡、雨傘，他們好像小型木凳似的雨鞋；最後我還想起了那張貼在廚房邊的大畫，一個女人，抱著一個舉著小旗的很胖的孩子，小旗上面就寫著「富國強兵」；所以以後，一想到魯迅的死，就想到那個很胖的孩子。

　　我已經打開了房東的格子門，可是我無論如何也走不進來，我氣惱著：我怎麼忽然變大了？

　　女房東正在瓦斯爐旁斬斷一根蘿蔔，她抓住了她白色的圍裙開始好像鴿子似的在笑：「傘……傘……」

　　原來我好像要撐著傘走上樓去。

　　她的肥胖的腳掌和男人一樣，並且那金牙齒也和那飯館裡下女的金牙齒一樣。日本女人多半鑲了金牙齒。

　　我看到有一張報紙上的標題是魯迅的「偲」。這偲個字，我翻了字典，在我們中國的字典上沒有這個字。而文章上的句子裡，「逝世，逝

世」這字樣有過好幾個，到底是誰逝世了呢？因為是日文報紙看不懂之故。

第二天早晨，我又在那個飯館裡在什麼報的文藝篇幅上看到了「逝世，逝世」，再看下去，就看到「損失」或「隕星」之類。這回，我難過了，我的飯吃了一半，我就回家了。一走上樓，那空虛的心臟，像鈴子似的鬧著，而前房裡的老太婆在打掃著窗櫺和蓆子的劈啪聲，好像在打著我的衣裳那麼使我感到沉重。在我看來，雖是早晨，窗外的太陽好像正午一樣大了。

我趕快乘了電車，去看××。我在東京的時候，朋友和熟人，只有她。車子向著東中野市郊開去，車上本不擁擠，但我是站著。「逝世，逝世」，逝世的就是魯迅？路上看了不少的山、樹和人家，它們卻是那麼平安、溫暖和愉快！我的臉幾乎是貼在玻璃上，為的是躲避車上的煩擾，但又誰知道，那從玻璃吸收來的車輪聲和機械聲，會疑心這車子是從山崖上滾下來了。

××在走廊邊上，刷著一雙鞋子，她的扁桃腺炎還沒有全好，看見了我，頸子有些不會轉彎地向我說：

「啊！你來得這樣早！」

我把我來的事情告訴她，她說她不相信。因為這事情我也不願意它是真的，於是找了一張報紙來讀。

「這些日子病得連報也不訂，也不看了。」她一邊翻那在長桌上的報紙，一邊用手在摸撫著頸間的藥布。

而後，她查了查日文字典，她說那個「偲」字是個印象的意思，是面影意思。她說一定有人到上海訪問了魯迅回來寫的。

我問她：「那麼為什麼有逝世在文章中呢？」我又想起來了，好像那文章上又說：魯迅的房子有槍彈穿進來，而安靜的魯迅，竟坐在搖椅上搖

著。或者魯迅是被槍打死的？日本水兵被殺事件，在電影上都看到了，北四川路又是戒嚴，又是搬家。魯迅先生又是住的北四川路。

但她給我的解釋，在阿Q心理上非常圓滿，她說：「逝世」是從魯迅的口中談到別人的「逝世」，「槍彈」是魯迅談到「一二・八」時的槍彈，至於「坐在搖椅上」，她說談過去的事情，自然不用驚慌，安靜地坐在搖椅上又有什麼稀奇。

出來送我走的時候，她還說：

「你這個人啊！不要神經質了！最近在《作家》上、《中流》上他都寫了文章，他的身體可見是在復原期中……」

她說我好像慌張得有點傻，但是我願意聽。於是在阿Q心理上我回來了。

我知道魯迅先生是死了，那是二十二日，正是靖國神社開廟會的時節。我還未起來的時候，那天天空開裂的爆竹，發著白煙，一個跟著一個在升起來。隔壁的老太婆呼喊了幾次，她阿拉阿拉地向著那爆竹升起來的天空呼喊，她的頭髮上開始束了一條紅繩。樓下，房東的孩子上樓來送我一塊撒著米粒的糕點，我說謝謝他們，但我不知道在那孩子臉上接受了我怎樣的眼睛。因為才到五歲的孩子，他帶小碟下樓時，那碟沿還不時地在樓梯上磕碰著。他大概是害怕我。

靖國神社的廟會一直鬧了三天，教員們講些下女在廟會時節的故事，神的故事，和日本人拜神的故事，而學生們在滿堂大笑，好像世界上並不知道魯迅死了這回事。

有一天，一個眼睛好像金魚眼睛的人，在黑板上寫著：魯迅先生大罵徐懋庸[13]引起了文壇一場風波……茅盾起來講和……

13　徐懋庸：原名徐茂榮（1911-1977），左翼作家，早年參加大革命運動。後到上海，與魯迅相識。1936年因「左聯」解散等問題寫信給魯迅，態度驕橫。而後魯迅發表了〈答徐懋庸關於抗統戰線問題〉一文予以駁斥。

這字樣一直沒有擦掉。那捲髮的，小小的，和中國人差不多的教員，他下課以後常常被人團聚著，談些個兩國不同的習慣和風俗。他的北京話說得很好，中國的舊文章和詩也讀過一些。他講話常常把眼睛從下往上看著：

　　「魯迅這個人，你覺得怎麼樣？」我很奇怪，又像很害怕，為什麼他向我說？結果曉得不是向我說。在我旁邊那個位置上的人站起來了，有的教員點名的時候問過他：「你多大歲數？」他說他三十多歲。教員說：「我看你好像五十多歲的樣子……」因為他的頭髮白了一半他作舊詩作得很多，秋天，中秋遊日光，游淺草，而且還加上譜調讀著。有一天他還讓我看看，我說我不懂，別的同學有的借他的詩本去抄錄。我聽過幾次，有人問他：「你沒再作詩嗎？」他答：「沒有喝酒呢？」

　　他聽到有人問他，他就站起來了：

　　「我說……先生……魯迅，這個人沒有什麼，沒有什麼了不起的，他的文章就是一個罵，而且人格上也不好，尖酸刻薄。」

　　他的黃色的小鼻子歪了一下。我想用手替他扭正過來。

　　一個大個子，戴著四角帽子，他是「滿洲國」的留學生，聽說話的口音，還是我的同鄉。

　　「聽說魯迅不是反對『滿洲國』的嗎？」那個日本教員，抬一抬肩膀，笑了一下：「嗯！」

　　過了幾天，日華學會開魯迅追悼會了。我們這一班中四十幾個人，去追悼魯迅先生的只有一位小姐。她回來的時候，全班的人都笑她，她的臉紅了，打開門，用腳尖向前走著，走得越輕越慢，而那鞋跟就越響。她穿的衣裳顏色一點也不調配，有時是一件紅裙子綠上衣，有時是一件黃裙子紅上衣。

魯迅先生記（二）

　　這就是我在東京看到的這些不調配的人，以及魯迅的死對他們激起怎樣不調配的反應。

一九三八年

此篇創作於 1937 年 8 月，篇後注為 1938 年，日期有誤。首次發表於 1937 年 10 月 16 日武漢《七月》第 1 集第 1 期，題名為《在東京》。

《大地的女兒》與《動亂時代》

　　對於流血這件事我是憎惡的，斷腿、斷臂，還有因為流血過多而患著貧血症的蠟黃的臉孔們。我一看到，我必要想：醜惡，醜惡，醜惡的人類！

　　史沫特烈[14]的《大地的女兒》和麗洛琳克的《動亂時代》，當我讀完第一本的時候，我就想把這本書作一個介紹。可總是沒有作，怕是自己心裡所想的意思，因為說不好，就說錯了。這種念頭當我讀著《動亂時代》的時候又來了，但也未能作，因為正是上海抗戰的開始。我雖住在租界上，但高射炮的紅綠燈在空中游著，就像在我的房頂上那麼接近，並且每天夜裡我總見過幾次，有時候推開窗子，有時候也就躺在床上看。那個時候就只能夠看高射炮和讀讀書了，要想談論，是不可能的，一切刊物都停刊了。單就說讀書這一層，也是糊裡糊塗的讀，《西洋文學史話》，荷馬的《奧德賽》也是在那個時候讀的。《西洋文學史話》上說，什麼人發明了造紙，這「紙」對人類文化，有著多大的好處，後又經過某人發明了印刷機，這印刷機又對人類有多大的好處，於是也很用心讀，感到人類生活的足跡是多麼廣泛啊！於是看著書中的插圖和發明家們的畫像，並且很吃力地想要記住那畫像下面的人名。結果是越想求學問，學問越不得。也許就是現在學生們所要求的戰時教育罷！不過在那時，我可沒想到當游擊隊員。只是剛一開火，飛機、大砲、傷兵、流血，因為從前實在沒有見過，無論如何我是吃不消的。

　　《動亂時代》的一開頭就是：行李、箱子、盆子、罐子、老頭、小

14　即艾格尼絲‧史沫特萊（1892-1950），美國著名作家、社會活動家、新聞記者。《大地的女兒》
　　是她的自傳體小說。

《大地的女兒》與《動亂時代》

孩、婦女和別的應該隨身的家具。惡劣的空氣，必要的哭鬧外加打罵。買
三等票的能坐到頭等二等的車廂，買頭等二等票的在三等車廂裡得到一個
位置就覺得滿足。未滿八歲的女孩 —— 麗洛琳克 —— 依著她母親的膝頭
站在車廂的走廊上，從東普魯士逃到柏林去。因為那時候，我也正要離開
上海，所以合上了書本想了一想，火車上是不是也就這個樣子呢？這書
的一開頭與我的生活就這樣接近。她寫的是，一九一四年歐戰一開始的情
形，從逃難起，一直寫下去，寫到二十幾歲。這位作者在書中常常提到她
自己長得不漂亮。對這不漂亮，她隨時感到一種怨恨自己的情緒。她有點
蠻強，有點不講理，她小的時候常常欺侮她的弟弟。弟弟的小糖人放在高
處，大概是放在衣箱的一面並且弟弟每天登著板凳向後面看他的小糖人。
可是麗洛琳克也到底偷著給他吃了一半，剩下那小糖人的上身仍舊好好地
站在那裡。對於她這種行為我總覺得有點不當。因為我的哲學是：「不受
人家欺侮就得啦，為什麼還去欺侮人呢？」仔細想一想，有道理。一個人
要想站在邊沿上，要想站得牢是不可能的。一定這邊倒倒，那邊倒倒，若
不倒到別人那邊去，就得常常倒到自己這邊來 —— 也就是常常要受人家
欺侮的意思。所以「不受人家欺侮就得啦」這哲學是行不通的（將來的社
會不在此例）。麗洛琳克的力量就絕不是從我的那哲學培養出來的，所以
她張開了手臂接受一九一四年開始的戰爭，她勇敢地呼吸著那麼痛苦的空
氣。她的父親，她的母親都很愛她，但都一點也不了解她。她差不多經過
了十年政黨鬥爭的生活，可是終歸離開了把她當作唯一安慰的母親，並且
離開了德國。

　　書的最末頁我翻完了的時候，我把它放在膝蓋上，用手壓著，靜靜地
聽著窗外樹上的蟬叫。「很可以」，「很可以」 —— 我反覆著這樣的字
句，感到了一種酸鼻的滋味。

　　史沫特烈我是見過的，是前年，在上海。她穿一件小皮上衣，有點

胖，其實不是胖，只是很大的一個人，笑聲很響亮，笑得過分的時候是會流著眼淚的。她是美國人。

男權中心社會下的女子，她從她父親那裡就見到了，那就是她的母親。我恍恍惚惚地記得，她父親趕著馬車來了，帶回一張花綢子。這張綢子指明是給她母親做衣裳的，母親接過來，因為沒有說一聲感謝的話，她父親就指問著：「你永遠不會說一聲好聽的話嗎？」男權社會中的女子就是這樣的。她哭了，眼淚就落在那張花綢子上。女子連一點點東西都不能白得，哪管就不是自己所要的也得犧牲好話或眼淚。男子們要這眼淚一點用處也沒有，但他們是要的。而流淚是痛苦的，因為淚腺的刺激，眼珠發漲，眼瞼發酸發辣，可是非犧牲不可。

《大地的女兒》的全書是晴朗的，藝術的，有的地方會使人發抖那麼真切。

前天是個愉快的早晨，我起得很早，生起火爐，室內的溫度是攝氏表十五度，杯子是溫暖的，桌面也是溫暖的，凡是我的手所接觸到的都是溫暖的，雖然外邊落著雨。間或落著雪花。昨天為著介紹這兩本書而起的嘲笑的故事，我都要一筆一筆地記下來。當我借來了這兩本書（要想重新翻一翻）被他們看見了。用那麼苗細的手指彼此傳過去，而後又怎樣把它放在地板上：

「這就是你們女人的書嗎？看一看！它在什麼地方！」話也許不是這樣說的，但就是這個意思。因為他們一邊說著一邊笑著，並且還唱著古樂譜：「工車工車上……六工尺……」這唱古樂譜的手中還拿著中國毛筆桿，他臉用一本書遮上了上半段。他越反覆越快，簡直連成串了。

嗯！等他聽到說《大地的女兒》寫得好，轉了風頭了。

他立刻停止了唱「工尺」，立刻笑著，叫著，並且用腳跺著地板，好像這樣的喜事從前沒有被他遇見過：「是呵！不好，不好……」

《大地的女兒》與《動亂時代》

　　另一個也發狂啦！他的很細的指尖在指點著書封面：「這就是嗎？《動亂時代》……這位女作家就是兩匹馬嗎？」當然是笑得不亦樂乎：「《大地的女兒》就這樣，不穿衣裳，看唉！看唉！」

　　這樣新的刺激我也受不住了，我的胸骨笑得發痛。《大地的女兒》的封面畫一個裸體的女子。她的周圍：一條紅，一條黃，一條黑，大概那表現的是地面的氣圈。她就在這氣圈裡邊像是飛著。

　　這故事雖然想一想，但並沒有記一筆，我就出去了，打算到菜市去買一點菜回來。回來的時候在一家門樓下面，我看見了一堆草在動著。因為是小巷，行人非常稀少，我忽然有一種害怕的感覺。這是人嗎？人會在這個地方嗎？坐起來了，是個老頭，一件棉襖是披著，赤裸的胸口跳動在草堆外面。

　　我把菜放在家裡，拿了錢又轉回來的時候，他的胸膛還跳動在草堆的外面。

　　「你接著啊！我給你東西。」

　　稀疏的落著雪花的小巷裡，我的雨傘上同時也有雨點在啪啪地跳著。

　　「給你，給你東西呀！」

　　這個我聽到他說了：

　　「我是瞎子。」

　　「你伸出手來！」

　　他周遭的碎草蘇嘎地響著，是一隻黃色的好像生了鏽的黃銅的手和小爪子似的向前翻著。我跑上臺階去，於是那老頭的手心上印著一個圓圓的閃亮的和銀片似的小東西。

　　我憎惡打仗，我憎惡斷腿、斷臂。等我看到了人和豬似的睡在牆根上，我就什麼都不憎惡了，打吧！流血吧！不然，這樣豬似的，不是活遭罪嗎？

有幾位女同學到我家裡過，在這抗戰時期她們都感苦悶。到前方去工作呢？而又哪裡收留她們工作呢？這種苦悶會引起一時的覺醒來。不是這覺醒不好，一時的也是好的，但我覺得應該更長一點。比方那老頭明明是人不是豬，而睡在牆根上，這該作何講解呢？比方女人明明也是人，為什麼當她得到一塊衣料的時候，也要哭泣一場呢？理解是應該理解的，做不到不要緊，準備是必須的。所以我對她們說：「應該多讀書。」尤其是這兩本書，非讀不可。我也體驗得到她們那種心情，急於要找實際的工作，她們的心已經懸了起來。不然是落不下來的，就像小麻雀已經長好了翅子，腳是不會沾地的。

　　這種苦悶是熱烈的，應該同情的。但是長久了是不行的，抗戰沒有到來的時候，腦子裡頭是個白丸。抗戰到來了腦子裡是個苦悶，抗戰過去了，腦子裡又是個白丸。這是不行的，抗戰是要建設新中國，而不是中國塌臺。

　　又想起來了：我敢相信，那天晚上的嘲笑絕不是真的，因為他們是知識分子，並且是維新的而不是復古的。那麼說，這些話也只不過是玩玩，根據年輕好動的心理，大家說說笑笑，但為什麼常常要取著女了做題材呢？

　　讀讀這兩本書就知道一點了。

　　不是我把女子看得過於了不起，不是我把女子看得過於卑下；只是在現社會中，以女子出現造成這種鬥爭的記錄，在我覺得她們是勇敢的，是最強的，把一切都變成了痛苦出賣而後得來的。

一九三八年元月三日，武昌

此篇創作於 1938 年 1 月 3 日，首次發表於 1938 年 1 月 16 日武漢《七月》半月刊第 2 集第 3 期。

記鹿地夫婦

池田在開仗的前夜，帶著一匹小貓仔來到我家的門口，因為是夜靜的時候，那鞋底拍著樓廊的聲音非常響亮。

「誰呀！」

這聲音並沒有回答，我就看到是日本朋友池田，她的眼睛好像被水洗過的玻璃似的那麼閃耀。

「她怎麼這時候來的呢，她從北四川路來的……」這話在我的思想裡邊繞了一週。

「請進來呀！」

一時看不到她的全身，因為她只把門開了一個小縫。

「日本和中國要打仗。」

「什麼時候？」

「今天夜裡四點鐘。」

「真的嗎？」

「一定的。」

我看一看錶，現在是十一點鐘。「一、二、三、四、五 ——」我說還有五個鐘頭。

那夜我們又講了些別的就睡了。軍睡在外室的小床上，我和池田就睡在內室的大床上，這一夜沒有睡好，好像很熱，小貓仔又那麼叫，從床上跳到地上，從地上又跳到椅子上，而後再去撕著窗簾。快到四點鐘的時候，我好像聽到了兩下槍響。

「池田，是槍聲吧！」

「大概是。」

「你想鹿地怎麼樣，若真的今開仗，明天他能跑出來不能？」

「大概能，那就不知道啦！」

夜裡開槍並不是事實。第二天我們吃完飯，三個人坐在地板的涼蓆上乘涼。這時候鹿地來了，穿一條黃色的短褲，白襯衫，黑色的卷卷頭髮，日本式的走法。走到蓆子旁邊，很習慣的就脫掉鞋子坐在蓆子上。看起來他很快活，日本話也說，中國字也有。他趕快地吸紙菸，池田給他做翻譯。他一著急就又加幾個中國字在裡面。轉過臉來向我們說：

「是的，叭叭開槍啦……」

「是什麼地方開的？」我問他。

「在陸戰隊……邊上。」

「你看見了嗎？」

「看見的……」

他說話十分喜歡用手勢：「我，我，我看見啦……完全死啦！」而後他用手巾揩著汗。但是他非常快活，笑著，全身在輕鬆裡邊打著轉。我看他像洗過羽毛的雀子似的振奮，因為他的眼光和嘴唇都像講著與他不相干的，同時非常感到興味的人一樣。

夜晚快要到來，第一發的炮聲過去了。而我們四個人 —— 池田、鹿地、蕭軍和我 —— 正在吃晚飯，池田的大眼睛對著我，蕭軍的耳向旁邊歪著，我則感到心臟似乎在移動。但是我們合起聲音來：

「哼！」彼此點了點頭。

鹿地有點像西洋人的嘴唇，扣得很緊。

第二發砲彈發過去了。

池田仍舊用日本女人的跪法跪在蓆子上，我們大概是用一種假象把自己平定下來，所以仍舊吃著飯。鹿地的臉色自然變得很不好看了。若是我，我一定想到這炮聲就使我脫離了祖國。但是他的感情一會就恢復了。

記鹿地夫婦

他說：

「日本這回壞啦，一定壞啦……」這話的意思是日本要打敗的，日本的老百姓要倒楣的，他把這戰爭並不看得怎樣可怕，他說日本軍閥早一天破壞早一天好。

第二天他們到 S 家去住的。我們這裡不大方便；鄰居都知道他們是日本人，還有一個白俄在法國捕房當巡捕。街上打間諜，日本警察到他們從前住過的地方找過他們。在兩國夾攻之下，他們開始被陷進去。

第二天我們到 S 家去看他們的時候，他們住在三層樓上，尤其是鹿地很開心，儼儼乎和主人一樣。兩張大寫字臺靠著窗子，寫字臺這邊坐著一個，那邊坐著一個，嘴上都叼著香菸，白金龍香菸四五罐，堆成個小塔型在桌子頭上。他請我吃菸的時候，我看到他已經開始工作。很講究的黑封面的大本子攤開在他的面前，他說他寫日記了，當然他寫的是日文，我看了一下也看不懂。一抬頭看到池田在那邊也張開了一個大本子。我想這真不得了，這種克制自己的力量，中國人很少能夠做到。無論怎樣說，這戰爭對於他們比對於我們，總是更痛苦的。又過了兩天，大概他們已經寫了一些日記了。他們開始勸我們，為什麼不參加團體工作呢？鹿地說：

「你們不認識救亡團體嗎？我給介紹！」這樣好的中國話是池田給修改的。

「應該工作了，要快工作，快工作，日本軍閥快完啦……」

他們說現在寫文章，以後翻成別國文字，有機會他們要到各國去宣傳。

我看他們好像變成了中國人一樣。

三二日之後去看他們，他們沒有了。說他們昨天下午一起出去就沒有回來。臨走時說吃飯不要等他們，至於哪裡去了呢？ S 說她也不知道。又過了幾天，又問了好幾次，仍舊不知道他們在哪裡。

或者被日本警察捉去啦，送回國去啦！或者住在更安全的地方，大概不能有危險吧！

一個月以後的事：我拿刀子在桌子上切蔥花，準備午飯，這時候，有人打門，走進來的人是認識的，可是他一向沒有來過，這次的來不知有什麼事。但很快就得到結果了：鹿地昨夜又來到Ｓ家。聽到他們並沒有出危險，很高興。但他接著再說下去就是痛苦的了。他們躲在別人家裡躲了一個月，那家非趕他們離開不可，因為住日本人，怕當漢奸看待。Ｓ家很不便，當時Ｓ做救亡工作，怕是日本探子注意到。

「那麼住到哪裡去呢？」我問。

「就是這個問題呀！他們要求你去送一封信，我來就是找你去送信，你立刻到Ｓ家去。」

我送信的地方是個德國醫生，池田一個月前在那裡治過病，當上海戰事開始的時候，醫生太太向池田說過：假若在別的地方住不方便，可以搬到她家去暫住。有一次我陪池田去看醫生，池田問他：

「你喜歡希特勒嗎？」

醫生說：「唔⋯⋯不喜歡。」並且說他不能夠回德國。

根據這點，池田以為醫生是很好的人，同時又受希特勒的壓迫。

我送完了信，又回到Ｓ家去，我上樓說：

「可以啦，大概是可以。」

回信，我並沒拆開讀，因為我的英文不好。他們兩個從地板上坐起來。打開這信：

「隨時可來，我等候著⋯⋯」池田說信上寫著這樣的話。

「我說對麼！那醫生當我臨走的時候還說，把手伸給他，我知道他就了解了。」

這回鹿地並不怎樣神氣了，說話不敢大聲，不敢站起來走動。晚飯就

坐在地板的蓆子上吃的，檯燈放在地上，燈頭被蒙了一塊黑紗布，就在這微黑的帶著神祕的三層樓上，我也和他們一起吃的飯。我端碗來，再三的不能把飯嚥下去，我看一看池田發亮的眼睛，好像她對她自己未知的命運還不如我對他們那樣關心。

「吃魚呀！」我記不得是他們誰把一段魚尾擺在我的碗上來。

當著一個人，在他去試驗他出險的道路前一刻，或者就正在出險之中，為什麼還能夠這樣安寧呢！我實在對這晚餐不能夠多吃。我為著我自己，我幾次說著多餘的閒餘話：

「我們好像山寨們在樹林裡吃飯一樣……」接著我還是說：「不是嗎？看像不像？」

回答這話的沒有人，我抬頭看一看四壁，這是一間藏書房，四壁黑沉沉的站著書箱或書櫃。

八點鐘剛過，我就想去叫汽車，他們說，等一等，稍微晚一點更好。鹿地開始穿西裝，白褲子，黑上衣，這是一個西洋朋友給他的舊衣裳（他自己的衣裳從北四路逃出來時丟掉了）。多麼可笑啊！又像賈伯林又像日本人。

「這個不要緊！」指著他已經蔓延起來的鬍子對我說：「像日本人不像？」

「不像。」但明明是像。

等汽車來了時，我告訴他：

「你絕對不能說話，中國話也不要說，不開口最好，若忘記了說出日本字來那是危險的。」

報紙上登載過法租界和英租界交界的地方，常常有小汽車被驗查。假若沒有人陪著他們，他們兩個差不多就和啞子一樣了。鹿地乾脆就不能開口。至於池田一聽就知道說的是日本的中國話。

那天晚上下著一點小雨，記得大概我是坐在他們兩個人之間，有兩小箱籠顛動在我們膝蓋的前邊。愛多亞路被指路燈所照，好像一條虹彩似的展開在我們的面前，柏油路被車輪所擦過的紋痕，在路警指管著的紅綠燈下，變成一條紅的，而後又變成一條綠的，我們都把眼睛看著這動亂交錯的前方。同時司機人前面那塊玻璃上有一根小棍來回地掃著那塊扇形的地盤。

車子到了同孚路口了，我告訴車子左轉，而後靠到馬路的右邊。

這座大樓本來是有電梯的，因為司機人不在，等不及了，就從扶梯跑上去。我們三個人都提著東西，而又都跑得快，好像這一路沒有出險，多半是因為這最末的一跑才做到的。

醫生在小客廳裡接待著鹿地夫婦：

「弄錯了啦，嗯！」

我所聽到的，這是什麼話呢？我看看鹿地，我看看池田，再看看胖醫生。

「醫生弄錯啦，他以為是要來看病的人，所以隨時可來。」

「那麼房子呢？」

「房子他沒有。」池田擺一擺手。

我想這回可成問題了，我知道 S 家絕對不能再回去。找房子立刻是可能的嗎？而後我說到我家去可以嗎？

池田說：「你們家那白俄呀！」

醫生還不錯，穿了雨衣去替他們找房子去了。在這中間，非常恐慌。他說房子就在旁邊，可是他去了好多時候沒有回來。

「箱子裡邊有寫的文章啊！老醫生不是去通知捕房？」池田的眼睛好像鴞鳥的眼睛那麼大。

過了半點鐘的樣子，醫生回來了，醫生又把我們送到那新房子。

走進去一看，就像個旅館，茶房非常多，說中國話的，說法國話的，說俄國話的，說英國話的。

剛一開戰，鹿地就說過要到國際上去宣傳，我看那時候，他可差不多去到國際上了。

這地方危險是危險的，怎麼辦呢？只得住下了。

中國茶房問：「先生住幾天呢？」

我說住一兩天，但是鹿地說：「不！不！」只說了半截就回去了，大概是日本話又來到嘴邊上。

池田有時說中國話，有時說英國話，茶房來了一個，去了，又來了一個。

鹿地靜靜地站在一邊。

大床、大桌子、大沙發，棚頂垂著沉重的帶著鎖的大燈頭。並且還有一個外室，好像陽臺一樣。

茶房都去了，鹿地仍舊站著，地心有一塊花地毯，他就站在地毯的邊上。

我告訴他不要說日本話，因為隔壁的房子說不定住的是中國人。

「好好地休息吧！把被子攤在床上，衣箱就不要動了，三兩天就要搬的。我把這情況通知別的朋友……」往下我還有話要說，中國茶房進來了，手裡端著一個大白銅盤子，上面站著兩個汽水瓶。我想這個五塊錢一天的旅館還給汽水喝！問那茶房，那茶房說是白開水，這開水怎樣衛生，怎樣經過過濾，怎樣多喝了不會生病。正在這時候，他卻來講衛生了。

向中國政府辦理證明書的人說，再有三五天大概就替他們領到，可是到第七天還沒有消息。他們在那房子裡邊，簡直和小鼠似的，地板或什麼東西有時格格地作響，至於講話的聲音，外邊絕對聽不到。

每次我去的時候，鹿地好像還是照舊的樣子，不然就是變了點，也究

竟沒變了多少，喜歡講笑話。不知怎麼想起來的，他又說他怕女人：

「女人我害怕，別的我不怕……女人我最怕。」

「帝國主義你不怕？」我說。

「我不怕，我打死他。」

「日本警察捉你也不怕？」我和池田是站在一面的。

池田聽了也笑，我也笑，池田在這幾天的不安中也破例了。

「那麼你就不用這裡逃到那裡，讓日本警察捉去好啦！其實不對的，你還是最怕日本警察。我看女人並不絕頂的厲害，還是日本警察絕頂的厲害。」

我們都笑了，但是都沒有高聲。

最顯現在我面前的是他們兩個有點憔悴的顏面。

有一天下午，我陪著他們談了兩個多鐘頭，對於這一點點時間，他們是怎樣的感激呀！我臨走時說：

「明天有工夫，我早點來看你們，或者是上午。」

尤其是池田立刻說謝謝，並且立刻和我握握手。

第二天我又來遲了，池田不在房裡。鹿地一看到我，就從桌上摸到一塊白紙條。他搖一搖手而後他在紙條上寫著：

今天下午有巡捕在門外偷聽了，一下午英國巡捕（即印度巡捕）、中國巡捕，從一點鐘起停到五點鐘才走。

但最感動我的是他在紙條上出現著這樣的字：—— 今天我決心被捕。

「這被捕不被捕，怎能是你決心不決心的呢？」這話我不能對他說，因為我知道他用的是日本文法。

我又問他打算怎樣呢？他說沒有辦法，池田去到 S 家裡。

那個時候經濟也沒有了，證明書還沒有消息。租界上日本有追捕日本或韓國人的自由。想要脫離租界，而又一步不能脫離。到中國地去，要被

記鹿地夫婦

中國人誤認作間諜。

　　他們的生命，就像繫在一根線上那麼脆弱。

　　那天晚上，我把他們的日記、文章和詩，包集起來帶著離開他們。我說：「假使日本人把你們捉回去，說你們幫助中國，總是沒有證據的呀！」

　　我想我還是趕快走的好，把這些致命的東西快些帶開。

　　臨走時我和他握握手，我說不怕。至於怕不怕，下一秒鐘誰都沒有把握。但我是說了，就像說給站在狼洞裡邊的孩子一樣。

　　以後再去看他們，他們就搬了，我們也就離開上海。

　　　　　　　　　　　　　　　　　　一九三八年二月二十日，臨汾

此篇創作於 1938 年 2 月 20 日，首次發表於 1938 年 5 月 1 日武漢《文藝陣地》第 1 卷第 2 期。鹿地夫婦，即日本作家鹿地亙及其妻子池田幸子。

寄東北流亡者

淪落在異地的東北同胞們：

當每個秋天的月亮快圓的時候，你們的心總被悲哀裝滿。想起高粱油綠的葉子，想起白髮的母親或幼年的親眷。

你們的希望曾隨著秋天的滿月，在幻想中賒取了七次，而每次都是月亮如期的圓了，而你們的希望卻隨著高粱葉子萎落。但是自從「八一三」之後，上海的炮火響了，中國政府積極抗戰揭開，「九一八」的成了習慣的黯淡與愁慘卻在炮火的交響裡換成了激動、興奮和感激。這時，你們一定也流淚了。這是感激的淚，興奮的淚，激動的淚。

記得抗戰以後，第一個「九一八」是怎樣紀念的呢？

中國飛行員在這天做了突擊的工作，他們對於出雲艦的襲擊做了出色的功績。

那夜裡，日本神經質的高射炮手，浪費地用紅色的綠色的淡藍色的砲彈把天空染紅了。但是我們的飛行員仍然以精確的技巧和沉毅的態度來攻擊這摧毀文化、摧毀和平的法西斯魔手。幾百萬市民都仰起頭來尋覓，其實他們是什麼也看不見的，但是他們一定要看。在那黑黝黝的天空裡彷彿什麼都找不到，而這裡就隱藏著我們抗戰的活動的每個角度。

第一個煽惑起東北同胞的思想的是：「我們就要回家去了！」

是的，家是可以回去的，而且家也是好的，土地是寬闊的，米糧是富足的。

是的，人類是何等地對著故鄉寄注了強烈的懷念呵！黑人對著迪斯的痛苦的嚮往，愛爾蘭的詩人夏芝 [15] 想回到那有「蜂房一窠，菜畦九疇」的

15　即威廉·巴特勒·葉芝，愛爾蘭詩人、劇作家和散文家，著名的神祕主義者。

茵尼斯，做過水手的約翰·曼殊斐兒[16]狂熱地願意回到海上。

但是等待了七年的同胞們，單純的心急是沒用的，感情的焦躁不但無價值，而常常是理智的降低。要把急切的心情放在工作的表現上才對。我們的位置就是永遠站在別人的前邊的那個位置。我們是應該第一個打開了門而是最末走進去的人。

抗戰到現在已經遭遇到最艱苦的階段，而且也就是最後勝利接近的階段。在美國賈克·倫敦[17]所寫的一篇短篇小說上，描寫兩個拳師在衝擊的鬥爭裡，只繫於最後的一拳。而那個可憐的「老拳師」所以失敗的原因，也只在少吃了一塊「牛排」。假若事先他能在肚裡裝進一塊「牛排」，勝利一定屬於他的。

東北流亡同胞們，我們的地大物博，決定我們的沉著毅勇，正與敵人的急功切進相反，所以最後的一拳一定是誰最沉著的就是誰打得最有力。我們應該獻身給祖國做前衛的工作，就如我們應該把失地收復一樣。這是無可懷疑的。

東北流亡的同胞們，為了失去的土地上的高粱、穀子，努力吧；為了失去的土地上年老的母親，努力吧；為了失去的地面上的痛心的一切的記憶，努力吧！

而且我們要竭力克服殘存的那種「小地主」意識和官僚主義的餘毒，趕快地加入到生產的機構裡，因為「九一八」以後的社會變更，已經使你們失去了大片土地的依存，要還是固守從前的生活方式，坐吃山空，那樣你們的資產只剩了哀愁和苦悶。做個商人去，做個工人去，做一個能生產的人比做一個在幻想上滿足自己的流浪人，要對國家有利得多。

16　即曼斯菲爾德，英國作家。
17　即傑克·倫敦，美國作家。

幻想不能泛濫，現實在殘酷地抨擊你的時候，逃避只會得到更壞的暗襲。

　　時值流亡在異鄉的故友們，敬希珍重，擁護這個抗戰和加強這個抗戰，向前走去。

此篇創作日期不詳，首次發表於 1938 年 9 月 18 日漢口《大公報·戰線》第 191 期。

我之讀世界語

我一見到懂世界語的朋友們，我總向他們發出幾個難題，而這幾個難題又總是同樣的。

當我第一次走進上海世界語協會的時候，我的希望很高。我打算在一年之內，我要翻譯關於文學的書籍，在半年之內我能夠讀報紙。偏偏第一課沒有上，只是教世界語的那位先生把世界語講解了一番。聽他這一講我更膽壯了。他說每一個名詞的尾音是「o」，每一個形容詞的尾音是「a」……還有動詞的尾音是什麼，還有每一個單字的重音在最末的第二個母音上。而後讀一讀字母就下課了。

我想照他這樣說還用得著半年嗎？三個月我就要看短篇小說的。那天我就在世界語協會買了一本《小彼得》出來，而別人有用世界語說著「再見」，我一聽也就會了，真是沒有什麼難。第二天我也就用世界語說著「再見」。

現在算起，這「再見」已經說了三四年了，奇怪的是並沒有比再見更會說一句完整的話。這次在青年會開紀念柴門霍夫[18]誕辰八十週年紀念會的時候，鐘憲民[19]先生給每個人帶來一本《東方呼聲》，若不是旁邊注著中國字，我哪裡看得懂這刊物叫什麼名字呢？但是按照著世界語的名字讀出來我竟不能夠，可見我連字母都忘了。

我為什麼沒有接著學呢？說起來可笑得很，就因為每一個名詞的字尾都是「o」，形容詞的字尾都是「a」，一句話裡總有幾個「o」和「a」的若連著說起來，就只聽得「ooaa」，因為一「ooaa」就不好聽，一不好聽，我

18　柴門霍夫：波蘭人，世界語創立者。

19　鐘憲民：曾將魯迅的《阿 Q 正傳》翻譯成世界語出版。

就不學了。

　　起初這理由我還不敢公開提出來，怕人家笑，但凡是下雨天我就不去
世界語協會，後來連颱風我也不去，再後來就根本不去。那本《小彼得》
總算勉勉強強讀完了，一讀完它就安安然然地不知睡到什麼地方去了。

　　我一見到懂世界語的朋友們所提出來的難題，就是關於這「ooaa」，
這理由怎麼能夠成立呢？完全是一種怕困難的假詞。

　　世界語雖然容易，但也不能夠容易得一讀就可以會的呀！大家都說：
為什麼學世界語的人不少而能夠讀書能講話的卻不多呢？就是把它看得太
容易的緣故。

　　初學的世界語者們！要把它看得稍微難一點。

此篇創作日期不詳，首次發表於 1938 年 12 月 29 日重慶《新華日報》。

牙粉醫病法

池田[20] 的袍子非常可笑，那麼厚，那麼圓，那麼胖，而後又穿了一件單的短外套，那外套是工作服的樣式，而且比袍子更寬。她說：

「這多麼奇怪！」

我說：「這還不算奇怪，最奇怪的是你再穿了那件灰布的棉外套，街上的人看了不知要說你是做什麼的，看袍子像太太小姐，看外套像軍人。」因為那棉外套是她借來的，是軍用的衣服。她又穿了中國的長棉褲，又穿了中國的軟底鞋。因為她是日本人，穿了道地的中國衣裳，是有點可笑。

「那就說你是從前線上退下來的好啦！並且說受了點傷。現在還沒有完全好，所以穿了這樣寬的衣裳。」

她笑了：「是的，是……就說日本兵在這邊用刺刀刺了一個洞……」

她假裝用刺刀在手腕上刺了一個洞的樣子。

「刺了一個洞，又怎樣呢？」我問。

「刺了一個洞而後一吹，就把人吹胖啦。」她又說：「中國老百姓，一定相信。因為一切壞事，一切奇怪的事，日本人都做得出來。」

就像小孩子說的怪話一樣，她自己也笑，我也笑。她笑得連杯子都舉不起來的樣子。我和她是在喫茶。

「你覺得奇怪嗎？這是沒有的事嗎？我的弟弟就被吹過……」

她一聽我這話，笑得用了手巾揞著眼睛：「怎麼！怎麼！」

「真的，真被吹過……」我這故事不能開展下去，她在不住地笑，笑

20　日本作家鹿地亙的夫人。

得咳嗽起來。

「你聽我告訴你，那是在肚子上，可不是像你說的在手上……用一個一手指長，一分粗的玻璃管，這玻璃管就從肚臍下邊一寸的地方刺進去。玻璃管連著一條好幾尺長的膠皮管，膠皮管的另一頭有一個茶杯一般大的漏斗，從那個漏斗吹進一壺冷水去，後來死啦。」

「被吹死啦……」很不容易抑止的大笑，她又開始了。

其實是從漏斗把冷水灌進去的，因為肚子漸漸地大起來，看去好像是被氣吹起來的一樣。

我費了很大工夫給她解說：「我的弟弟患的是黑死病[21]，並且全個縣城都在死亡的恐怖中。那是一種特別的治法，在醫學上這種灌水法並不存在。」我又告訴她，我寫《生死場》的時候把這段寫上，魯迅看了都莫名其妙，魯迅先生是研究過醫學的。他說：

「在醫學上可沒有這樣治療法。」

既然這樣說，我就更奇怪了，魯迅先生研究過醫學是真的，我的弟弟被冷水灌死了也是真的。

我又告訴池田，說那醫生是天主教堂的醫生，是英國人。

「你覺得外國人可靠的，那不對，中國真是殖民地，他們跑到中國來試驗來啦，你想肚子灌冷水，那怎麼可以？帝國主義除了槍刀之外，他們還做老百姓所看不見的……他們把中國人就看成他們試驗室裡的動物一樣。三百個人通通用一樣方法治療，其中死了一百五，活了一百五，或是活了一百死了二百，也或者通通死掉啦！這個他們不管，他們把中國人看成動物一樣……在他們自己的國家裡，隨便試驗是不成的呀！」

我想，這也許吧！我的弟弟或者就是被試驗死的。她的話，相信是相信了，因為她不懂得醫學，所以我相信得並不十分確切。

21　黑死病：即鼠疫。

牙粉醫病法

「我告訴過你，我的父親是軍醫，他到滿洲去的時候，關於他在中國治病，寫了很多日記。上邊有德文，我在學德文時，我就拿他的日記看，上面寫著關於黑死病，到滿洲去試試看，用各種的藥，用各種的方法試試看。」

「你想！這不是真的嗎？還有啊！我父親的朋友，每天到我們家來打麻將，他說：到中國去治病很不費事，因為中國人有很多的他們還沒有吃過藥，所以吃一點藥無論什麼病都治，給他們一點牙粉吃，頭痛也好啦，肚子痛也好啦……」

這真是奇事，我從未聽說過，怎麼我們中國人是常常吃牙粉的嗎？

又從吃牙粉談到吃人肉，日本兵殺死老百姓或士兵，用火烤著吃了的故事，報紙上常常看見。這個我也相信。池田說：「日本兵吃女人的肉是可能，他們把中國女人奸汙之後，用刺刀殺死，一看女人的肉很白，很漂亮，用刺刀切下一塊來，一定是幾個人開玩笑，用火烤著吃一吃，因為他們今天活著，明天活不活著他們不知道，將來什麼時候回家也不知道，是一種變態心理……老百姓大概是他們不吃，那很髒的，皮膚也是黑的……而且每天要殺死很多……」

關於日本兵吃人肉的故事，我也相信了。就像中國人相信外國醫生比中國醫生好一樣。

池田是生在帝國主義的家庭裡，所以她懂得他們比我們懂得的更多。我們一走出那個喫茶店，玻璃窗子前面坐著的兩個小孩，正在唱著：「殺掉鬼子們的頭……」其實鬼子真正厲害的地方他們還不知道呢！

一九三九年元月九日，重慶

此篇創作於 1939 年 1 月 9 日，首次發表時間不詳，收錄在 1940 年 6 月大時代書局出版的《蕭紅散文》中。

長安寺

接引殿裡的佛前燈一排一排的，每個頂著一顆小燈花燃在案子上。敲鐘的聲音一到接近黃昏時候就稀少下來，並且漸漸地簡直一聲不響了。因為燒香拜佛的人都回家去吃著晚飯。

大雄寶殿裡，也同樣啞默默地，每個塑像都站在自己的地盤上憂鬱起來，因為黑暗開始掛在他們的臉上。長眉大仙，伏虎大仙，赤腳大仙，達摩，他們分不出哪個是牽著虎的，哪個是赤著腳的。他們通通安安靜靜地同叫著別的名字的許多塑像分站在大雄寶殿的兩壁。

只有大肚彌勒佛還在笑瞇瞇地看著打掃殿堂的人，因為打掃殿堂的人把小燈放在彌勒佛腳前的緣故。

厚沉沉的圓圓的蒲團，被打掃殿堂的人一個一個地拾起來，高高地把它們靠著牆堆了起來。香火著在釋迦牟尼的腳前，就要熄滅的樣子，昏昏暗暗地，若不去尋找，簡直看不見了似的，只不過香火的氣息繚繞在灰暗的微光裡。

接引殿前，石橋下邊池裡的小龜，不再像日裡那樣把頭探在水面上。用胡芝麻磨著香油的小石磨也停止了轉動。磨香油的人也在收拾著家具。廟前喝茶的都戴起了帽子，打算回家去。沖茶的紅臉的那個老頭，在小桌上自己吃著一碗素麵，大概那就是他的晚餐了。

過年的時候，這廟就更溫暖而熱氣騰騰的了，燒香拜佛的人東看看，西望望。用著他們特有的幽閒，摸一摸石橋的欄杆的花紋，而後研究著想多發現幾個橋下的烏龜。有一個老太婆背著一個黃口袋，在右邊的胯骨上，那口袋上寫著「進香」兩個黑字，她已經跨出了當門的殿堂的後門，她又急急忙忙地從那後門轉回去。我很奇怪地看著她，以為她掉了東西。

大家想想看吧！她一翻身就跪下，迎著殿堂的後門向前磕了一個頭。看她的年歲，有六十多歲，但那磕頭的動作，來得非常靈活，我看她走在石橋上也照樣的精神而莊嚴。為著過年才做起來的新緞子帽，閃亮地向著接引殿去朝拜了。佛前鐘在一個老和尚手裡拿著的鐘槌下噹噹地響了三聲，那老太婆就跪在蒲團上安詳地磕了三個頭。這次磕頭卻並不像方才在前面殿堂的後門磕得那樣熱情而慌張。我想了半天才明白，方才，就是前一刻，一定是她覺得自己太疏忽了，怕是那尊面向著後門口的佛見她怪，而急急忙忙地請他恕罪的意思。

　　賣花生糖的肩上掛著一個小箱子，裡邊裝了三四樣糖，花生糖，炒米糖，還有胡桃糖。賣瓜子的提著一個長條的小竹籃，籃子的一頭是白瓜籽，一頭是鹽花生。而這裡不大流行難民賣的一包一包的「瓜籽大王」。青茶，素面，不加裝飾的，一個銅板隨手抓過一撮來就放在嘴上磕的白瓜籽，就已經十足了。所以這廟裡喫茶的人，都覺得別有風味。

　　耳朵聽的是梵鐘和誦經的聲音；眼睛看的是些悠閒而且自得的遊廟或燒香的人；鼻子所聞到的，不用說是檀香和別的香料的氣息。所以這種喫茶的地方確實使人喜歡，又可以喫茶，又可以觀風景看遊人。比起重慶的所有的喫茶店來都好。尤其是那沖茶的紅臉的老頭，他總是高高興興的，走路時喜歡把身子向兩邊擺著，好像他故意把重心一會放在左腿上，一會放在右腿上。每當他掀起茶盅的蓋子時，他的話就來了，一串一串的，他說：我們這四川沒有啥好的，若不是打日本，先生們請也請不到這地方。他再說下去，就不懂了，他談的和詩句一樣。這時候他要沖在茶盅開水，從壺嘴如同一條水落進茶盅來。他拿起蓋子來把茶盅扣住了，那裡邊上下游著的小魚似的茶葉也被蓋子扣住了，反正這地方是安靜得可喜的，一切都是太平無事。

　　××坊的水龍就在石橋的旁邊和佛堂斜對著面。裡邊放置著什麼，我

沒有機會去看，但有一次重慶的防空演習我是看過的，用人推著哇哇的山響的水龍，一個水龍大概可裝兩桶水的樣子，可是非常沉重，四五個人連推帶挽。若著起火來，我看那水龍到不了火已經落了。那彷彿就寫著什麼××坊一類的字樣。唯有這些東西，在廟裡算是一個不調和的設備，而且也破壞了安靜和統一。廟的牆壁上，不是大大地寫著「觀世音菩薩」嗎？莊嚴靜穆，這是一塊沒有受到外面侵擾的重慶的唯一的地方。他說，一花一世界，這是一個小世界，應作如是觀。

但我突然神經過敏起來 —— 可能有一天這上面會落下了敵人的一顆炸彈。而可能的那兩條水龍也救不了這場大火。那時，那些喝茶的將沒有著落了，假如他們不願意茶攤埋在瓦礫場上。

我頓然地感到悲哀。

一九三九年四月，歌樂山

此篇創作於 1939 年 4 月，首次發表於 1939 年 9 月 5 日出版的《魯迅風》第 19 期；後收錄在 1940 年 6 月大時代書局出版的《蕭紅散文》中。

茶食店

　　黃梳樹鎮上開了兩家茶食店，一家先開的，另一家稍稍晚了兩天。第一家的買賣不怎樣好，因為那吃飯用的刀叉雖然還是閃光閃亮的外來品，但是別的玩藝不怎樣全，就是說比方裝胡椒粉那種小瓷狗之類都沒有，醬油瓶是到臨用的時候，從這張桌又拿到那張桌的亂拿。牆上什麼畫也沒有，只有一張好似從糖盒子上掀下來的花紙似的那麼一張外國美人圖，有一尺長不到半尺寬那麼大，就用一個圖釘釘在牆上的，其餘這屋裡的裝飾還有一棵大芭蕉。

　　這芭蕉第一天是綠的，第二天是黃的，第三天就腐爛了。

　　吃飯的人，第一天彼此說「還不錯」，第二天就說蒼蠅太多了一點，又過了一兩天，人們就對著那白盤子裡炸著的兩塊茄子，翻來覆去地看，用刀尖割一下，用叉子去叉一下。

　　「這是什麼東西呢，兩塊茄子，兩塊洋山芋，這也算是一個菜嗎？就這玩藝也要四角五分錢？真是天曉得。」

　　這西餐館只開了三五日，鎮上的人都感到不大滿意了。

　　這二家一開，那些鎮上的從城裡躲轟炸而來住在此地的人和一些設在這鎮上學校或別的辦公廳的一些職員，當天的晚飯就在這裡吃的。

　　盤子、碗、桌布、茶杯、糖罐、醬醋瓶、連裝菸灰的瓷碟，都聚了三四個人在那裡搶著看……這家與那家的確不同，是裡外兩間屋，廚房在什麼地方，使人看不見，煎菜的油煙也聞不到，牆上掛著兩張畫像是老闆自己畫的，看起來老闆頗懂藝術……並且剛一開業，就開了留聲機，這留聲機已經好幾個月沒有聽過了。從「五四」轟炸起，人們來到了這鎮上，過的就是鄉下人的生活。這回一聽好像這留聲機非常好，唱片也好像是全

新的，聲音特別清楚。

一個湯上來了，「不錯，真是味道……」。

第二個是豬排，這豬排和木片似的，有的人就你看看我，我看看你，想要對這豬排講點壞話。可是那唱著的是一個外國歌，很愉快，那調子帶了不少高低的轉彎，好像從來也未聽過似的那樣好聽，所以便對這一點味道也沒有的豬排，大家也就吃下去了。

奶油和冰淇淋似的，又甜又涼，塗在麵包上，很有一種清涼的氣味，好像塗的是果子醬；那麵包拿在手裡不用動手去撕就往下掉著碎末，像用鋸末做的似的。大概是和利華藥皂放在一起運來的，但也還好吃，因為它終究是麵包，終究不是別的什麼饅頭之類呀！

坐在這茶食店的裡間裡，那張長桌一端上的主人，從小白盤子裡拿起帳單看了一看。

共統請了八位客人，才八塊多錢。

「這不多。」他說，從口袋裡取出十元票子來。

別人把眼睛轉過去，也說：

「這不多……不算貴。」

臨出來時，推開門，還有一個頂願意對什麼東西都估價的，還回頭看了看那擺在門口的痰盂。他說：「這家到底不錯，就這一隻痰盂吧，也要十幾塊錢。」（其實就是上海賣八角錢一個的。）

這一次晚餐，一個主人和他的七八個客人都沒吃飽，但彼此都不發表，都說：

「明天見，明天見。」

他們大家各自走散開了，一邊走著一邊有人從喉管往上衝著利華藥皂的氣味，但是他們想：「這不貴的，這倒不是西餐嗎！」而且那屋子多麼像個西餐的樣子，牆上有兩張外國畫，還有瓷痰盂，還有玻璃杯，那先開

茶食店

的那家還成嗎？還像樣子嗎？那買賣還成嗎？

他們腦筋鬧得很忙亂回家去了。

八月二十八日

此篇創作於 1939 年 8 月 28 日，首次發表於 1939 年 10 月 2 日香港《星島日報·星座》第 419 號。

骨架與靈魂

「五四」時代又來了。

在我們這塊國土上，過了多麼悲苦的日子。一切在繞著圈子，好像鬼打牆，東走走，西走走，而究竟是一步沒有向前進。

我們離開了「五四」，已經二十多年了。凡是到了這日子，做文章的做文章、行儀式的行儀式，就好像一個拜他那英勇的祖先那樣。

可是到了今天，已經拜了二十多年，可沒有想到，自己還要拿起刀槍來，照樣地來演一遍。

這是始終不能想到的，而死的偶像又拜活了，把那在墓地裡睡了多年的骨架，又裝起靈魂來。

誰是那舊的骨架？是「五四」。誰是那骨架的靈魂？是我們，是新「五四」！

此篇創作日期不詳，首次發表於 1941 年 5 月 5 日香港《華商報・華燈》第 21 號。

魯迅先生生活憶略

魯迅先生的笑聲是明朗的，是從心裡的歡喜。若有人說了什麼可笑的話，魯迅先生笑得連菸卷都拿不住了，常常是笑得咳嗽起來。

魯迅先生喜歡喝清茶，不喝別的飲料。咖啡，可可，牛奶，汽水之類，家裡都不預備。

魯迅先生陪客人到夜深，必同客人一道吃一些點心，那餅乾就是從舖子裡買來的，裝在餅乾盒子裡，到夜深許先生拿著碟子，取出來，擺在魯迅先生的書桌上。吃完了，許先生打開立櫃再取一碟。還有向日葵子差不多是款待每位來客所必不可少的。魯迅先生一邊抽著菸，一邊剝著瓜子吃，吃完了一碟，魯迅先生必請許先生再拿一碟來。

魯迅先生備有兩種紙菸，一種價錢貴的，一種便宜的，便宜的是綠聽子的，我不認識那是什麼牌子，只記得菸頭上帶著黃紙的嘴，每五十顆的價錢大概是四角到五角，是魯迅先生自己平日用的。另一種是白聽子的，是前門牌，用來招待客人的，白煙聽放在魯迅先生書桌的抽屜裡。來了客人，魯迅先生便在下樓時把它帶到樓下去，客人走了，又帶回樓上來照樣放在抽屜裡。而綠聽子的永遠放在書桌上，是魯迅先生隨時吸著的。

魯迅先生的休息，不聽留聲機，不出去散步，也不倒在床上睡覺，魯迅先生自己說：

「坐在椅子上翻一翻書就是休息了。」

魯迅先生從下午兩三點鐘起就陪客人，陪到五點鐘，陪到六點鐘，客人若在家吃飯，吃過飯又必要一起喝茶，或者剛剛喝完茶走了，或者還沒走就又來了客人，於是又陪下去，陪到八點鐘，十點鐘，常常陪到十二點鐘。從下午兩三點鐘起，陪到夜裡十二點這麼長的期間，魯迅先生都是坐

在藤躺椅上，不斷地吸著菸。

客人一走，已經是下半夜。本來已經是睡覺的時候了，可是魯迅先生正要開始工作，在工作之前，他稍微合一閤眼睛，燃起一支菸來，躺在床邊上這一支菸還沒有吸完，許先生差不多就在床裡邊睡著了。（許先生為什麼睡得這樣快呢？因為第二天早晨六七點鐘就要起來管理家務）海嬰這時也在三樓和保姆一道睡著了。

全樓都寂靜下去，窗外也是一點聲音沒有了，魯迅先生站起來，坐到書桌邊，在那綠色的檯燈下開始寫文章了。

許先生說雞鳴的時候，魯迅先生還坐著，街上的汽車嘟嘟地叫起來了，魯迅先生還是坐著。

有時許先生醒了，看著玻璃窗白薩薩的了，燈光也不顯得怎樣亮了，魯迅先生的背影不像夜裡那樣高大。

魯迅先生的背影是灰黑色的，仍舊坐在那裡。

人家都起來了，魯迅先生才睡下。

海嬰從三樓下來了，背著書包，保姆送他到學校去，經過魯迅先生的門前，保姆總是囑咐他說：

「輕一點走，輕一點走。」

魯迅先生剛睡下，太陽就高起來了。太陽照著隔院子的人家，明亮亮的，照著魯迅先生花園裡的夾竹桃，明亮亮的。

魯迅先生的書桌整整齊齊的，寫好的文章壓在書下邊，毛筆在燒瓷的小龜背上站著。

一雙拖鞋停在床下，魯迅先生在枕頭上邊睡著了。

魯迅先生喜歡喝一點酒，但是不多喝，喝半小圓碗或一碗底。魯迅先生喝的是中國酒，多半是花雕。

魯迅先生生活憶略

老靶子[22]路有一家小喫茶店，只有門面一間。在門面裡邊設座，座少，安靜，光線不充足，有些冷落。魯迅先生常到這小喫茶店來。有約會多半是在這裡邊，老闆是白俄，胖胖的。中國話大概他聽不懂。

魯迅先生這一位老人，穿著布袍子，有時到這裡來，泡一壺紅茶，和青年人坐在一道談了一兩個鐘頭。

有一天魯迅先生的背後那茶座裡邊坐著一位摩登女子，身穿紫裙子黃衣裳，頭戴花帽子……那女子臨走時，魯迅先生一看她，就用眼瞪著她，很生氣地看了她半天。而後說：

「是做什麼的呢？……」

魯迅先生對於穿著紫裙子，黃衣裳，花帽子的人就是這樣看法的。

鬼到底是有的，是沒有的？傳說上有人見過，還跟鬼說過話，還有人被鬼在後邊追趕過，有的稍微軟弱一點的鬼，一見了人就貼在牆上，但沒有一個人捉住一個鬼給大家看看。

魯迅先生講了他看見過鬼的故事給大家聽：

「是在紹興……」魯迅先生說，「三十年前……」

那時魯迅先生從日本讀書回來，不知是在一個師範學堂裡呢，還是別的學堂裡教書，晚上沒有事時，魯迅先生總是到朋友家去談天，這朋友住得離學堂幾里路，幾里路不算遠，但必得經過一片墳地，談天有時談得晚了，十一二點鐘才回學堂的事也常有。有一天，魯迅先生就回去得很晚，天空有很大的月亮。

魯迅先生向著歸路走得很起勁時，往遠處一看，遠處有一個白影。

魯迅先生是不相信鬼的，在日本留學時是學的醫，常常把人抬來解剖的，解剖過二十幾個，不但不怕鬼，對死人也不怕，對於墳地也就根本不怕。仍舊是向前走著。走了不幾步，那遠處的白東西沒有了，再看，突然

22　老靶子路：位於上海市區虹口、閘北兩區交界，後改稱武進路。

又有了，且時小時大，時高時低，正和鬼一樣，鬼不就是變幻無常的嗎？

魯迅先生有點躊躇了，到底是向前走呢？還是回過頭來走？本來回學堂不止這一條路，這不過是最近的一條就是了。

魯迅先生仍是向前走的，到底要看一看鬼是什麼樣，雖然那時候也怕了。

魯迅先生那時從日本回來不久，所以還穿著硬底皮鞋，魯迅先生決心要給那鬼一個致命的打擊，等走到那白影旁邊時，那白影縮小了，蹲下了，一聲不響地靠住了一個墳堆。魯迅先生就用了他的硬皮鞋踢出去。白影噢的一聲叫出來，隨著就站起來。魯迅先生定睛看去，他卻是個人。魯迅先生說在他踢的時候，他是很害怕的，好像若一下不把那東西踢死，自己反而會遭殃的，所以用了全力踢出去。原來是一個盜墓子的人在墳場上半夜做著工作。魯迅先生說到這裡就笑了起來。「鬼也是怕踢的，踢他一腳立刻就變成人了。」

我想，倘若是鬼常常讓魯迅先生踢踢倒是好的，因為給了他一個做人的機會。

從福建菜館叫的菜，有一碗魚做的丸子。

海嬰一吃就說不新鮮，許先生不信，別人也都不信。因為那丸子有的新鮮，有的不新鮮。別人吃到的恰好都是沒有改味的。

許先生又給海嬰一個，海嬰一吃，又是不好的，他又嚷著。別人都不注意。魯迅先生把海嬰碟裡的拿來嘗嘗，果然是不新鮮的。魯迅先生說：

「他說不新鮮，一定也有他的道理，不加以查看就抹殺是不對的。」

以後我想起這件事來，私下和許先生談過，許先生說：「周先生的做人，真是我們學不了的，哪怕點點小事。」

魯迅先生包一個紙包也要包得整整齊齊，常常把要寄出去的書，從許先生手裡取過來自己包，說許先生包得不好，許先生包得多麼好，而魯迅

先生還要親自動手。

　　魯迅先生把書包好了，用細繩捆上，那包方方正正的，連一個角也不準歪一點或扁一點，而後拿著剪刀，把捆書的那小繩頭都剪得整整齊齊。

　　就是包這書的紙都不是新的，都是從街上買東西回來留下來的。許先生上街回來把買來的東西一打開隨手就把包東西的牛皮紙折起來，隨手把小細繩圈了一個圈，若小細繩上有一個疙疸，也會隨手把它解開的，準備著隨時用隨時方便。

　　魯迅先生的臥室，一張鐵架大床，床頂上遮著許先生親手做的白布刺花的圍子，順著床的一邊摺著兩張被子，都是很厚的，是花洋布的被面。挨著門口的床頭的方向站著抽屜櫃，一進門的左手擺著八仙桌，桌子的兩旁籐椅各一，立櫃站在和方桌一排的牆角，立櫃本是掛衣裳的，衣裳卻很少，都讓糖盒子，餅乾桶子，瓜子罐給塞滿了，有一次 ×× 先生的太太來拿版權證的圖章、印花，魯迅先生就是從立櫃下邊大抽屜裡取出的。沿著牆角往窗子那邊走，有一張裝飾臺，臺子上有一個方形的滿浮著綠草的玻璃養魚池，裡邊游著的是金魚和灰色的扁肚子小魚。除了魚池之外另有一支圓的錶，其餘，那上邊滿堆著書。鐵架床靠窗子的那頭的書櫃裡書櫃外都是書，最後是魯迅先生的寫字臺，那上邊也都是書。

　　魯迅先生的家裡從樓上到樓下，沒有一個沙發。魯迅先生工作時坐的椅子是硬的，休息時的籐椅是硬的，到樓下陪客人時坐的椅子又是硬的。

　　魯迅先生的寫字臺面向著窗子，上海弄堂房子的窗子差不多滿一面牆那麼大，魯迅先生把它關起來，因為魯迅先生工作起來有一個習慣，怕風吹，他說，風一吹，紙就動，時時防備著紙跑，文章就寫不好。所以屋子熱得和蒸籠似的，請魯迅先生到樓下去，他又不肯，魯迅先生的習慣是不換地方。有時太陽照進來，許先生勸他把書桌移開一點都不肯。只有滿身流汗。

魯迅先生的寫字桌，鋪了一張藍格子的油漆布，四角都用圖釘按著。桌子上有小硯臺一方，墨一塊，毛筆站在筆架上，筆架是燒瓷的，在我看來不很細緻，是一個龜，龜背上帶著好幾個洞，筆就插在那洞裡。魯迅先生多半是用毛筆的，鋼筆也不是沒有，是放在抽屜裡。桌上還有一個方大的白瓷的菸灰盒，一個茶杯，杯子上蓋著蓋。

魯迅先生的習慣和別人不同，寫文章用的材料和來信都壓在桌子上，把桌子壓得滿的，幾乎只有寫字的地方可以伸開手，其餘桌子的一半被書或紙張占有著。

右手手邊的桌角上有一個帶綠燈罩的檯燈，那燈泡是橫著裝的。在上海那是極普通大概很便宜的檯燈。

冬天在樓上吃飯，魯迅先生自己拉著電線把檯燈的機關從棚頂的燈頭上拔下，而後裝上燈泡子，等飯吃過了許先生再把電線裝起來，魯迅先生的檯燈就是這樣做成的，拖著一根長的電線在棚頂上。

魯迅先生的文章，多半是從這檯燈下寫的。因為魯迅先生工作的時間，多半是下半夜一兩點起，天將明了休息。

臥室就是如此，牆上掛著海嬰一個月嬰孩的油畫像。

挨著臥室的後樓裡邊，完全是書了，不十分整齊，報紙或雜誌或洋裝的書，都混在這間屋子裡，一走進去多少還有些紙張氣味，地板被書遮蓋得太小了，幾乎沒有了，大網籃也蹲在書中。牆上拉著一條繩子或是鐵絲、就在那上邊綴了小提盒、鐵絲籠之類，風乾荸薺就盛在鐵絲籠裡，扯著的那鐵絲幾乎被壓斷了，已經在彎著。一推開藏書室的窗子，窗子外邊還掛著一筐風乾荸薺。

「吃罷，多得很，風乾的，特別甜。」許先生說。

樓下廚房傳來了煎菜的鍋鏟的響聲，並且兩個年老的娘姨慢重重地在講一些什麼。

　　廚房是家裡最熱鬧的一部分，整個三層樓都是靜靜的，喊娘姨的聲音沒有，在樓梯上跑來跑去的聲音沒有。魯迅先生家裡五六間房子只住著五個人，三位是先生的全家，餘下的二位是年老的女傭人。

　　來了客人都是許先生親自倒茶，即或是麻煩到娘姨時，也是許先生下樓去吩咐，絕沒有站到樓梯口就大聲呼喚的時候。所以整個的房子都在靜悄悄之中。

　　只有廚房比較熱鬧了一點，自來水花花地流著，洋瓷盆在水門汀的水池子上每拖一下磨著嚓嚓的響，洗米的聲音也是嚓嚓的。魯迅先生很喜歡吃竹筍的，在菜板上切著筍片筍絲時，刀刃每劃下去都是很響的。

　　其實，比起別人家的廚房來卻冷清極了，所以洗米聲和切筍聲都分開來聽得清清晰晰。

　　客廳的一邊擺著並排的兩個書架，書架是帶玻璃櫥的，裡邊有朵司托益夫斯基[23]的全集和別的外國作家的全集，大半多是日文譯本。地板上沒有地毯，但擦得非常乾淨。

　　海嬰的玩具櫥也站在客廳裡，裡邊是些毛猴子、橡皮人、火車、汽車之類，裡邊裝得滿滿的，別人是數也數不清的，只有海嬰自己伸手到裡邊找什麼就有什麼。過新年時在街上買的兔子燈，紙毛上已經落了灰塵了，仍擺在玩具櫥頂上。

　　客廳只有一個燈頭，大概五十燭光，客廳的後門對著上樓去的樓梯，前門一打開有一個兩方丈大小的花園，花園裡沒什麼花可看，只有一棵七八尺高的小樹，大概那是夾竹桃，一到了春天，容易生長蚜蟲，忙得許先生拿著噴蚊蟲的機器，一邊陪著客人談話，一邊噴著殺蟲藥水。沿著牆根，種了一排玉米，許先生說：「這玉米長不大的，海嬰一定要種。」

　　春天，海嬰在花園裡掘著泥沙，培植著各種玩藝。

23　朵司托益夫斯基：即費奧多爾·杜斯妥也夫斯基（Fyodor Dostoevsky），俄國著名作家。

三樓則特別靜了，向著太陽開著兩扇玻璃門，門外有一個水門汀的突出的小廊子，春風很溫暖地撫摸著門口長垂著的簾子。有時候簾子被風吹得很高，飄揚著飽滿得和大魚泡似的，那時候隔院的綠樹照進玻璃門扇裡來了。

海嬰坐在地板上裝著小工程師在修造一座樓房，他那樓房是用椅子橫倒了架起來修的，而後遮起一張被單來算作屋瓦，全個房子在他自己拍著手的讚譽聲中完成了。

這房間感到些空曠和寂寞，既不像女工住的屋子，又不像兒童室。海嬰的眠床靠著屋子的一邊放著，那大圓頂帳子日裡也不打起來，長拖拖地好像從棚頂一直垂到地板上。那床是非常講究的屬於刻花的木器一類的。許先生講過，租這房子時，從前一個房客轉留下來的，海嬰和他的保姆，就睡在這五六尺寬的大床上。

冬天燒過的火爐，三月裡還冷冰冰地在地板上站著。

海嬰不大在三樓上玩的，除了到學校去，就是到院子裡踏腳踏車，他非常喜歡跑、跳，所以廚房、客廳、二樓，他是無處不跑的。

三樓整天在高處空著，三樓的後樓住著老女工，一天很少上樓來，所以樓梯擦過之後，一天到晚乾淨得溜明。

魯迅先生的身體不大好；容易傷風，傷風之後，照常要陪客人，回信，校稿子，所以傷風之後總要拖下去一個月或半個月的。

瞿秋白的《海上述林》校樣，一九三五年冬和一九三六年的春天，魯迅先生不斷地校著，幾十萬字的校樣，要看三遍，而印刷所送校樣來總是十頁八頁的，並不是通通一道送來，所以魯迅先生不斷地被這校樣催索著，魯迅先生竟說：

「看吧，一邊陪著你們談話，一邊看校樣，眼睛可以看，耳朵可以聽……」

　　有時客人來了，一邊說著笑話，一邊魯迅先生放下了筆；有的時候竟說：

　　「就剩幾個字了，幾個字……請坐一坐。……」

　　一九三五年冬天許先生說：

　　「周先生的身體是不如從前了。」

　　有一天，魯迅先生到飯館裡請一次客人，來的時候興致很好，還記得那次吃了一隻烤鴨子，整個的鴨子用大鋼叉子叉上來時，大家看著這鴨子烤得又油又亮的，魯迅先生也笑了。

　　菜剛上滿了，魯迅先生就到藤躺椅上去吸一支菸，並且合一闔眼睛。一吃完飯，有的喝多了酒的，大家都亂鬧了起來，彼此搶著蘋果，彼此諷刺著玩，說著一些刺人可笑的話。而魯迅先生這時候坐在躺椅上，合著眼睛，很莊嚴地在沉默著，讓拿在手上紙菸的菸絲，慢慢地上升著。

　　別人以為魯迅先生也是喝多了酒吧！

　　許先生說，並不的。

　　「周先生身體是不如從前了，吃過了飯總要合一闔眼稍微休息一下，從前一向沒有這習慣。」

　　周先生從椅子上站起來了，大概說他喝多了酒的話讓他聽到了。

　　「我不多喝酒的，小的時候，母親常常提到父親喝了酒，脾氣怎樣壞，母親說，長大了不要喝酒，不要像父親那樣子……所以我不多喝的……從來沒喝醉過……」

　　魯迅先生休息好了換了一支菸，站起來也去拿蘋果吃，可是蘋果沒有了。魯迅先生說：

　　「我爭不過你們了，蘋果讓你們搶光了。」

　　有人把搶到手還保存著的蘋果，奉獻出來，魯迅先生沒有吃，只在吸菸。

一九三六年春，魯迅先生的身體不大好，但沒有什麼病，吃過了夜飯，坐在躺椅上，總要閉一閉眼睛，沉靜一會。

　　許先生對我說，周先生在北平時，有時開著玩笑，手按著桌子一躍就能夠躍過去，而近年來沒有這麼做過，大概沒有以前那麼靈便了。

　　這話許先生和我是私下講的，魯迅先生沒有聽見，仍靠在躺椅上沉默著呢。

　　許先生開了火爐的門，裝著煤炭嘩嘩地響，把魯迅先生震醒了，一講起話來魯迅先生的精神又照常一樣。

　　一九三六年三月裡魯迅先生病了，靠在二樓的躺椅上，心臟跳動得比平日厲害，臉色略微灰了一點。

　　許先生正相反的，臉色是紅的，眼睛顯得大了，講話的聲音是不平靜的，態度並沒有慌張，在樓下，一走進客廳來許先生就說：

　　「周先生病了，氣喘……喘得厲害，在樓上靠在躺椅上。」

　　魯迅先生呼喘的聲音，不用走到他的旁邊，一進了臥室就聽得到的。鼻子和鬍鬚在扇著，胸部一起一落。眼睛閉著，差不多永久不離開手的紙菸，也放棄了。藤躺椅後邊靠著枕頭，魯迅先生的頭有些向後，兩雙手空閒地垂著。眉頭仍和平日一樣沒有聚皺，臉上是平靜的舒展的，似乎並沒有任何痛苦加在身上。

　　「來了嗎？」魯迅先生睜一睜眼睛，「一不小心，著了涼……呼吸困難……到藏書的房子去翻一翻書……那房子因為沒有人住，特別涼……回來就……」

　　許先生見周先生說話吃力，趕快接著說周先生是怎樣氣喘的。

　　醫生看過了，吃了藥，下午醫生又來過，剛剛走。

　　臥室在黃昏裡邊一點一點地暗下去，外邊起了一點小風，隔院的樹被風搖著發響。別人家的窗子，有的被風打著發出自動關開的響聲。家家的

魯迅先生生活憶略

流水道都嘩啦嘩啦響著水聲，一是晚餐之後洗著杯盤的剩水。晚餐後該散步的去散步去了，該會朋友的會朋友去了，弄堂裡來去的稀疏不斷地走著人，而娘姨們還沒有解掉圍裙呢，就依著後門彼此搭訕起來。小孩子們三五一夥前門後門地跑著，弄堂外汽車穿來穿去。

魯迅先生坐在躺椅上，沉靜地不動地合著眼睛，略微灰了一點的臉色被爐裡的火光染紅了一點。紙菸聽子蹲在書桌上，茶杯也蹲在桌子上。

許先生輕輕地在樓梯上走著，許先生一到樓下去，二樓就只剩了魯迅先生一個人坐在椅子上，呼喘把魯迅先生的胸部有規律性地抬得高高的。

魯迅先生必得休息的，須藤老醫生是這樣說的。

可是魯迅先生從此不但沒有休息，並且腦子裡所想的更多了，要做的事情都像非立刻就做不可，校《海上述林》的校樣，印珂勒惠支 [24] 的畫，翻譯《死魂靈》下部。剛好了，這些就都一起開始了還計算著出三十年集（亦即《魯迅全集》。）

魯迅先生感到自己的身體不行，就更沒有時間注意身體，所以要多做，趕快做。當時大家不解其中的意思，多不以魯迅先生不加休息為然，後來讀了魯迅先生《死》那篇文章才瞭然了。

魯迅先生知道自己的健康不成了，工作的時間沒有幾年了，死了是不要緊的，只要留給人類更多。

所以不久書桌上德文字典日文字典又擺起來了。

果戈里的《死魂靈》，又開始翻譯了。

此篇創作於魯迅逝世三週年前夕，發表於 1939 年 12 月《文學集林》第 2 輯《望 —— 》，該文曾以《記憶中的魯迅先生》為題，發表於同年 10 月 18 日至 28 日香港《星島日報・星座》第 427 號至 432 號。

24　珂勒惠支（Käthe Kollwitz）：德國著名雕塑家、版畫家。

《大地的女兒》 ── 史沫特烈作

　　這本書是史沫特烈作的，作得很好。並不是讚美她那本書裡有什麼優美的情節。那書所記載的多半是粗躁的聲音，狂暴的吵鬧、哭泣、飢餓、貧窮，但是她寫得可怕的樣子一點也沒有。她是把他們很柔順地擺在那裡，而後慢慢地平平靜靜地把他們那為著打架而撕亂了的頭髮，用筆一筆一筆地給他們舒展開來。書裡的人物痛苦了，哭泣了，但是在作者的筆下看到了他們在哭泣的背後是什麼，也就是他們為什麼而哭。

　　在那種不幸的環境之中，可以看見一個女孩子堅強地離開了不幸，堅強地把自己的命運改變了。

　　喬治桑[25] 說為了過大的同情，把痛苦擴大一點也是對的。

　　但是這個作者卻並沒有把痛苦擴大，而且是縮小了。因為她卻開了個方法根治了它。我曾問過她，她書中所寫的那個印度人到底怎樣？她告訴我實際上那人比她寫的更壞一點。但是印度人是弱小民族，所以她在筆下把他放鬆了。這可以看見作者的對於不幸者的幫忙。她對不幸者永遠寄託著不可遏止的同情。

六月二十八日

此篇創作於 1940 年 6 月 28 日，首次發表於 1940 年 6 月 30 日香港《大公報‧文藝綜合》第 871 期。

25　喬治桑：法國女作家。

又是春天：

我懂得的盡是些偏僻的人生，蕭紅散文精選集

作　　者：蕭紅

發 行 人：黃振庭

出 版 者：崧燁文化事業有限公司

發 行 者：崧燁文化事業有限公司

E-mail：sonbookservice@gmail.com

粉 絲 頁：https://www.facebook.com/
　　　　　sonbookss/

網　　址：https://sonbook.net/

地　　址：台北市中正區重慶南路一段六十一號八
　　　　　樓 815 室

Rm. 815, 8F., No.61, Sec. 1, Chongqing S. Rd.,
Zhongzheng Dist., Taipei City 100, Taiwan

電　　話：(02)2370-3310

傳　　真：(02)2388-1990

印　　刷：京峯數位服務有限公司

律師顧問：廣華律師事務所 張珮琦律師

國家圖書館出版品預行編目資料

又是春天：我懂得的盡是些偏僻的人
生，蕭紅散文精選集 / 蕭紅 著 . -- 第
一版 . -- 臺北市：崧燁文化事業有限
公司 , 2023.08
　面；　公分
POD 版
ISBN 978-626-357-451-9(平裝)
855　　　112009051

定　　價：399 元

發行日期：2023 年 08 月第一版

◎本書以 POD 印製

電子書購買

臉書